ナイトランド叢書 3-2

いにしえの魔術

アルジャーノン・ブラックウッド
夏来健次 訳

ⓐ
アトリエサード

ANCIENT SORCERIES
and other stories and a novella

Algernon Blackwood

装画：中野緑

目次

いにしえの魔術

アルジャーノン・ブラックウッド

夏来健次　訳

いにしえの魔術

Ancient Sorceries

1

冒険に巻きこまれたりすることなどついぞなさそうな、個性的なところのないごくありふれた人物であっても、その平凡な生涯のなかで一度や二度は、世間の人々が聞けば息も止まろうかと思える――それどころか目さえそむけたくなるような――体験をしている場合があるものだ。心霊医術家ジョン・サイレンス博士の張る広い網にかかってくるのは、まさにそういう症例である。そうした事案こそが、博士の深い人間観察眼と理解力に訴え、その大いなる学問的素養と神秘的探求心とを掻き立て、複雑異常な諸問題の解明へとしばしば向かわしめるのだった。

あまりにも奇異にして不可思議なため信じがたいとされる出来事に際しては、その秘められた原因を追跡するのが博士の愛好するところである。倦むことなき熱意により、もつれ絡まる謎を解きほぐして真実を見いだし、その過程において悩める人の魂を救済する。そしてそれまではただ不思議とのみされていたことがらの結び目をほどいてみせる、それが博士の仕事である。

言うまでもなく世間とは基本的に信憑性の置けることを好む――少なくとも、あたかも理屈で説明できるかのように見えるものを。たとえば冒険心に富む者たちの話ならば世間はたやすく理解する。そうした人々は興奮に満ちた自分たちの体験について説得力のある説明をするものだ。しかも個性的な人格のおかげで冒険を生みだしやすい環境に自らを置くことができる。世間は彼らに劇的なるものを期待し、それを見せつけられて満足する。一方感性に乏しい凡人には並はずれた体験をする余地がなく、つねに冒険譚を期待している巷の人々にとっては、失望とは言わないまでも落胆の対象でしかない。自己満足を本意とする価値判断に到底そぐわないがためだ。「あんな男の身にそんなことが起こるとはな！」などと世間は声をあげる。「あれほど凡庸きわまるやつなのに。いやはやわからないものだ。なにかのまちがいとしか思えん」

だがそうした平凡な者の一人であるアーサー・ヴェジンの身の上につねならぬことが持ちあがったのは、どうやら疑いない事実であるようだった。ヴェジン本人がサイレンス博士に語り聞かせた体験談はじつに奇態なものであったにもかかわらず、客観的出来事としても内面的認識においても、その事態が彼を襲ったのは本当のことと判ずるしかなかった。伝え聞いた数少ない友人たちは、「それほどとんでもない話は、あの頭のおかしいイザードか変わり者のミンスキならありえるだろうが、ありきたりな生き死にを送るように運命づけられているヴェジンのようなつまらないやつにはまず考えられないことだね」などと嘲笑してしりぞけはしたが。

しかし、ヴェジンの死がいかなるものになるかはさて置いても、彼の生に関するかぎりは、ほかでもないこの体験のおかげで、ありきたりとはとても言えないものとなったことは疑いない――このことさえなければたしかに波風のない一生になったかもしれないにせよ。この件についての彼の語りに聞き入り、繊細な顔色がさらに青白く変わるさまを目にし、先へ進むにつれて声が一層かすかに細められていくのを耳にするならば、ときどき途切れがちになりながら伝えようとするその話が真実であることは如何とも得心せざるをえない。この話を語るたびに、彼がその出来事の過程を自ら追体験しているのが感じとれた。しかもその反復のなかで彼の人格が徐々に縮こまっていくかのようであった。なぜか次第に消極的になり、自分の体験を打ち消しながら話す長い詫び状のごとき語り方になっていくのだった。聞き手をこんなありえざる話に巻きこむことを謝りつつ言い訳をするかのように。内気でおだやかで気を遣いすぎるところのある愛すべき男ヴェジンは、我を通そうとすることなどめったになく、人畜問わず心やさしく接し、ものごとを否と拒むことが生来的にできない性格で、自分に権利のあるものでさえ所有を主張した例しのないような人物なるがゆえだった。彼の人生には列車に乗りそこねたり雨傘をバスのなかに置き忘れたりすること以上の椿事などなく、じつのところこの珍しい体験が降りかかってきたときもすでに四十の坂を越えていたのだった——友人たちの臆測をしのぐとともに、彼自身認めたがらないことではあったが。

ジョン・サイレンス博士はこのヴェジンの体験談に一度ならず耳を傾けたすえに、彼の話にはときとして細部が抜け落ちることがあり、かと思えばことさら詳細をきわめる場合もあると診立てている。そしてそれらにもかかわらず、すべてが明らかに真実であるとも。経緯のあらゆる場面が博士の脳裏に忘れがたい映像として焼きつけられていた。いかなる細部も想像やでっちあげによるものはありえない。それらを述べるヴェジンの語りがつねに完璧で、その効果には否定しがたいものがあったがためだった。茶色の瞳が訴えるように輝き、いつもは控えめに隠されている魅力的な気質が大きくあらわになった。慎み深さはもちろんつねに伴うものの、語りのなかでは目の前の現在など忘れ、かの冒険を経た過去をふたたび生きなおすかのごとく鮮やかに自らを描きだしてみせるのだった。

　ヴェジンがその出来事に見舞われたのは、彼が毎年夏に倦まず楽しむ習慣としている単身での山間旅行からの帰途、北フランスを縦断していたときのことだった。荷物は網棚に載せてある旅行鞄ひとつだけだったが、列車のなかは息も詰まるほどの混雑で、しかも乗客にはどこに行ってもよくいるイギリスからの休暇旅行者たちが多かった。彼らの存在はヴェジンの好むところではなかった。同国人だからという以上に、とにかく騒々しくて横柄な者たちであるがゆえに。彼らのやたら大きな手足とツイードの分厚い上着のせいで、自分がどこのだれかも忘れさせてくれる心地よい旅人気分が台なしにされた。彼らイギリス人たちがすぐそばで楽団のようにうるさく騒ぎ立てるため、自分までがなんとはなしに出しゃばりで邪魔っけな者にならねばならないような気がしてくるのだった。したくもないことや意味もないことを、しつこくやりたがるようになってしまいそうな。たとえばむやみと隅の席ばかりとるとか、無性に窓のあげさげをしたくなるとか。

　そんなわけで列車に乗っているのがだんだん心地悪くなり、早く旅を終えてしまいたい、嫁がぬままサービトンでともに暮らす妹との生活に早く戻りたいと思うようになった。

　やがて北フランスのとある小さな駅で停まった汽車が十分ほど機関を休ませているあいだに、ヴェジンはプラットホームにおりて少し脚をのばした。すると厭なことには、別の列車からまたもイギリス人旅行者の一群がどっとおりてきて、そのさまはこのまま旅をつづけるのは無理だと思わせるに充分だった。疲れきっていた頭で懸命に考えるうちに、これはもうこの小さな町で一夜の宿をとり、旅を再開するのは明日にして、乗る列車ももっとゆっくりと走る客の少ないものにするのがよいと閃いた。そう思い立ったときにはすでに、車掌が「間もなく発車(en voiture)」と声をあげ、客車の通路もふたたび人でごった返しているようだった。そこでただちに意を決し、荷物をとりに急いで車内に戻ろうとした。

ところが通路はおろか乗降用階段も通れないほどの混雑だとわかった。そこで外から窓ガラスを叩き(幸いヴェジンがとっていた席は窓ぎわだった)、向かい席のフランス人男性に、自分はここで旅をやめることにしたから、悪いが荷物を窓からおろしてくれないかと、ぎこちないフランス語で頼んだ。するとその年配男性は、ヴェジンが表現したところによれば、半ば忌み嫌うような、半ばなにかを警告するような、終生忘れがたいほどの奇妙な表情を見せたと言う。そして動きだした列車の窓から荷物を手わたしてくれながら、なにやら長い言葉を早口ながらも低い声でヴェジンの耳に告げた。だがどうにか聴きとれたのは最後のほうの「a cause du sommel et a cause des des chats.」という部分だけだった。

サイレンス博士が持ち前の鋭い霊的察知力により、そのフランス人男性こそあなたの冒険行の端緒となる人物だったのではないかと指摘すると、ヴェジンはたしかにあの人には最初から好感を覚えていたと認めた。それでいてなぜそう感じたのかはわからないとも。四時間の旅のあいだ向かいあって座しつづけながら、会話はひと言も交わさなかったが——つっかえがちなフランス語に臆したためもあり——それでいて男の顔にずっと目を惹かれていたと打ち明けた。双方とも相手への曰く言いがたい好印象や関心を幾度となく示しあい——それはもう非礼になりそうなほどに——おたがいに気遣いを見せる機会をうかがっていた。人格が衝突することはなく、好意を感じあい、いつ知遇を得ようかと好機をさぐっていた。そのフランス人の男のほうは、小柄で特徴の乏しいイギリス人の男に対し、初めは近寄りがたいような雰囲気を沈黙のうちにも与えていたが、しかしじつは旅の友を欲しがっており、なにか親切をしてやりたいと思っているらしいことが、言葉に出さす行動にも移さないながらも、暗に察せられるようになってきたと言う。

「それで、鞄をわたしてくれたあとにその男が投げかけてきた言葉の件ですが」とジョン・サイレンス博士は患者の不安を和らげる独特の思いやり深い笑みを湛えつつ尋ねた。「やはりたしかなところは憶えていらっしゃいませんか?」

「なにしろ早口なうえに声が低く、しかも秘密めかした話し方でしたから」とヴェジンは小声で言い訳した。「告げられたことの全部となると、耳に捉えきれませんでした。最後のほうの例のひとくだりがやっと聴きとれただけで。と言うのは、その部分だけははっきりと発音していたようでしたので。列車の窓から身を乗りだして、少しでもわたしに顔を近づけようとしていましたし」

「『a cause du sommel et a cause des des chats.』、でしたね?」サイレンス博士は半ば自らに確認するように復唱した。

「そのとおりです」とヴェジン。「わたしにわかるかぎりですが、『眠りによって、あるいは猫によって』というようなことじゃありませんか?」

「直訳するならそんなところでしょうな」

博士がそう短く答えるにとどめたのは、必要以上に話を中断させたくないからに相違なかった。

「それ以外の部分については」とヴェジン。「まるで理解できなかった最初のほうは別として、どうも『なにかをするな』と言っているように思えました。この町にはとどまるな、とか、どこかの場所には行くな、とでもいったような。とにかくそんな印象を与えられました」

もちろん汽車はほどなく出発し、ヴェジンは独りホームに悄然と残されたのだった。

その小さな町は駅裏の平地に盛りあがる急勾配の丘の上にわだかまるようにして広がっていた。丘の頂にある峠のあいだには、廃墟らしい寺院にそなわるふたつの塔がかいま見えた。駅から眺めたかぎりではさほど古くもなさそうな町で関心を惹かなかったが、じつのところ丘の峰に隠れた部分を見れば中世からつづく町並と知れるのだった。事実、頂まで登って旧めかしい街路に入ったときには、現代を離れ幾世紀もの昔に遡ったような気分にさせられた。混雑する列車のやかましさや賑々しさがはるか未来のことのように思えてきた。観光客の群れや自動車の往来などとは無縁な静かな丘の上で、この町の魂は自らのおだやかな日々を夢に見つつ、空に昇っては魔法をもたらす秋の日差しの下で眠りを貪っているかのようであった。ヴェジン自身いつかその魔法にかかっていることに気づくまでに長くはかからなかった。うねくりのびる狭い通りをほとんど爪先立ちになって忍びやかに歩いていくと、軒々(のきのき)の破風が頭のすぐ上に迫るほど低いことがわかってきた。足を踏み入れた町で一軒だけらしい旅籠(はたご)はなんとも地味な慎み深い佇(たたず)まいで、こんなところに宿屋があってはこの地での夢見(ゆめみ)の妨げになると詫びてでもいるかのように見えた。

だがヴェジンの証言によれば、そういった感想のすべてを初めから持っていたわけではないとのことだった。このような分析的な見方はずっとあとになってからしたことであった。最初のうち心に響いたのは、とにかく列車の喧騒と埃にまみれたあとにようやく訪れた静寂と平穏に浸れる喜びの気持ちのみだった。撫でられる猫のような慰めを感じていた。

「猫のような、と言われましたか?」サイレンス博士が不意に言葉尻を捉えて問いを挟んだ。

「はい、最初からなんだかそんな気がしていました」ヴェジンは言い訳するような笑いとともにそう答えた。「静けさに心が温(ぬく)められるおかげで、猫みたいに鳴きたいような気分でした。そもそも町全体がそんな雰囲気に包まれているところだと――そのとき思いました」

旅籠は傾きかけた古い建物で、四輪馬車栄えし時代の雰囲気をとどめていた。どこかしらあまり歓迎していないように思わせるところのある宿屋だった。どうにか我慢して置いてくれるだけ、そんな気持ちにさせるところだったとヴェジンは洩らした。とは言え宿賃は安いし意外と居心地がよく、それに注文して飲んだ午後のお茶はとても美味(おい)しくて、思いきって汽車をおり大胆な行動を起こしてよかったと思えるだけの値打ちはあったと言う。たしかに思いきった選択ではあった。当初は失敗したかと思われたのだから。部屋からして壁は黒ずみ、天井は低く凸凹していたが、それが却って気持ちを安らがせてもくれた。傾斜した長すぎる廊下はなんだか永遠(とわ)の眠りにつく褥(しとね)に通じているような気さえした――どんな物音も届かないこの世の果てに穿たれた穴の底へでも導かれるかのような。だが部屋に入れば窓からは裏手の中庭が見おろせ、それにとても柔らかな天鵞絨(ビロード)に包まれたような寝心地のよさがあり、また床も壁も厚布が張られているらしく分厚く、外の通りからの騒音を吸収してくれた。完璧に心身を休められる環境に囲まれている気分になれるのだった。

眠りを誘うような午後、宿代二フランのその部屋にいるあいだに口を利いた他人と言えば、ダンドレアリー卿（トム・テイラーの戯曲「わがアメリカの従兄弟」中の人物）風の大仰な頬髭が目立つ悠長すぎるほど丁寧な年配の給仕一人だけだった。石敷きの中庭を給仕はのろのろとヴェジンのほうへ足を進めてくるのだった。だが夕食の前にふたたび階下におりて街に出かけ、細い歩道を散策しているとき、旅籠の女主人に偶然にも出くわした。体格のよい婦人で、大きな両手両足と目鼻立ちとが海のような巨体とともに近づいてきた。まさに手足が大海から突きだしているように見えた。その一方で生気の漲る黒い瞳は体つきに似あわず、じつのところは活発なのと同時に用心深い女性であることを表わしていると見てとれた。初めて目にしたのは、女主人が日差しを除けた壁ぎわの背の低い椅子にかけて編み物をしているときで、ヴェジンは一見して大きなぶち柄の猫がうつらうつらしている姿を連想したのだった。とても眠たがっていながらも目覚めており、すぐに動きだす準備ができているようだった。そのようすはまさに、いつでも鼠を捕まえられる大猫を思わせたと言う。

　敬意がありつつもどこか心ここにあらずの視線を、そのとき女主人は向けてよこした。太った体型にもかかわらず、首が妙にしなやかな感じがすることにヴェジンは気づいた。太い首をいともたやすく彼のほうへ向け、反射的にかすかなお辞儀をしたのがわかった。

「でも、彼女がぼくを目にとめたとき」とヴェジンは例のどこか言い訳めいた笑みをその茶色い瞳に浮かべ、大したことではないがと言いたげな独特な肩のすくめ方をしながら、「本当はまったくちがう動作をしたかったんじゃないかという、奇妙な思いに駆られました。つまりその、今にもひと跳びで石敷きの中庭を横切って、ぼくに襲いかかってくるんじゃないか、と。ちょうど大猫が鼠に跳びかかるときのように」

　そう言っておだやかにふっと笑ったあと、信じてはもらえそうにないことまで打ち明けたかもしれないというような調子で先をつづけたが、そのあいだもサイレンス博士はペンを止めることなくメモをとっていた。

「体の大きさには似合わないほど丁寧で活発な女性で、しかもぼくが後ろへ通りすぎていったあとなにをしようとしているかまで見抜かれているような気がしました。話しかける声も流れるようになめらかで。荷物は大丈夫か、部屋は居心地がいいかなどを訊いたあと、夕食は七時からですとつけ加えました。それから、この小さな田舎町では朝はだれもが早く起きるんですよ、などとも言っていました。どうやら、あまり晩くまで目覚めているのは勧められないという意味だったようです」

　女主人はそうした声の調子や態度によって、いろんな準備や気遣いでどうにかヴェジンを泊めてやることができるのだと伝えたいようであった。客になにかをしてほしいと要求したりはしない代わりに、郷に入っては郷に従う心でいてもらいたいと。だから積極的な行動や努力が求められているわけではなかった。汽車に乗った場合はなかなかそう安楽には行かなかっただろう。通りを静かに散策していくと、ますます気分が落ちつき、よい心持ちになっていった。自分の好みに合った、慰めの得られる環境に身を置いているのだと認識するようになった。これなら従順になることもむずかしくはない。またもおのずと心地よく喉を鳴らしはじめ、と同時に町の全体が同じく喉の音を洩らしているように思われてきた。

小さな町のあちらこちらの街路をゆっくりと歩きまわるうちに、その地の特色である安らぎの雰囲気にいよいよ深く浸っていくようであった。とくにあてがあるわけでもなく往(ゆ)きつ戻りつを重ね、引き返してはまた進むことを反復していった。九月の日差しが斜め上から家々の屋根に照りつけている。曲がりくねった路地には迫るような破風や開いた出窓が並び、遠方には妖精の国のような悠然たる平野がかいま見え、靄に包まれたさらに彼方には、黄葉に彩られた雑木林の草原のさままでが夢の世界の風景もかくやと広がっているのが窺えた。この地にははるかな昔日の魔法が瞭然と残っているのだと感じさせられずにはいなかった。

通りを行き交う人々は男女とも綺麗な衣服に身を包み、みな忙しそうにして、めざす方向へ一心に進んでいく。だれもヴェジンの存在には気づかないかのようで、明らかにイギリス人とわかる彼の風体を振り返って見ようとする者とていない。彼自身、自分がいかにも観光旅行者らしい姿でいるのを忘れてしまうほどで、魅惑的な街景のなかに溶けこめているという錯覚に浸った。ほかの人々と区別がつかない匿名性を帯びたかのようで、異分子であることを意識せずともよい心地よさを感じていた。それはまるで暖かく彩られた夢の一部にでもなったような、夢なのだとさえわからない夢を見ている感覚だった。

丘の東側はけわしく切り立った崖で、その下の平野は忽然と暗い影の海におおわれ、小ぢんまりした林や切り株の群れがさながら深い大洋の水面に散らばる小島のように見えていた。その上方でヴェジンは古い城址(しろあと)の壁に沿って散策をつづけた。かつては堅固な要害だったとおぼしいが、現在では奔放な蔓草や蔦の絡む城壁のなごりが魅力的な景色となっているのみだった。壁の上の幅広い笠石に束の間腰をおろすと、下方の低い木立がなす丸い梢の一群が目の高さに眺めわたせ、そのずっと下には暗がりのなかに細い歩道がのびているのが見てとれた。あちらこちらに黄色い日差しの筋が這い入り、落ち葉をも黄色く染めている。高みからそこを見おろすと、町の人々が涼しい夜気の細道をそぞろ歩いているのがわかった。そのゆったりとした足音と、囁きあうような会話の声が、木立のあいだを立ち昇ってかすかに聞こえる。眼下を静かに行き交う人波はまさに影の群れと呼ぶにふさわしい。

　ヴェジンは石の上にしばらく坐ったまま、ぼんやり考えに耽った。耳もとへ響きあがってくる薄れがちな囁き声の波は、木々の茂みにさえぎられてくぐもっている。小高い丘とその上に自然に生え育った古い森のような町の全景とが、平地に横たわってうたた寝しつつ小声で唄う生き物のように思えた。

　そしてヴェジン自身この町の夢に溶け入ったようにうとうととしていると、喇叭（らっぱ）や弦や木槌などを鳴らす音が耳に届いてきた。人だかりのする高台の奥のほうで演奏をはじめたようで、とても弱く叩く低い太鼓の音も伴っていた。ヴェジンはもともと音楽には感受性が強く知識も深く、低い和音をもちいたおだやかな旋律を自分で作曲したことさえあった——友人たちにも伏せている秘密だったが。まわりに人のいないとき、ピアノの足鍵盤でそっと弾いてもみたものだった。だからそのとき見えないところから木立を擦り抜けて響いてきたその楽（がく）の音（ね）が、着飾った町の人々からなる楽団のものにちがいないとすぐに察しがつき、ただちに魅了された。しかもその調子からしてなにがしか特定の楽曲ではなく、指揮者もいないまま即興で演奏しているものであることもわかった。曲ごとに明確な区切りがあるわけですらなく、さながら風が操る風鳴琴（エオリアンハープ）の音色のように、不意に終わってはまたすぐはじまる気まぐれなものだった。そんな音楽自体がこの町の景色の一部なのであって、謂わば薄れゆく夕日や弱まりゆく風の息遣いがこの場所と時間の一部であるのと同断のことと言えようか。古めかしくも甘やかで物悲しい喇叭の音調と、ときおりそこに挟まれるより鋭い弦の響きとが、絶えず打ち鳴らされる太鼓の低い唸りによって半ば濁らされ、それが妖しく不思議な術のように心の琴線を顫（ふる）わせ、と同時に必ずしも快いとばかりは言えない奇怪なもののように感じられもするのだった。

音調の全体になにかしら心を惑わせる奇妙なところがある。人が作った音楽ではないように思わせ怪しさにあふれている。風に震えて鳴る木々の音を連想させる、あるいは電線や煙突にそよいで唄う夜風にも似ているような、はたまた目に見えぬ船の群れがきしませる索具の音かとも思える、そしてまた――不意にヴェジンの頭のなかに湧いてきた類縁だったが――ある種の獣の咆哮、つまり、荒涼たる世界の辺境に棲む野性の生き物が月に向かって唄い騒ぐ声、そんなものを発想させるのだった。あるいはまた夜の屋根瓦の上で鳴く人ならざるものの声を聴いたような気もした。それは距離と木々とにへだてられて不気味な間合いをとりつつ高まってはまた低まり、且つまた闇夜の彼方の屋根で群れる同族たちの歌声と不思議に調和して、おたがいに向かってあるいは月に向かって美声を競いあっているように思われた。

そのとき湧いたそんな感興はまことに奇妙な印象だが、当時の気分を正確に表わした述懐で、ほかのどんな言葉にも代えられないと言う。例の器楽演奏はありえないほど不規則な間隔を置きつつも継続され、その高まりと低まりは夜の屋根に集まる猫の世界をさらに想像させてやまない。急激に昂揚したかと思えば前触れなく弱まって低音に戻ってみたり、しかもそれが不可解な和音と不協和音の混淆のなかで終始くりかえされる。とは言え哀愁を帯びたその甘美な音階は、半壊を思わせる楽器の奏でる不協和音でさえも、決してヴェジンの音楽心を不愉快にさせる調子はずれのたぐいとは聴こえなかった。

長く耳を傾けるうちに全精神が降伏するほど心を打たれたが、やがて夜気が冷たくなってきたため、暗がりのなかを宿への帰途につかねばならなかった。

「そのあいだなにか危険な予感などはしませんでしたか?」サイレンス博士がすばやく問いを挟んだ。

「まったくありません」とヴェジンは答える。「ただ、すべてがあまりに幻惑的というのか蠱惑的というのか、そのせいでぼくの想像力が根底から影響されてしまっていたとは言えるでしょうが。あるいはひょっとすると」と幾分言い訳がましくさらにつづけて、「想像力がそんなぐあいに掻き乱されたせいで、さらに別種の印象をも持たされたかもわかりません。つまりその、宿へ引き返していくあいだにも、その地の魔力とでも呼ぶべきものがさまざまな形をとり、あらゆる感知の術を通じてぼくのうちに忍び入ってくるようでした。それから、そのときの自分でさえ理解しがたいさらに別のことも起こってきました」

「なにかしらの出来事が、ということですか?」とサイレンス。

「いえ、出来事とも言いきれません。ぼくの精神を興奮させるありありとした刺激が大量に襲ってきた、とでも言えばいいでしょうか。しかもなぜかその原因をたどることはできません。それは日没の直後のころで、傾きかけた古い建物の列が、金や赤の混じった乳白色の夕空に幻妙な稜線を描き、捻じれ曲がった街路に夕闇が侵入していきました。丘の四囲には平地が朧な海のごとく広がり、闇の深まりとともにその海面が高まってくるかのようでした。このような風景の魔法はじつに強く心を動かすもので、その夜の景色がまさにそれでした。と言っても、ぼくを見舞ったその感興がただちに神秘的ななにごとかを起こしたというわけではなく、その光景が奇蹟を呼んだというようなことでもありません」

「つまり、美観に影響されて精神がある種の変化を起こしたためばかりではない、とおっしゃりたいわけですね?」患者のためらいに気づいた博士が言葉を挟んだ。

「そのとおりです」とヴェジンは促されて先をつづけた。もうわたしたちの顔に苦笑を認めることをも恐れていないかのように。「そのとき持った印象は、もっと別の出所からのものでした。たとえば、往来の混みあう大通りを行き交う仕事帰りの男女や、露店や屋台に立ち寄る買い物客や、そこかしこになんとなく集まっては世間話に興じる人たちや、そのほかあらゆる種類の人々にも、ぼくの存在が関心を覚えさせてはいないことが見てとれました。外国人あるいは余所者だからという理由で、振り向いてこちらを見る者などまったくいないのです。完全に無視されており、群衆のなかにいる異分子として注意を惹くことも一切ありませんでした。

ところがやがて、まったく突然にある確信とともに察せられたのは、そうした無関心や冷淡さといったものが、じつはただのふりにすぎないという事実でした。

本当はだれもがぼくのことを仔細に観察していたのです。一挙手一投足にいたるまで見られ知られていました。無視というのは装いであり、巧みなまやかしでした」

ヴェジンは不意に間を置くと、こちらをじっと見て、わたしとサイレンス博士が笑っていないかたしかめているようだったが、そんなことはないとわかったらしく、すぐまた話をつづけた。

「どうしてそれに気づいたのかと問われるのは無駄と申すほかありません。なにしろ全然説明できないのですから。ただ、そうとわかったのは大きな驚きではありました。しかも、旅籠に戻る前にさらに奇妙なことが起こりました。それは非常に衝撃的で、ぼくの認識が真実であることを納得させるに足るものでした。且つまた、それも同様に説明のつかないことでもあります。単にわが身に生じた事実として述べるよりほかにないのです」

小柄な男ヴェジンは椅子から離れたと思うと、暖炉の前の敷物の上に立った。この瞬間以降、どこかしら自信がなさそうだったようすが弱まり、自らの冒険譚をふたたび没頭して語ることができるようになったのだった。話すときの目の輝きがいちだんと増してきた。

「それは」と、興奮にいささか声をうわずらせながらつづけた。「ある店に立ち寄ったときが最初でした。その前から意識の奥でもやもやとしていたものが、そのとき唐突に完全な形をとって表われてきたかのようでした。たしか靴下を買おうとしたときだったと思いますが――」とかすかな笑いを挟み、「――ぼくがぎこちないフランス語で話しかけても、店員の女性は客がなにを買おうとしているかにさえまったく意を払っていないように見えたのです。目の前の売り買いにまるで無関心で、商売心というものが全然ないみたいに。ただものを売るふりをしているだけのように。

これ自体はとるに足りぬささいなことですが、次第にそうは言えなくなっていきます。到底ささいではない事態へと。つまり最初は導火線が火花を散らす程度だったのが、やがて心のなかで巨大な炎となっていきました。

町の全体が、それまで目にしていたところはまったく別のものに変わったような気がしました。人々の現実上の行動や関心といったものが、見えている世界とはちがう場所へ移ってしまったような。人々の本当の生活が、目前にある風景の背後のどこかへ隠されたかのような、とでも言えばいいでしょうか。彼らのしていることは表面上のとりつくろいにすぎず、真の目的はその裏に秘められているようでした。売ったり買ったり、食べたり飲んだり、通りを行ったり来たりしてはいますが、彼らの存在の本当の動きは、ぼくの知りえないところでなされているように思えました。地下のどこかの、秘密の場所ででも。商店や露店でわたしが品物を買っても、だれも意識にとめてくれません。旅籠でもぼくが泊まりつづけるのかそれとも去るのか、もはや気にされないにちがいありません。みんなぼくのいる場所とは別のところで生きているような、隠された謎めく未知の世界で暮らす者たちのごとくに見えてきました。ぼくのためかそれとも彼ら自身のためであるかは知らず、とにかく見えている行動のすべてが非常に巧妙な演技のようでした。彼らの生命力の真実の流れはどこか別のところにあるような。自分がまるで招かれざる異質な存在になったかのようで、そうとわかったときにそれを受け入れるかあるいは拒絶するかを、人間としての精神上において、あるいは全身の肉体上においても、感じとることを求められているように思いました。町の総体がまさにその問題をぼくに強いているのです。

この奇怪な認識が、旅籠へと戻る道すがら、心のなかに否が応でも浮かびあがってきました。そのため、この町の真の生命はいったいどこにあるのだろうと、焦って考えはじめました。その隠された生命が持つ本当の関心や活動とはなんなのだろうか、と。

そしてようやくにして目が半ばまで見開かれたかのように、ほかのことにも疑念が湧いてきました。その第一は、この地全体の異常な静けさです。なんだか町そのものが口をふさがれているようでした。通りには舗石が敷かれているのに人々の歩行はまったく音を立てず、まるで猫のようなふくらんだ足裏で歩いているみたいです。どこからも物音ひとつしません。森閑と静まり返っています。ごくたまに聞こえるものと言えば、猫が低く喉を鳴らすような非常にかすかな声のみです。

眠気を誘うかのようなこの雰囲気を破る騒々しさ賑々しさは一切なく、丘の上の小さな町の全容がまさにおだやかな夢を伴う睡り(ねむり)へと惹きこまれているようでした。そのさまはちょうど旅籠の女主人を思わせます――物静かそうな外観の下に強い活動力や目的意識を隠していそうなところが。

それでいて、倦怠や不活性といった要素は町のどこにも認められないのです。

人々はきびきびとして行動的です。ただ奇妙なおだやかさが魔法のように彼らをおおい包んでいるだけで」

ヴェジンは一瞬片手を目の前にかざした、その光景の記憶があまりにも明瞭になりすぎたとでも言うように。声がか細い囁きにまで低まり、わたしも博士も今し方の最後の台詞が聞きとりづらかったほどだ。真実を語っているのはまちがいないが、彼自身にとっては、打ち明けたい一方で同時にどこか口にしたくないことでもあるようだった。

「宿に戻って食事をとっているあいだも」とヴェジンはわずかに声を高めて先をつづけた。「なにやら奇妙で新しい世界にまわりを囲まれているように感じました。今まで現実だった古い世界がしりぞいてしまったような。好むと好まざるとにかかわらず、そこは理解のおよびがたい新たな世界です。列車に乗るのを衝動的にやめてしまったことが悔やまれてきました。冒険に巻きこまれたのです——そういう体験を自分に似合わないこととして嫌ってきたこのぼくが。

もっと言えば、それはぼくの内面深くのいずこかにおける冒険のはじまりだったのです。もはや押しとどめることも推量することも叶わない、危機感と興奮の感覚とが混じりあった世界——危機というのはつまり、四十年の半生にわたってぼくの特徴としてきた波乱のない生き方があやうくなるという意味ですが。

二階の宿泊室にあがってからも、自分にふさわしからざる思いの数々に支配されていました。あるいはとり憑いて離れない妄念に。なんとか安堵を得ようと、散文的でうるさいながらも心地よい列車の音を思い浮かべるように努めました。やかましいながらも健全な乗客たちのことをも。その人たちと一緒に旅をつづければよかったとまで願望しました。しかし夢はまた別のところへぼくを引き戻します。夢に現われたのは猫の群れでした。あるいはゆるゆると蠢く得体のしれない生き物たちもいて、そして、五感の彼方に広がる閉塞したおぼろな世界の静寂が夢を包みました」

2

その後もヴェジンは自身の望みにも反して、なぜか幾日も旅籠に滞在しつづけたと言う。夢に侵されたような朦朧とした心境のなかにいた。ことさらなにをするでもないまま、その場所に惹きつけられてやまず、立ち去る決心がつきかねていた。ものごとを決断するのがつねに困難となり、列車には乗るまいとよくぞ決意できたものだと不思議になるときさえあった。まるで何者かにそう決心するように仕向けられたような気がしたり、あるいはまた、向かいの席に坐っていたあの浅黒いフランス人のことが一、二度思いだされたりもした。そしてあの男が言っていた長い台詞の奇妙な最後の部分――a cause du sommel et a cause des des chats――がなんとか理解できないものかと考えもした。あれはいったいなにを意味する言葉なのかと。

とにかく現状はその町の持つ森閑たる雰囲気に囚われている気分であり、ヴェジンの特質どおりためらいがちで消極的ながらも、どうにかしてこの不可思議を解こうと努めるしかなかった。この地をおおう気配の正体はいったいなんなのかと。だが彼のかぎられたフランス語と、行動的な調査を好めない持って生まれた性質とが相俟ち、人と長く話をしたり質問を重ねたりすることはなかなかにむずかしかった。結局はただ町を眺め人々を観察するのみという受け身の態度にとどまらざるをえなかった。

靄がかかりながらもおだやかな天候がつづいたことは幸いではあった。あらゆる通りや路地を知悉するまで町を歩きまわることができた。人々は励ますでも妨げるでもなく彼があちらこちらへ赴くに任せていたが、しかしひそかに盗み見る目から逃げられないとは日に日に強く意識しなければならなかった。さながら鼠を狙う猫のように町が彼を見すえているのだった。そしてついには、人々がなぜあんなにも忙しそうに動きまわっているのか、彼らの行動の真意が那辺にあるのか、それらをさぐり知ることは不可能に近いと悟るにいたった。その謎は秘められたままとなった。人々は猫のごとく神秘的にして物静かでありつづけた。

そして日を重ねるにつれ、監視されているという事実はよりたしかなものとなっていった。たとえばヴェジンが町の端までそぞろ歩いて、胸壁の下で緑なす小ぢんまりとした公共庭園にさまよい入り、無人のベンチに腰をおろすと、完璧な孤独に浸れた——初めのうちは。彼のほかにはベンチに坐る者もなく、小径（こみち）にも人けとてなく、狭い公園はがらんとしたままだった。だがその場に入ってから十分と経たないうちに、いつの間にかざっと二十人ぐらいの人影が散らばっていた。ある者は砂利道をあてどなく歩きながら花壇を眺め、ある者は彼同様に木のベンチにかけて日光浴を楽しんでいる。それでいてだれも彼に関心を払うようすがない。だが彼にはわかっていた、全員が自分を監視するために来ているのだと。みんなで仔細に彼を観察していた。通りではなにごとかそれぞれの用事であんなに忙しく歩きまわっていた人々が、ここでは突然そんなことなど忘れたかのようにうたた寝したりのんびりしたりしている。仕事など思いだせず、なにもすることがないと言うように。だが彼が公園から出ていくと、五分もしないうちにその場はもぬけの殻に戻った。ベンチはふたたび無人となった。そして外の通りが混雑を再開した。つまりどこに行っても孤独にはなれないのだ。つねに町の人々の意識内にとどまらざるをえない。

その監視の仕方がまたいかに巧妙であるかも、徐々に思い知らされねばならなかった。一見そうは思えないように盗み見ている。まっすぐに目を向けてくる者など一人もいない。

だれもが遠目に観察しているのだ。その言葉の持つ隠蔽性に、ヴェジンは思わず苦笑した。だがその言い方こそが正確な表現だ。みんな別のほうを向いているかのような角度からじつは彼を見ている。人々の動き方もまた、彼を監視するという目的におけるかぎりは巧みと言わねばならない。直接的な挙動はまったくとられない。たとえば彼が商店に入って買い物をしようとすると、店員の女性はなにやら忙しそうにカウンターの隅のほうへ移っていく。それでも彼が話しかければすぐに反応し、そこに客がいると最初から知っていたことを露見させる。なのにそうやって迂遠な接し方をするのがつねであるように見せかける。それはまるで猫が人と接するときのさまを真似ているかのようだった。例の髭を生やした丁寧すぎる旅籠の給仕でさえも、食堂室で注文を訊いたり皿をさげたりするとき、持ち前のすべるようなしずしずとした動きをしていながらも、彼のテーブルへまっすぐに近づいてこようとはしなかった。ジグザグの不たしかな歩き方をしてくるものだから、別のテーブルに向かっていくのかと思えるほどだった。そして最後の最後になって急に向きを変え、彼のわきに立っているのだった。

そうした現象を意識しはじめたときのことを語るに際し、ヴェジンはいやはやと言うように苦笑を洩らした。旅籠には彼のほかに客はいないはずだが、なぜか一人二人の年配者の人影があったのを憶えていると言う。町の住民らしく、昼食や夕食をとりにきていたが、いずれも似通った奇妙きわまる挙動で店に入ってくるのだった。まず戸口で足を止めてなかを覗きこみ、束の間ようすを窺ったあと、あたかも横歩きをするように壁に接しながら入ってくる。そのためどのテーブルにつくつもりなのかわからずにいると、終(しま)いになっていきなり小走りするようにして自分たちの定席(じょうせき)につく。そのさまはまたしても猫の動き方や歩き方を思わせた。

　ほかにもさまざまのささいな出来事が数多くあり、そのどれもがこのおだやかで奇妙な小都市の秘められた不たしかな特性の顕(あら)われと印象づけられるものだった。人々が姿を見せたり見えなくなったりするときもいちいち異常な速やかさで、不審に思わせずにはいなかった。いずれも偶然にそうなったのかもしれないが、しかし人影が横丁に呑みこまれるようにいつの間にか消えていたり、あるいは説明のつけられる扉や出入口があたりに見えないにもかかわらず突然どこからか人が姿を現わしてみたりといったことには、理解を阻まれるしかなかった。あるとき通りの向かい側から——それも旅籠にきわめて近いところから——二人の年老いた婦人がことさらわけありげにこちらを見ていることに気づいたので、あとを追ってみたところ、両人とも前方の角を不意に折れていった。そこで急いで追いかけたが、角の先には無人の裏通りがのびているばかりで、老婦人たちは影も形も消え失せていた。くぐり入って隠れたとおぼしい戸口は五十ヤードほど先にひとつあるきりだったが、どんなに速く走れる者でもその短時間でたどりつける場所ではなかった。

　またそれと同様の唐突さで予期せざるときに人が姿を現わす場合もあった。あるときには低い塀の陰で争っているらしい大きな物音が聞こえたので、なにごとかと急いでそこへまわりこんでみると、若い女の子と大人の女性の一団が大きい声で話しているところだったが、ヴェジンが塀の端から顔を覗かせたとたんに、みんな不意に声をひそめ、この地の市民特有の囁くような会話に戻ってしまった。しかもだれ一人彼のほうへ顔を向けようとはせず、またしてもわけのわからないすばしこさで、中庭の向こうの戸口や軒下へ姿を消してしまうのだった。おまけに彼女たちの声というのが、諍(いさか)いをする動物の怒った唸り声に奇妙なほど似ていた――まさに猫のわめく声に。

そんなことの一方で、町の総体は依然として彼を避けるような、あるいは変幻自在に煙(けむ)に巻くような、外界のどこかへ隠れるがごとき雰囲気でありつづけ、しかもそれでいて強い意志と激しい活力とを感じさせつづけてもいるのだった。そしてヴェジン自身も今やそんな町の一部となっているがゆえに、こうした秘匿性には疑問といらだちを覚えるほかなかった。あるいはより以上に――恐れをも覚えさせられていた。

ヴェジンの常識的な表層意識をゆるくおおう霧を突き破るようにしてまたしても浮かびあがってきたのは、彼がなにがしか決然たる表明をすることを町の人々が待ち受けているのではないかという思いだった。なにがしかの態度をとることを、あるいはなにごとかをなさんと宣言することを。そして彼がそれをなしたときこそ、町の人々はようやくにして彼への直接的な反応を示すのではないかと思えた。彼を受け入れるにせよ拒絶するにせよ。だがどう心を決めればよいのかという肝心な問いへの答えに関するかぎりは、ついぞ意識に浮かんでくることがなかった。

町の人々の目的がなんであるのかを知らんとするがために、少人数の群れや集まりのあとに意識的についていったことが一、二度あったが、しかしいずれのときも結局気づかれてしまい、蜘蛛の子を散らすように逃げられてしまった――一人ひとり別々の方向へと去っていくのだった。それはいつも同じ結果となり、彼らの主たる関心がなんであるのかを知るにはいたらず仕舞いだった。町の反対側の端にある古い寺院すなわち聖マルタン教会に足を運んでみても、人っ子一人いないありさまだった。

人々は買い物をするにしても楽しんですることはなく、せざるをえないからするのみというようすだった。商店には客がおらず、露店にもだれも寄りつかない。小さな茶店のたぐいも例外なくがらんとしている。なのに外の通りはどこも往来があふれ、人波でごった返している。

「言ってみれば」とヴェジンは独りごちるように、そして自分がなにか奇妙な思いに囚われているのではないかと自嘲するかのように言うのだった。「言ってみればこの町の人々は、黄昏の民、とでも呼ぶべきでしょうか。つまり、夜にこそ真の生活があるため、夕暮れとともに表に出てくるというわけです。昼のあいだは勢いがあるようなふりをしているだけで、日が沈んでから本当の生活をはじめるのです。謂わば夜の生き物の魂を持っているのであり、すなわち町の支配権そのものが猫族の手に握られているのではないでしょうか?」

この思いつきがヴェジン自身に恐れを与えたとおぼしく、困惑するようなあるいはおびえるような態度を見せた。そして笑いをつくろいはしたが、自分が不安に陥りかけていることを意識したようであった。なにかしら目に見えない力が、無数の紐で彼の存在の中心を引っぱっているようだ。つねなる生活から遠くかけ離れたなにかが、長いあいだ眠りにつき目覚めることのなかったなにかが彼の魂の奥から蠢きだし、脳や心臓に触手をのばして、不気味な思念を形作ろうとしているのだ。そして彼のささいな挙動にまで影響を与えていく。彼の魂にとってあるいは存在自体にとってきわめて危険ななにかが、あやうい平衡を保って浮かんでいる。

そして毎日ヴェジンが日没ごろに旅籠に戻ってくるとき、建ち並ぶ店の戸口から夕闇のなかへと人々が忍びでてきて、なにかを見張るかのように通りの角々でうろうろしているのが見かけられるのだった。だが彼が近づいていくといつもすぐに身をひそめてしまう。また旅籠は決まって毎夜十時になると戸口をすべてしめてしまうので、人々は夜中になにをしているのだろうと心なし思っても、その答えを探しに出かける機会を得られない。

「——a cause du sommel et a cause des des chats——」

この言葉がそれまでにも増して耳もとで鳴り響くようになり、にもかかわらずそのたしかな意味は依然として不明のままだった。

さらに怪しいことには、なにかの力の働きででもあるのか、ヴェジンは毎夜死のごとく深い眠りに落ちるようになった。

3

それはおそらく五日めのことだったようだが——この点の詳細についてはヴェジンの話が妙に曖昧になった——彼のうちにある強い確信が湧き、それがために大きな危機感を持つにいたったと言う。じつのところそれ以前から自身の性格にある変化が起こっていることに気づいており、持ち前の小さな癖のいくつかがいつの間にか矯正されていたのだった。初めはそんなことなど無視しようと努めていたが、しかし結局そうも行かず、不安をかかえざるをえなくなった。

元来どんなときでも明朗快活でいられる性質では決してない。つねに消極的で、なにごとにもおとなしく黙従するばかりなところがあったが、それでも必要あるときには積極的な行動を起こす場合もあり、強い決意を持つこともできないわけではなかった。ところがこのたび気づいたのは、その程度の意志力さえも萎えてしまったらしいことだった。もはや自分の気持ちを固めるのもむずかしくなっていた。そしてこの五日めのとき、この町にいささか長くいすぎたと今さらに意識するにいたり、もういい加減にここを出ていくのが安全であり賢明だとようやく思いはじめた。

だがじつはもはや出ていくことすらできない状態だった!

ヴェジンは自分が陥ったそんな無力感を言葉で表現するのはむずかしいようで、サイレンス博士に伝えるにも仕草や表情により大きく頼っていた。彼の言うところによれば、町の人々に監視され観察されているという思いが捕獲網のように足に絡みつき、囚われの状態から逃げだす力さえ奪っているのだった。あたかももつれた大きな蜘蛛の巣に迷いこんだ蠅になった気分だったと言う。捕まり囲われて抜けだせない。困惑と焦りが襲う。意志力に麻痺が忍び入り、心を決めるのも不可能に近くなった。積極的な行動を考えることさえ——逃走へと心を向けることも——怖くなっていた。精神の流れのすべてが自らの内部へと働きかけ、これまで手の届きえなかったなにかを浮かびあがらせんとしているようだ。積年の昔に、いや何百年もの彼方に忘れ去っていたものを、自らの意識に思いださせようとしているかのごとく。それはさながら身のうちの深みにひとつの窓が開き、新たな世界をあらわにしつつある過程のようだった。その世界は必ずしも見慣れないものではないが、さらに向こう側はまたしても幕に閉ざされている。そしてその幕までもが巻きあげられ、さらなる内奥の世界をかいま見るときこそ、この面妖な町の人々の生命の秘密がようやく理解できるのだと察せられた。

「そのために彼らは見張りつつ待ち受けているのか？」とヴェジンは心も顫える恐れとともに自問したと言う。「ぼくが彼らの仲間に加わるか——それとも拒むかを見きわめるために？　その如何は彼らが決めるわけではなくて、結局のところぼくに委ねられているのか？」

そう覚った瞬間にこそ、この冒険行の奇怪な本質が初めてあらわになり、そして心の底から危機を感じとった。自らのささやかで脆弱な人格の平穏が失われようとしているのを感じた。そして激しいおびえに襲われた。

そのせいでこそ、これまでにもただ歩くのにすら忍び足にならざるをえなかったのだと自覚した。可能なかぎり足音を消し、背後を振り返りつつ進むようになったのはこのためなのだ。人けのない旅籠の廊下さえずっと爪先立ちになって通り抜けていたのだから。旅する外国人であることそれ自体が隠れ蓑になるなどと、臆病にも考えてしまっていたわけもそこにある。日没後は部屋にこもっていたほうが賢明だなどとは、内心ずっとおびえつづけていなければ思うことではあるまい？　そうとも、そういうわけだったのだ。

だがその恐怖の原因について説明してみるようにとジョン・サイレンス博士がおだやかに促しても、ヴェジンは申し訳なさそうにそれは無理ですと答えるのみだった。

「まなざしを鋭くしてようすを窺っていなければ、自分の身になにかが起こるようで怖かった、とでも申しあげるほかはありません。とにかく恐ろしかった。それはもう本能的な感覚でした」と洩らすのが精いっぱいだった。「あの町全体に自分が狙われているような――なにかを奪われそうな恐れの気持ちでした。もし捕まったら自分が失われると、少なくともこれまでに知るかぎりの自分ではなくなると思えました。なにやら憶えのない意識状態になってしまうような。とは言え心理学者ではありませんので」言い訳がましくつけ加える。「それ以上精細には説明できませんが」

ヴェジンが以上のようなことに気づくにいたったのは、夕食の三十分ほど前に旅籠の中庭を散策しているときであったと言う。急いで二階にあがると、曲がりくねった廊下の奥の静かな自分の部屋にこもって、その発見について独り考えをめぐらせた。外の庭にはだれも見えなかったが、しかしあの大柄な女主人がどこかの戸口から不意に姿を現わす惧れはつねにある。そして編み物でもするようなふりをして椅子にかけ、監視をはじめるのだ。実際そういうことがこれまでにも何度もあり、彼女を見かけるのさえ耐えがたいような気分にさせられていた。滑稽な考えではあるが、背を向けた瞬間に彼女に襲われるのではないかというかつて覚えた予感を、またしても思いださねばならなかった。首に跳びつかれ、一撃でへし折られはしないかと。もちろん莫迦げた想像だが、頭にとり憑いて離れないのは否めず、ひとたびそうなるともう莫迦げているとは言えなくなる。そんな妄念さえ現実味を帯びてくるのだ。

二階にあがったのもそれゆえにほかならない。夕暮れどきながら、廊下の石油洋燈（ランプ）はまだ灯されていなかった。古びた廊下の凸凹（でこぼこ）した床面をよろけながら進み、並ぶ部屋べやのドアがおぼろな輪郭をなすわきを通りすぎていく――どのドアも一度としてあけられたところを見た例しがなく、客が滞在したことなどなさそうに思える部屋べやだ。その前を歩いていくヴェジンの足どりは、すでに癖になっている忍びやかな爪先立ちだった。

自身の部屋へと向かう最後の廊下を半ばまで行って、その急な角を折れながら、のばした両手で壁の曲がりをまさぐっているとき、指先が壁ではないなにかに触れた――なにやら動くものだった。柔らかく温かく繊維質で、言い知れぬ芳香がある。高さはちょうど人の肩ぐらいの位置だ。ヴェジンは即座に甘やかな香りを放つふわふわした毛並みの仔猫を想像した。だがつぎの瞬間には、それとはまったく別のものだと感じとっていた。

たしかめるでもなく――研ぎ澄まされすぎて疲れた神経では調べる気にもなれなかった――思わず反対側の壁ぎわまで逃げすさった。正体のわからないそれはかすかな衣擦（きぬず）れとともに彼のわきを走り抜け、軽い足どりで廊下を後方へと駆けていき見えなくなった。あとには鼻孔にただよいくる温かく香りある吐息だけが残った。

　ヴェジンは一瞬息すら止め、半ば壁に身を預けつつ呆然と立ちつくし——それから部屋までの残りの距離を急ぎ進んだ。室内に跳びこむや、すぐさま鍵をかけた。だがそれほど焦ったのは恐れゆえではない。むしろ興奮のため、それも快感の伴う昂揚のせいだった。神経が掻き鳴らされるようなその感覚が甘美に輝くかのように全身を包んだ。頭に閃いたのは、二十五年前の少年期に初めて恋に落ちたときの感興だった。熱い生命感が体のなかを流れ、脳内にまで達して心地よい渦を描く。心理状態が急激にまろやかになり、愛(いと)しい気持ちへと溶けこんでいく。

　部屋は漆黒の闇で、窓ぎわの長椅子の上に倒れこんでしまった。自分がどうなったのか、なにごとが起こったのかと訝る。だがそのとき理解できたことと言えば、自分のなかで急激になにがしかの変化が起こったという事実のみだった。もはやこの町を去りたいとは望んでおらず、去るか否かの悩みもなくなっていた。廊下でのあの遭遇がすべてを変えたようだ。あの不思議な芳香がいまだ身辺に残り、心をあるいは魂をも愉しませている。それは出会ったのが一人の少女であることを察知しているからだった。暗がりで指先がかすったのは少女の顔であり、その感触はなぜか奇妙にも唇まで重ねたかのような思いを与えていた。まるで満面の接吻に浸りでもしたような。

　ヴェジンは身震いを覚えつつ窓ぎわの長椅子に座し、なんとか思考を整えようと努めた。暗く狭い廊下で少女と一瞬交差しただけで、その甘い記憶に神経が痺れるほどの意思疎通ができたなどと思えてしまうとは、わがことながらまったく理解に苦しむ。だがとにかく否定しようがない！

検証など無理と言うほかない。なにかしら古い炎のごときものが体内に忍び入り、血とともに流れめぐっている。二十歳の若者ではない四十五歳の大人だという事実など、今はとるに足りない。身のうちの渾沌と混乱から絞りだされてくる唯一の確実なことは、目にも見えぬ未知の少女と暗闇でかすかに触れあった気配だけで、胸の奥で眠っていた炎が揺り起こされるに充分だったという真実のみだ。それにより、脆弱な茫洋状態にあった自分の精神が、激震を伴う興奮へと覚醒させられたのだ。

だがしばらく経つと、これまでの半生で蓄積されてきた実人生の力が戻りはじめ、落ちつきが返ってきた。そしてやがてドアがノックされ、夕食の時間が間もなく終わりになりますがと告げる給仕の声が聞こえると、ようやく気をとりなおして階下へとおり、食堂室に入っていった。

その場にいた一同が顔をあげ、入ってきたヴェジンを注視した。彼のみ遅れすぎたためだが、かまわずいちばん奥のいつもの席について食事をはじめた。神経にはまだおびえが残っていたが、しかし中庭と玄関ホールを通り抜けてきたあいだにも女物の衣装をかいま見ずに済んだおかげで、いささかの安堵を得ていた。急いで食べたおかげで定食（テーブルドホート）コースの現段階に追いついたころ、食堂内でのある動きが不意に注意を惹いた。

ヴェジンの席は出入口ドアを背にしており、しかも長方形をなす食堂室の空間のほとんども背後となっていたが、なぜか振り返るまでもなく、暗い廊下で出会ったあの人物がたった今入ってきたことを察知できた。姿を見ないうちに、足音さえ聞く前から、その人物の存在を感じとれた。すると年配の男たち——わずかにいるほかの滞在客たち——が一人また一人と席を立ちはじめた。そして今し方入ってきた人物がテーブルからテーブルへとめぐり歩き、客たちと挨拶を交わしあった。ヴェジンは落ちつこうと努めつつも心臓が早鐘を打つのを止めきれないまま、ようやく振り返った。目が捉えたのは少女と言ってよい一人の若い女性だった。しなやかな細身で食堂の中央を歩み進み、ほかでもないヴェジンのいる隅のテーブルをまっすぐにめざしてくる。その足どりはまさに若い牝豹（めひょう）を思わせるほどにすばらしく敏捷且つ優雅で、接近してくるにつれて期待と興奮が高まり、当惑のあまり少女がどんな顔をしているかも見きわめられない。恐れと歓喜が半ばしつつ心を満たすあまり、その人物の出現がなにを意味するかも考えられない。

「おお、これはお嬢さま（マドモアゼル）」

すぐわきに立つ年配の給仕がそうつぶやいたのが聞こえたおかげで、この少女こそ旅籠の女主人の娘なのだとかろうじて理解できた。まさにそのとき娘は彼のそばにたどりつき、声を発した。彼に向けてなにか言っている。赤い唇が開き、白い歯が笑うのが見えた。なよなかな黒髪の筋がこめかみのあたりにほつれる。だがそのほかのことはさながら夢のごとくで、ヴェジン自身の感情が分厚い雲となって視界を閉ざし、正確な観察を妨げると同時に、自分がなにをしようとしているかもわからなくさせた。娘が頭をわずかに愛らしくさげて挨拶をよこすのがどうにか認められた。美しく大きな目がヴェジンの目をさぐるように見つめ、甘い香りが暗い廊下を鼻孔へとただよってくる。彼のほうへわずかに身をかしげ、テーブルのこちら端に片腕をついてもたれかかるようにしている。体を彼にひどく近づけて――心をもっぱら捉えたのはまさにその点だった――母親の客たちに心地よくすごしてくれているかを尋ねてまわっていたところで、そして今はいちばん新しい客に——つまりほかでもない彼のことだ——自己紹介をしたいと思う、と告げた。

「こちらのお客さまはもう何日も前からお泊まりですが」

給仕がそう教えるのが聞こえたあと、娘は唄うような甘い声でこう言い返した——

「ええ、でも、お客さまが早くお発ちになってしまわないようにしたいと思ってね。母はもう年をとりすぎて、みなさまのお世話が巧くできなくなってきたと言っているの。でも今日はわたしがこうしているから、少しでも手伝いができるんじゃないかと思って」そう言って軽やかに笑う。「それで、こちらの方もよくお世話してさしあげたいというわけなの」

ヴェジンはつい畏まってしまいたくなる気持ちにあらがいきれず、娘のけなげな物言いに応答すべく半ば席から腰を浮かせて、つっかえがちになにがしかの挨拶を口にした。そのとき、テーブルについている娘の手に思わず手が触れてしまい、その刹那激しい衝撃が電流のように娘の肌から自分の身へと伝わってきた。奥深くで魂が揺さぶられるような感覚だった。おたがいの目を強い関心とともに凝視しあったと思うと、つぎの瞬間には、言葉も発せないままわれ知らずふたたび席に腰を落としていた。そのあとはデザート用スプーンとナイフでサラダを口に運ぼうとでも努めるほかなかった。

娘が早く遠ざかってくれればいいのにと思いつつ——その一方で離れられるのを恐れてもいたが——夕食の残りをどうにか喉の奥へと嚥みくだした。そのあとは独りになって考えに耽るべく、急いで自分の部屋へと戻っていった。このたびは廊下に照明が灯され、緊張させるような出来事には遭遇せずに済んだ。とは言え曲がりくねった廊下は依然影が濃く、最後の曲がりから先が最前よりも妙に長くなっているかのように感じられるのだった。まるで山腹の斜面のように廊下の床がくだり勾配となり、爪先立ちになって忍びやかにそこを進んでいくあいだ、なんだかこの旅籠から外へと出ていき、大きな森の奥に分け入っていきそうな気分にさせられた。身のまわりじゅうが自分のために歌を唄っているかのようだ。脳内に奇態な幻想があふれる。ようやく部屋に入ると厳重に施錠し、蝋燭も灯さないまま窓辺の席に坐りこんだ。そして長い長い思考がおのずから列をなすがごとく心に去来するに任せた。

4

ヴェジンがサイレンス博士に語った話のうち以上の部分については、じつのところ特別な飾り立てもなく述べられたが、半面言葉も途切れがちなほどの当惑が伴ってもいた。自分自身なにひとつ理解できていないと言う。なにゆえに旅籠の女主人の娘にあれほどの強い感化をされてしまったのかわからないのだった。それも彼女の顔をまだ目にしないうちからなのだから。この娘にとっては薄暗いなかで体を近づけるだけで、男の心に火を点けるのに充分だったようだ。もともと彼は女性に魅惑された経験の少ない男で、異性との密接なかかわりを身近にすることとは長年無縁であった。非常に引っこみ思案で、しかも自分のそんな大きな欠陥についてよくわかってもいた。にもかかわらず、あの若く魅力的な娘はまちがいなく意識的に彼に迫ってきたのだ。その態度は見誤りようのないもので、隙あらば必ず彼を誘惑せんともくろんでいたに相違ない。愛らしくも操正しき娘であることは疑いないが、それでいてあからさまに蠱惑的でもあり、事実そのきらめく瞳の最初の一瞥ですでに彼の心を捉えていた――あの闇のなかでの不可視の遭遇ではまだそこまで魔法が効くにいたらなかったとは言え。

「それほど完璧に健やかな、よい娘だと感じとったわけですな」とサイレンス博士が問いを発した。「それに対し、あなたはどのような反応も示されなかったのですか？――たとえば疑念をあらわにするとか」

ヴェジンはすばやく顔をあげて視線を向けはしたが、そこには独特の申し訳なさそうな笑みが浮かんでいた。そのあと答えるまでに少々間があった。冒険の記憶を呼び起こすだけで内気そうな顔に赤みがさし、口を開く前にまたしても茶色の瞳を床へ向けてしまうのだった。

「どうもたしかとは言いきれませんが」とようやく話しだした。「なんだか軽いめまいを覚えたようで、それでそのあとはしばらく部屋でじっとしていました。あの娘の身辺になにかがまとわりついているような気がしたせいでした。なんと言えばいいのか、つまりその――なにかしら不吉な気配とでも言うべきものがただよっているような。と言っても、不浄ななにかというわけではありません。精神的にもあるいは肉体的な意味においても。ただ、曰く言いがたい、肌に粟を生じさせるような、ある種のかすかな戦慄を覚えたのです。惹きつけられながらも同時にゾッとさせられるような、あるいはもっと――もっと――」

ヴェジンはためらいつつも憤激に顔を紅潮させ、先をつづけるのがむずかしそうだった。

「とにかく、それまでもそしてそれ以後もまったく経験のないことでした」しどろもどろさを打ち切るようにようやくそう言った。「ひょっとすると、博士が今し方示唆されましたように、ある種の魔力とでも呼ぶべきものだったのかもしれません。しかもその力は強く、ためにあの不気味な町にいっそ住み暮らしたいなどとまで、ぼくに思わせたのではないかと。彼女と毎日会えるのならば、この先何年でもここにいたいとまで。彼女の声を聴きつづけ、その麗しい姿が動きまわるさまを目にしつづけながら、ときには彼女の手に触れることさえできるのならば、と」

「彼女のそんな力の源はなんであったと考えられるのか、説明できますか？」サイレンス博士はそう問いかけながら、明らかに意識的に患者をじっと見すえた。

「その点をぼくに敢えてお尋ねになるとは、驚かざるをえませんね」ヴェジンの答え方にはわずかでも強い態度を示すべく努めねばという思いが感じられた。「自分を惑わす女の魔力について納得の行く説明ができる男など、この世にいないのではないでしょうか？　ぼくには無理です。言えることがあるとすれば、自分を魅了してやまない女人が目の前にいて、しかも同じ屋根の下で寝食をともにしていると考えるだけで、途方もない歓喜にこの身が満たされざるをえないということだけです。

それでも、これだけはなんとかつけ加えられるかもしれません」とヴェジンは目を輝かせながら真摯な口調でつづけた。「彼女は言ってみれば、自分の内部において、あの町と住民たちのあいだに脈々と息づいている不可思議なある隠された神秘的な力に波長を合わせることができるのではないでしょうか。牝豹のようなしなやかさ忍びやかさであちらへこちらへ動きまわり、町の人々と同様の不たしかでわかりにくい仕方によって、自らのうちにある秘密の目的を隠していたように思えます——すなわち、ほかでもないぼくを獲物にするという目的を。そして恐怖と歓喜相半ばさせしめるほどに絶えず注視し、それでいて、感受性のとぼしいほかの男ならば——」と蔑むような仕草を交えつつ、「——なにが起こっているのか気づかず、用心もできなかったにちがいないほどのさりげなさで監視しつづけたのです。つねに物音ひとつ立てない静かさを保ちながらも、あらゆるところに同時にいることができるかのようなすばやさで動きまわります。そのためぼくは彼女から決して逃げられませんでした。つねに笑みを絶やさないあの大きな瞳のまなざしとしじゅう遭遇しました。部屋の隅から、あるいは廊下から、あるいはまた窓の外から、物静かにじっとぼくを見ているのです。騒々しい表通りにいてさえそう気づくことがありました」

ヴェジンと娘は初めて出遭ったすぐあとから早くも親密になり、その急激さはこの小男の心の平衡をも大いに乱すほどであった。容易に察せられるように彼はもともとひどい堅物(かたぶつ)であり、この狭い世界で生きるその種の男たちのほとんどがそうであるように、あまりにつねならざる事態に見舞われると、その激しい衝撃のせいで世界からはみだしてしまいがちだった。そのためそうした者たちは概しておのずと猜疑心が強くなるものだが、このヴェジンの場合はしばらくすると己(おのれ)の保守的な性格をもどこかへ捨て去っていた。娘はいつも礼儀正しく振る舞い、母親の代わりとして旅籠の客たちへのもてなしをごく穏当にこなしていた。ヴェジンとのあいだに自然と親しさが生じてきたのも決して不思議ではなかった。それに彼女は若く愛らしく、当然フランス人であり、そしてそんな彼女は——疑いなくヴェジンを好いているのだった。

その一方で同時に、彼女のうちにはなにかしら言いがたいものがあり――ここではないところを、あるいは今ではない時代を思わせるような、ある不たしかな雰囲気を持っており――そのためにヴェジンは警戒心を失(な)くさぬよう努めざるをえなかった。しかもそうした気配のためにときとして息を呑むほど驚かされることさえあった。すべてが目くるめく夢のようで、歓びと恐れが半ばしていたと、ヴェジンは声をひそめながらサイレンス博士に打ち明けた。自分がなにを言いなにをしているかもわからなくなることすら一度ならずあり、まるで己のものではない衝動に翻弄されているような気がしていたと言う。

　その町を去らねばという思いがくりかえし湧きあがってはきたが、結局いつのときも煮えきらぬままで、来る日も来る日もだらだらととどまるのみだった。そうしつづけるうちに、ますますわが身がこの夢見るような古びた町の半睡の生命の一部となっていき、人格までが認識しにくいものになっていくかのようだった。そのうちほどなく身のうちにさがっている幕が唐突にあげられ、この町の奥に隠された秘密の目的を見せつけられるのではないかと思えた。そしてそのときまでに自分がまったく別の存在に変わってしまいはしないかと。

　そんなことを考えているあいだにも、ここにとどまりつづけることを魅惑的と思わせるさまざまな兆しが表われていると気づきはじめた。たとえば旅籠の部屋にいつの間にか花が飾られていたり、あるいは隅の肘掛椅子が今までより坐り心地のよいものに変えられていたり、食堂室のヴェジン用のテーブルに並べられる食事にささやかながらも特別な料理が加えられたりした。〈イルゼお嬢さま(マドモアゼル)〉との会話も以前より格段に増え、且つより楽しいものとなってきた。話題が天候や町の細部について以外にまで及ぶことはまだめったになかったが、ただヴェジンにはなかなか理解しがたい——それでいていかにも曰くありげな——奇妙な語句が差し挟まれることがしばしばあるのだった。

しかもそうしたおかしな物言いのなかでもまったく意味を解せないものは、娘が隠し持つある目的をさし示しているらしく、ヴェジンをいよいよ不安にさせた。そしてその目的こそが、彼をこの町にいつまでもとどめておく理由にかかわっているように思われた。

「お客さま（ムッシュ）はまだお心を決めてくださらないのかしら」昼食（デジュネ）の前に日のあたる庭で一緒にベンチにかけているとき、娘はヴェジンの耳に聞こえよがしにそうつぶやいた。すでに親密さが大きく増してからのことだった。「もし決心がつかずにいらっしゃるのなら、みんなで力を貸してさしあげなければ」

それはヴェジンの胸のうちを見抜いたようなつぶやきだったため、彼を驚かせた。片方の目の上に髪をひと筋ほつれさせながら、愛らしい笑みとともにそう言ったあと、悪戯（いたずら）っぽいまなざしを彼へ振り向けた。じつのところ娘の口にしたフランス語を完全には理解できていなかった。彼女がそばにいるだけでいつも心が舞いあがり、異国語についての知識の些少さがより強く災いしてしまう。それでもその言葉自体が、あるいは彼女の物腰が、さらにはまたそれらの背後にある意志に秘められたなにかが、恐れを呼び起こさずにはいなかった。なにかしらある重要なことについて彼が心を決めるときを、町の全体が待ち受けているのだと思われた。

それと同時に、娘の声が、且つまた柔らかな黒衣（くろぎぬ）に身を包んだ彼女がすぐそばにいる事実そのものが、言い知れぬほどの興奮を呼び覚ましていたことも否めない。

「もうここを去るのはむずかしいとわかったよ」女人の瞳の蠱惑に魅入られたように、ヴェジンはそうぎこちなく答えたのだった。「それもイルゼお嬢さま(マドモアゼル)、きみと親しくなれたからこそだ」

その台詞を言いきれたことに彼自身驚くとともに、内心の奮起をあからさまに見せずに言えてホッとしてもいた——舌を噛んだりせずに済んだための安堵でもあったが。

「ではやはり、わたしたちのこの小さな町を気に入ってくださったのですね」イルゼ嬢はヴェジンの言いつくろいになど気づかないかのようにそう言った。「そうでなければ、いつまでもいらっしゃりたいとはお思いにならないはずですもの」

「この町にすっかり魅せられた——魅せられたのは、きみにもだけどね」

声を高めてそう言えたときには、もはや舌が脳の制御に従わなくなったような気がした。そして娘が自分の椅子から軽やかに立ちあがってすぐ隣に腰をおろすと、あわやのところでもっと大胆なことを口に出しそうになった。

「今夜は玉葱(たまねぎ)のスープですのよ」娘は日の光に紛れるように笑いながら、大きな声でそう告げた。「美味(おい)しくできているかどうか、見てこなければいけませんわ。でないとお客さま(ムッシュ)にお夕食を楽しんでいただけないでしょうし、もし美味しくなかったら、すぐお帰りになってしまうかもしれませんものね！」

走る牝猫のように身軽に優雅に中庭を横切っていく娘を、ヴェジンはじっと見送った。身にまとう簡素な黒衣もまた、同種の動物の艶やかな毛並みを思わせる。大ガラス付きドアのそなわる玄関口で一度だけ振り返ってヴェジンのほうへ笑いかけたあと、足を止めて束の間母親と言葉を交わした。旅籠の女主人はいつものように、玄関のすぐ内側の隅に置かれた専用の椅子にかけて編み物をしていた。

　ところがどうしたわけか、この身映えよからぬ夫人に視線を向けたとたんに、母娘の姿が不意にまったく別種の存在であるかのように見えてきたのだった。変容の魔法のごとくこの二人を包む威厳と気高さの雰囲気は、いったいどこから来たのか？　あの大柄な女性の身辺に突然ただよいはじめた高貴の気配は、昏くおごそかな背景のなかで玉座に身を沈めているかのような様相は、いかにして生じたのだ？　華やかな宴の燦爛たる輝きを統べる錫杖（しゃくじょう）のごときあの威勢の正体はなんだ？　そして柳の木のようにか細くも麗しいあの娘が、牝豹を思わせるしなやかな年若いあの女人が、不気味なまでの荘厳さを忽然と身にまとい、炎と煙を頭のまわりに揺らめかせて、足もとの暗夜を照らしながら動きまわりだしたのは、いったいどういうわけだ？

　ヴェジンは目を奪われたまま、息さえ止めてじっと座していた。するとやがて、そう見えはじめたときと同様の唐突さで奇妙な錯視は消え失せ、ふたたび明るい日差しが母娘の姿を包んだ。玉葱スープをめぐってイルゼ嬢が母親に笑いかける声が聞こえ、そして愛らしく肩越しに振り返ってヴェジンのほうへ視線を向けるのが見えた。その笑顔は夏の温（ぬく）みのなかで花びらをかしげる露濡れの薔薇のごとくだ。

　その日の玉葱スープはたしかに特別な意味を持つものとなった。と言うのは、ヴェジンのテーブルにもう一人分の食器が並べられているのが目にとまったからだ。それを見て胸をざわつかせているところに、給仕が囁き声でこう告げたのだった。

「今日のお夕食ではイルゼお嬢さまがあなたさまをおもてなしされるそうでございます。ご母堂の役目ではありますが、お嬢さまが手伝うこともままありまして」

すると本当に娘がヴェジンの隣に坐り、美味な食事に舌鼓を打つあいだわかりやすいフランス語でずっと話しかけてくれた。世話が行きとどいているかに気を遣い、サラダにドレッシングを混ぜこんでくれたり、それを手ずからよそってくれたりもした。それから午後も晩くなったころ、ヴェジンが中庭で煙草を喫(す)いながら、イルゼ嬢が早く仕事を終わらせてまたそばに来てくれればいいのにと思っていると、本当に彼のところにふたたびやってきた。立ちあがって迎えると、彼女も立ったまま束の間相対し、愛らしくもはにかみ気味の表情を浮かべて口を開いた——

「わたしたちのこの小さな町の綺麗なところを、あなたにもっと知っていただかなければと、母は考えていますのよ。もちろんわたしも大賛成ですわ！　お客さま(ムッシュ)、わたしに案内役をさせていただけません？　それはもうさまざまなものをお目にかけられると思いますの。こう見えても、何世代にもわたってこの町に住みつづけている一族の一員ですからね」

　そしてヴェジンが嬉しさをひと言でも口に出すいとまもあらばこそ、ただちに彼の手をとり、いともやすやすと表通りへつれだしていった。そうするのがあたかも至極自然であるかのような導き方で、無礼や大胆の気味は微塵も感じさせなかった。イルゼ嬢の顔は歓喜と積極性とで輝き、短いスカートとはずむ髪とが十七歳の愛らしい少女の魅力をいっぱいに発散させていた。無邪気で悪戯っぽく、それでいて生まれ育ったこの町に誇りを持ち、その年齢からは考えられないほどの古風な美しさをもそなえているのだった。

そうやってともに町を歩きまわり、関心を持たれそうと彼女が考えるあらゆるところを訪ねめぐった。祖先の一族が昔住んでいた傾いた古屋敷や、母方の一族が幾世紀も暮らした貴族趣味の鬱然たる宏邸や、数百年前におびただしい魔女たちが焚刑に処された市場の址などをも見てまわった。

それらの旧跡についてイルゼ嬢が流れるように活きいきと描写してくれているあいだも、ヴェジンはおぼつかない足どりで並んで歩きながら、そんな案内のごく一部でも頭に入れることができずにいた。若く男らしかったころをもう一度とり戻せたらという思いばかりが蘇って今の自分を嘲笑っているような気がして、これまでの四十五年の半生を呪いたい気持ちでいっぱいだったがゆえに。しかも彼女の語りを聴くうちに、母国イギリスも故郷サービトンもひどく遠くへ離れていってしまうような、世界の歴史のなかのまったく別の時代へと去ってしまいそうな恐れに囚われた。彼女の声がヴェジン自身のなかにある計りがたく古い部分と共鳴したかのようだった。彼のうちの深いところで眠るなにかに触れたような。彼の意識の表層を眠りへといざない、代わりにはるか古ぶるしいところを目覚めさせようとしている。意識の上層部がまるでこの町そのものにも似るかのように、現代的活動的な生命を持つがごとく巧妙に装われ、やさしく撫でられ宥められて睡りに陥り、同時にその下層部が揺すり起こされようとしているのだ。大きな幕がかすかに揺らぎだしている。そしてほどなくその幕が完全に引きあげられようと――

ヴェジンはようやくにしてわずかながら理解しかけていた。この町を形成する〈気〉それ自体が、彼のなかで自己再生産しようとしているのだ。従前からの彼の外的自己が休眠していくにつれ、内部に秘められていた自己が――そちらのほうがより真正で生命力に富む――一転して強く主張しはじめた。この娘は謂わばそうした過程を司(つかさど)る神官なのであり、儀式を完遂させるための媒体と言える存在なのだ。新たな意識が新たな意味付けとともに、ヴェジンの心のなかにあふれてきた。そのあいだにもイルゼ嬢は彼と並んでともに歩き、曲がりくねった街路を導いていく。破風のつらなる古い町並みは黄昏のなかで柔らか且つ鮮やかな色彩を帯び、これまで気づくことのなかったほどの魅惑的な景観で訴えかけてくる。

　やがてある奇妙な出来事がヴェジンを困惑させ、疑念をいだかせることとなった。その出来事自体不審なことではあるが、招いた結果はもっと理解に苦しむものだった。その事件は娘の顔に著しい恐怖の表情を描かせ、笑っていた口から悲鳴をほとばしらせた。ヴェジンはただ秋の落ち葉が燃えてあげる青い煙を指さしただけだったのだが。煙はつらなる家々の赤い屋根に映え、壁になびき寄せた。するとイルゼ嬢は急にヴェジンにすがり寄り、そこかしこにうずたかく積もる塵芥(ちりあくた)のたぐいに飛び火するさまを凝視した。そしてその光景に驚愕したように顔を恐怖の表情に変えたと思うと、突然背を向けて走りだした。まさに風のように必死で走りながら、激しい口調でヴェジンになにか告げている。だが彼にはひと言も理解できない。火を怖がっているのだけはたしかで、炎から逃げようとすると同時に、彼にも遠ざかるように促しているらしかった。

　だが五分ほどものちには早くも落ちつきをとり戻していた。危険なことなどなにも起らなかったかのように。あるいはあれほどあわてふためいたりなどしなかったように。そしてヴェジンもともどもに、今し方の出来事をもう忘れ去っていた。

二人して廃墟となった城壁にもたれかかっていると、楽団が奏でるらしき妙に切々とした旋律が聴こえてきた。初めてこの町に来た日に耳にしたのと同じ楽(がく)の音(ね)だ。

今もまたヴェジンはあのときと同じように心動かされた。するとなぜかしら、できるかぎり巧くフランス語を話すべく努めねばと思えてくるのだった。イルゼ嬢はすぐそばの石壁にもたれている。あたりに人けはない。身のうちにわだかまる強い思いに衝き動かされるように、どうにかして口を開き、彼女を讃えるようななにやら大袈裟な台詞を吐いた——自分でもなにを言っているかわからなかったが。その最初のひと言を聞くや彼女は壁からさっと体を離し、笑顔とともにヴェジンの前へ近寄ってきた。そしてそこに坐る彼の膝に軽く手を添えた。いつものように帽子をかぶらない彼女の髪を日差しが照らし、片側の頬と首筋をも照らしている。

「ああ、嬉しいですわ！」と声をあげ、ヴェジンの目の前で小さな両手を軽く打ちあわせた。「それはもうとても。だって、それほど好いてくださるからには、わたしがすることも認めてくださるわけですし、どんな族(うから)に与(くみ)しているかもお気になさらないということですものね！」

ヴェジンはつい自制を失ったことを苦く悔いはじめた。イルゼ嬢の言葉に秘められているなにかが悪寒を覚えさせていた。未知の海へ船で乗りだそうとする怖さとでも言えばいいだろうか。

「わたしたちの本当の生活に、あなたも加わってくださるのですものね」娘は小声でそうつけ加えた。ヴェジンがひるんだことに気づいたような、言い知れぬほどに微妙な宥め方で言いくるめるかのように。「必ずまたわたしたちのところに還ってくださる方ですわ」

まだ少女にすぎないこのイルゼ嬢に、すっかり支配されている気がしてきた。その力にいよいよ以て絡めとられ、彼女から放射されるなにかに感覚を侵され、単に優雅とのみ思っていた人格が、強い力と堂々たる威厳をそなえてきたように思われた。ふと気づくと、彼女があの炎と煙のなかを走り抜けていくさまが視界に蘇ってきた。幻惑するような乱れた光景のなかで危険なほどの強靭さを放ち、そしてあの畏怖すべき母親までがすぐそばについているのだった。そんな映像が彼女の笑顔に重なり、無垢で愛らしい姿とともにおぼろに照り輝いた。

「そうよ、必ずまた」ヴェジンをじっと見つめながらそうくりかえす。

廃墟には二人のほかにだれもいない。イルゼ嬢の圧倒的な魅惑が、ヴェジンの血のなかに激しい興奮を沸き立たせていた。放埒さと清楚さが綯(な)い交ぜとなって彼を惹きつけてやまない。男としての理性を奮い立たせて、忍び入る感化にあらがおうとするが、同時に忘れていた青年期の歓喜を思いださせるその感覚を求めてしまうことも否めない。そこで、彼女にあることを問い質したいという打ち消しがたい欲求を呼び戻すべく努めた。己が矮小な人格の残滓なりとも覚醒させ、なんとかして正常な世界に立ち戻らんがために。

イルゼ嬢はいつしかまた口数が少なくなっており、今はヴェジンのわきの広い石壁にもたれて、暗みゆく山野を眺めている。壁の笠石に左右の肘を載せ、さながら石像のように微動もしない。ヴェジンは両の手に勇気を強く握りしめた。

「教えてくれ、お嬢さん」猫の鳴く声のようなイルゼ嬢の柔らかな口調を無意識裡に真似てしまっていたが、尋ねたい気持ちはこのうえなく真剣だった。「そもそもこの町とは、いったいどういうところなのか？　きみが言った本当の生活とは、なにを意味する？　それに、町の人たちはどうして朝から晩までぼくを見張っているんだ？　それらの真相を教えてほしい。それからなによりも――」より強く熱意を声にこめ、早口でつけ加えた。「――きみはいったい何者なのだ？」

イルゼ嬢は不意に顔を向け、薄開きの瞼の下からヴェジンをじっと見返した。かすかな色合いが影のように顔を彩り、彼女の内部で燃える興奮をあらわにしている。

「ぼくには、それを――」その視線を気圧され、ヴェジンはつっかえがちにさらにつづけた。「――それを知る権利があると思うが？」

イルゼ嬢は急に目を大きく見開き、「では、わたしを愛しているとおっしゃるのね？」とおだやかに問い返した。

「愛しているとも！」押し寄せる波に流されるように思わず声を高めていた。「こんな感情はこれまで一度も――ほかの女性に対してこんな気持ちになったことは――」

「ではたしかに、知る資格をお持ちですわ」イルゼ嬢は落ちつき払って、ヴェジンの混乱した告白をさえぎった。「愛の許(もと)には秘密すら共有されるのですから」

そこで彼女が間を置くあいだに、昂奮が炎のように速やかにヴェジンのなかに燃え広がった。今し方の彼女の言葉のせいで体がわずかに地表から浮いたように感じ、歓喜が身のうちに放射された。だがそれとほとんど同時に、死をも思わせる激しい恐怖が対照をなすがごとく忍びこんできた。そのとき彼女が自分の目に視線を据え、ふたたび言葉を発した。

「わたしが言った〈本当の生活〉とは」と囁くように述べる。「はるか昔に、それはそれは古い時代に、営まれていた暮らしですわ。かつてはあなたもそこに属していたのであり、そしてじつは今も属しつづけているのです」

イルゼ嬢のその声が身に沁み入るにつれ、ヴェジンの魂の奥深くでかすかな記憶の波が騒ぎだした。彼女の言うことは真実だと本能が告げている。それを述べる意図がなんであるか、依然として満幅には理解できていないにもかかわらず。耳を傾けるうちに、現在の生活が自分から剥がれていき、ずっと古く且つはるかに大きかった別の自分の人格へと混じりこんでいく。死を思わせたのは、現在の自己を失っていくようなこの感覚のせいかもしれない。

「あなたがこの町に来られたのは」とイルゼ嬢がつづける。「それを探し求める目的のためだったのです。この町の人々はあなたの存在を感じとり、どう心を決められるかを待っていたのですわ。目的のものを見いだせずに去ってしまうのか、それとも――」

視線を彼の目に釘づけにしていながらも、イルゼ嬢の顔が変化しはじめた。顔が大きくなっていくと同時に、年嵩まで増していくかのような翳りが生じてきた。

「見張られているように感じたのは、町の人々の意識があなたの魂のまわりを飛びまわっていたからです。彼らは目によって見張っていたのではありません。彼らの内なる命の意志が呼びかけ、あなたを求めていたのです。はるか遠い昔、同じ命の一部だった人だからです。そして今彼らはあなたをとり戻そうともくろみ、ふたたび自分たちの仲間に加えようとしています」

聞き入るうちに、ヴェジンのおびえがちな心が恐怖に沈んでいった。だが少女の目が歓喜の網となって彼を虜(とりこ)にし、逃げるのを許さない。その魅惑によって正常な世界から完全に逸脱させていた。

「でも残念ながら、人々はあなたを捕まえきれませんでした」とイルゼ嬢はつづける。「彼らの動機が充分に強い力を持っていなかったからですわ。長い歳月のあいだに褪せてしまったのです。しかし、わたしが――」イルゼ嬢はそこで間を置き、麗しい瞳に自信を漲らせてヴェジンを見すえた。「――このわたしが、持てる力によってあなたを勝ちとり、この手中に収めました。愛の魔力によって。わたしだけがあなたをとり戻し、古き暮らしをともに生きるようにさせることができるのです。わたしとあなたのあいだにあるいにしえの力が――もしそれをもちいる選択をするならば――あらがいがたいものとなりうるからです。しかもわたしはたしかにその選択をしますわ。なおもあなたを欲しているからにほかなりません。それゆえに、おぼろな昔日にわが愛しき魂の人であったあなたを――」イルゼ嬢がいっそう体を擦り寄せたため、彼女の息がヴェジンの目にかかった。そして力強い歌のごとき彼女の声がさらにつづけて、「――確実にわがものとするのですわ。あなたが愛をくださり、わたしの慈悲にすがろうとなさっているがゆえに」

ヴェジンは耳を傾けているが、もはや聞こえてはいなかった。心を傾けてもいるが、理解してはいなかった。

心はすでに昂揚の境に入りこんでいる。世界が足の下へと遠ざかって、音楽と花々のあふれるところとなり、自分の体はそのはるか上方を飛んでいる。純粋なる歓喜に満ちた陽の光のなかを。イルゼ嬢の言葉を聞く喜びで息も止まるほどに愉しさがつのる。彼女の声が陶酔を誘う。だがその一方で、そうしたすべてのことに恐怖がひそんでもいる。彼女の言葉の背後に隠された死への思いが戦慄を呼ぶ。彼女の声にこもる黒い煙から炎が放たれ、ヴェジンの魂を襲う。

　そうやって互いの意思を疎通しあう。あたかも迅速な精神感応(テレパシー)のように。ヴェジンのフランス語では言ったことのすべてを伝えきれないから。だが心の声ならイルゼ嬢も完璧に理解する。そして彼女の言葉ははるか昔から知っている詩の朗読のように心に響く。耳を傾けるうちにそれが与える痛みとやさしさが綯い交ぜとなり、ヴェジンの小さな魂では受け止めきれないほどになる。

「でも、ぼくがこの町に来たのはまったくの偶然で――」思わず知らずそう言い返していた。

「いいえ」イルゼ嬢が熱のこもった調子で言い放つ。「あなたがここを訪れたのは、わたしが喚(よ)んだからですわ。長い歳月にわたって喚びつづけました。そしてあなたは、ご自分の過去に属する諸力のすべてに圧(お)されてここに来たのです。この町に立ちいたって、わたしの手中に収まりました。そして今、魂までもわがものと」

　イルゼ嬢はついと立ちあがると、体を近づけてきた。ある不遜ささえ顔に浮かべてヴェジンを見すえる――力あるがゆえの大胆さで。

　日はすでに古寺院の尖塔の彼方に没し、原野から立ち昇る夜闇が二人を包む。いつしか楽の音もやんでいた。鈴懸(すずかけ)の葉はそよとも動かないが、あたりには秋の宵の寒さが立ちこめ、ヴェジンを身震いさせた。物音ひとつなく、聞こえるのは二人の声と、イルゼ嬢がときおり立てるかすかな衣擦れのみ。あとはヴェジン自身の体を流れる血の音。自分がどこにいるのか、なにをしようとしているかもわからなくなりかけている。想像力がなにやら恐ろしい魔法をかけ、自身の存在の深みに穿たれた霊廟へと引きこむ。そしてある歴然たる声で、イルゼ嬢の言葉は真実を隠していると教える。すぐそばにいながら奇怪な威厳とともに話しつづけるこのフランス人少女は、不思議にもまったく別の存在へと変化していくようだ。その瞳を見つめるうちに、脳裏に描かれている絵が生きて変容しはじめ、現実と認めざるをえないほどの真実味をまとっていく。前に一度見たことがあった――森林と山岳洞穴とがなす荒涼たる風景のなかを、長身で堂々たる姿のイルゼ嬢が歩み抜けていくさまを。頭の背後には赤々と燃える炎を戴き、足もとには蠢く煙が雲をなす。風にただよう黒々とした枯れ葉が髪のまわりで舞いまわる。わずかな衣からあらわにされた四肢が艶やかにきらめく。

いつの間にか多くの人影がいて、譫妄状態にあるような熱烈な視線を四囲からイルゼ嬢に集中させていた。だが彼女の目はつねにただ一人を見ている――ともに手をとりあっている男の目を。群衆の悩ましい声による詠唱に合わせ、二人はいつしか踊りだしているのだった。彼女のいざないによって踊りながら、玉座に立つ恐ろしげな巨影のまわりをめぐりゆく。きらめく霧を透かして巨影が睥睨する下で、踊るイルゼ嬢を無数の昂揚した人々の顔が囲む。だが彼女と手をとりあう男は必死に自制を働かせ、玉座の上の巨影が彼女の母親であることを見てとった。

脳裏に幻影が起ちあがり、埋もれた永の歳月へとヴェジンを引きこむ。幻影の咆哮により記憶が目覚めを余儀なくされ……と思うと光景のすべてが消えてゆき、イルゼ嬢の丸い瞳が変わらず自分の目を覗きこんでいるのを認めた。そして彼女はふたたび愛らしい旅籠の娘に戻り、ヴェジンは思わず声を洩らしていた。

「きみはいったい――」震え声で囁きかける。「――いったいどうして、まるで幻と惑わしの申し子のごとく、出会う前から愛していたかのようにぼくに思わせるのだ?」

強い威厳の気とともにイルゼ嬢はヴェジンを引き寄せた。

「〈いにしえ〉がそう求めるからですわ。と同時に――」と誇らしげにつけ加えて、「――現実の世界においてもわたしは王女であり――」

「王女だと!」思わず声をあげた。

「――そして母は女王なのです」

ここにいたって哀れなヴェジンは完全に正気を失った。歓喜のあまり心がはじけ飛び、このうえない興奮が身を浸した。イルゼ嬢の唄うがごとき声を聴くだけで、愛らしい唇がそのような言葉を吐くのを目にするだけで、自制への願いも虚しく心は平衡を失った。思わず両腕で彼女を抱きしめ、その柔らかな顔に口づけを浴びせた。

だがそうやって熱情に全身を浸していながらも、あらがわぬイルゼ嬢に不気味さをも感じとっていた。そして浴びせ返される彼女からの口づけに心が穢(けが)されていくような気がして……と思うといつの間にか彼女は身を振りほどき、闇のなかへと消えていた。ヴェジンは壁に倒れこむようにして寄りかかり、彼女のしなやかな体の記憶に戦慄を覚えた。おぼろに気づいている自らの弱さが身の破滅を招こうとしていることに、内なる怒りを……

すると、イルゼ嬢が姿を消した古い建物の陰から、長く尾を引く奇怪な叫び声が夜のしじまのなかへと放たれた。初めそれは笑い声のように思えたが、じつはほとんど人間の泣く声にも近い猫の啼(な)き声であることがのちに確信されたのだった。

5

ヴェジンは長らく壁に独りもたれ、渦巻く思考と感情に身をゆだねていた。そして〈いにしえ〉の力のすべてを自らの上に降りかからせるのに必要なあるひとつのことをついになしてしまったのだと覚った。あの情熱的な口づけこそがそうなのであり、それがまさに架橋となって、はるかに遠い時代を復活せしめた。旅籠の暗い廊下でのやさしくも不たしかな出遭いの記憶が身震いとともに蘇る。そうやってイルゼ嬢はまず彼を籠絡し、それから己が目的のために不可欠なある行為をさせしめた。幾世紀ものあいだ待ち伏せされつづけた果てに——ついに捕まり支配されてしまったのだ。

そうしたことが漠然とながら認識されると、これはもう逃げる計画を模索するしかないと考えるにいたった。だがどうあれ、たった今は自分の意志や考えをまとめることさえできないほど無力だ。ここまでの冒険の甘やかにして蠱惑的な狂気が魔術のように脳を侵し、その魅惑の果てに、慣れ親しんできた日常よりはるかに広く大きな世界で勇躍するがごとき歓喜から抜けだせない。

海のように広大な原野の上に薄白い月が昇りつつある。月光の筋がすべての家並みを新たな景観に変え、すでに夜露に濡れて光る屋根のつらなりまでが、現実を超えた高みを得て夜空へとそびえていくようだ。奇観なす破風や古塔の列も紫の地平線へと溶けこむ。

寺院の伽藍が銀色の霧のなかでこの世のものならざるがごとく浮かびあがる。ヴェジンは影に沿ってそろそろと歩いていった。通りに人けはなく森閑としている。家々は戸を閉て、窓々も鎧戸でふさがれている。何者が動く気配もない。夜のしじまがあらゆるものをおおう。まるで死の町だ。不気味に大きな墓石がそびえ並ぶ霊園のようだ。

昼間の賑々しい人通りはみんなどこへ消えたのかと訝りながら旅籠に着くと、厩舎の裏口づたいになかへ入ることにした。人目につきにくくするために。だれにも見られず中庭にたどりつくと、そこを横切り、壁ぎわの暗がりに近づいていった。身を横に向け、影沿いに爪先立ちでそっと進んでいく――あの年配客たちが旅籠の食堂室に入るときに見せたのと同じような挙動で。ついそんなふうに歩いてしまっていることが自分で怖くなる。不意に奇妙な衝動が訪れ――体の中心を捉えるように――四肢をすべて地面について、すばやく忍びやかに這いだしたくなった。ふと頭上を見あげると、こんどは窓の桟へ跳びあがりたい気持ちに駆られた。わざわざ階段など昇っていられないとでも言うように。それらはきわめて無理なく、ごく自然に湧きあがった願望だった。自分がなにかしらまったく別のものに恐ろしい変貌を遂げていくはじまりのような気がした。そう思うと激しい焦りが襲う。

月はいよいよ高まり、街路の壁ぎわは影がますます濃さを増しゆく。その影の延長のいちばん暗いところを進んで、大ガラスの嵌まるドアのそなわる玄関ポーチにたどりついた。

だがそこには明かりが点いていた。折悪しく宿の客たちがそのへんにいるようだ。

見つからずに玄関ホールを通り抜けて階段にたどりつけるよう願いながら、注意深くドアをあけて忍び入った。するとホールにいるのが自分だけではないことがわかった。左手の壁ぎわになにやら大きくて黒っぽいものが横たわっている。初め家具かなにかかと思ったが、間もなく動きだした。途方もなく大きな猫であるように思えてきた。光と影の悪戯か、ゆがんで見える。と思うと、ヴェジンの目の前でむっくりと立ちあがった。そしてこの旅籠の女主人であることが明らかとなった。

こんなところであんな格好をしてなにをしていたのか、想像するのも恐ろしい。だが立ちあがって面と向かいあったとき気づいたのは、女主人の服装が妙に荘厳だったことで、そのようすはイルゼ嬢が言っていたあの奇態な表現、すなわち自分の母親は女王だという言葉を即座に思いださせた。小さな石油洋燈(ランプ)の明かりの下に立つその姿は魁偉にして不気味だ。ほかにだれもいない廊下で、自分と二人きり。そう思うと怖さが胸に渦巻く。なにかしら古い記憶に根ざす恐怖が。なぜか頭をさげなければならないような、従順さを示さなければならないという思いに駆られた。その衝動は強くあらがいがたい。さながら昔日からの慣習のごとく。すばやくまわりに目を走らせた。

やはりほかに見ている者はない。そこで意を決し、女主人に向かって頭をさげた。ついに黙礼を実行した。

「おお！(Enfin)　お客さま、やっとお心を決めてくださいましたのね、うれしいですこと(M'sieur s'est donc decide. C'est bien alors. J'en suis content)」

広い空間から響いてくるもののように朗々とした声が返った。

その大きな人影は不意に玄関ホールを横切って近づいてきたと思うと、ヴェジンの震える両手をとった。女主人にそなわるなにかしら圧倒的な力に捕獲された気がした。

「ご一緒に少し踊りましょうか？（On pourrait faire un p'tit tour ensemble,n'est-ce pas?）今夜はかの地に赴きますので、その前に足慣らしを。（Nous y allons cette nuit et il faut s'exercer un peu d'avance pour cela.）

イルゼ、イルゼ、あなたもいらっしゃい。（Ilse, Ilse, viens donc ici.）早くよ！（Viens vite!）」

そしてヴェジンの体を大きく振りまわし、奇妙にもうろ憶えがあるように思える踊りのステップへと導いた。ホールの床は石敷きだが、おかしなことに二人とも足音を立てていない。なめらかに忍びやかに踊りつづけた。そのうちに空気が煙のように濃くなったと思うと、いきなり赤い炎がホールに飛びこんできた。だれかもう一人加わったことに気づいたつぎの瞬間、女主人が放したヴェジンの片手がイルゼ嬢の手に握りしめられていた。母親に呼ばれて姿を現わしたのだ。黒髪には美女桜（バーベナ）の葉がまとわりつき、奇妙な生地からなる切れぎれのわずかな布を身にまとっている。その姿は夜陰のなかで不気味にも美しくなまめかしい。

「いざ宴（サバト）へ！」母娘が唱和する。「われらが魔の宴（ウィッチサバト）へ！」

狭い玄関ホールで三人は踊りながら行きつ戻りつする。二人の女人がヴェジンを左右から挟んでいる。のちの記憶にはおぼろな恐ろしさが残るのみながら、それは想像したこともない嫣然たるありさまだった。ほどなく壁の洋燈（ランプ）の火がまたたいたと思うとフッと消え、三人は漆黒の闇に残された。胸のうちで千もの忌まわしい示唆とともに悪魔が蘇るのを覚え、ヴェジンは戦慄した。

不意に母娘が彼から手を放した直後、時ぞ来たれりと叫ぶ母親の声が聞こえた。宴へと急ぐべしと。どちらへ向かうのか立ち止まって目を凝らすいとまもないまま、母娘の手を離れて闇のなかをよろめき進み、階段の下にたどりついた。そこを一散に駆けあがって自分の部屋をめざした、地獄よ眼下へ去れとばかりに。

部屋の長椅子に身を投げだし、両手で顔をおおって呻いた。

早く逃げだす方途へ大急ぎであれこれと考えをめぐらすが、どれも無理としか思えない。さしあたっては座して機会を待つしかないと心に決めた。これからなにが起こるのか見きわめねばならない。少なくとも自分の部屋にこもるかぎりは安全のはず。ドアは施錠してある。床を横切り、窓をそっとあけた。中庭を見おろせるだけでなく、例の大ガラス入りドアを透かして玄関ホールも盗み見られる。

そうしているところへ、外の通りからなにやら動きがあるらしい物音がかすかに聞こえてきた——足音や人声だが、距離があるせいでくぐもっている。窓から身を乗りだし、注意深く耳を澄ます。月光は今や明るく強いが、部屋の窓はまだ影のなかにある。空に浮かぶ銀の弧が旅籠の建物の後方に位置しているためだ。否定しようもなく察せられたのは、少し前まではそれぞれの戸口の奥に姿を隠していた町の人々が今やみな外に出て、不浄な秘密の用向きに興じているらしいことだ。ヴェジンは一心に耳を澄ました。

旅籠のなかは初めのうち静かだったが、そこでも間もなく動向があわただしくなってきたのが感じとれた。月に照らされてしんとしていた庭から、衣擦れや囁き声が聞こえてくる。生けるものの大群の動きまわる音が夜気のなかに放たれる。いたるところで影が蠢く。刺すような厭な臭いがどこからともなく宙へ立ち昇る。ヴェジンの目は今、月光が淡く照らす向かい側の壁に嵌まる窓に釘づけになっている。頭上および後方の屋根が窓ガラスに鮮明に反映し、屋根瓦や壁の笠石の上で黒い影の群れが長い歩幅で歩いている輪郭が窺い見られた。それは大型の猫の群れを思わせる姿で、果てしないほどの列をなして静かに且つ速やかに進んでいくさまが、飾り絵入りの窓ガラスに映しだされている。やがてつぎつぎと低い位置へ跳びおりていくらしく、徐々にヴェジンの視界からはずれていった。跳ぶ音もかすかに聞こえるのみだ。向かいの白壁に沿ってときおり影が落ちていくのが見えるが、それが人間のものかそれとも猫なのか判然としない。なぜかしらそれらの一方からもう一方へ急速に変化していくようにも見える。その変貌のさまがまた恐ろしいまでに現実的で、跳ぶ瞬間は人間だが、直後に空中で動物へと変わったのち落ちていくのだった。

眼下の中庭もまた這いまわる影の群れでさざめいていた。群れはガラス戸のそなわるポーチのほうへと忍びやかに移動していく。みな壁ぎわを進むため、たしかな形は見きわめがたい。だが総勢が玄関ホールの大きな集まりへと流れこんでいくのを目にしたとき、それが向かい側の窓に映っていた跳びおりる影の群れと同種のものたちであることが見てとれた。どうやら町のいたるところからやってきて、まず瓦屋根の上の仮集合場所につどい、それから低いところに何度か跳びおりて中庭へとくだってくるのだった。

やがて新たな物音が耳を捉えたと思うと、そこらじゅうの窓という窓が静かに開かれていくのが目に入った。そしてそのすべてから顔がひとつずつ現われた。つぎの瞬間、それらの影が中庭へすばやく跳びおりはじめた。このたびもまた、窓から跳んだばかりのときは人間だが、中庭まででおりきったときには、たちまちのうちにして猫の姿に変わっていた——大きくて物静かな猫の群れへと。

つぎつぎと流れるように跳びおりては、中庭の奥の玄関ホールへと集まっていく。

これはやはり、旅籠の部屋べやは空室ばかりだったわけではなくて、それどころか初めから全室埋まっていたのにちがいない。

もはや目にするものなにもかもが驚きに満ちているわけではなくなった。すべてを思いだしたからだ。あらゆるものに見憶えがあった。ことごとくがかつて起こった出来事であり、しかも幾百回となく反復され、そのひとつひとつにヴェジン自身がかかわっていた。それらのありえざるほどの奇怪さについても知っていた。旅籠の建物の輪郭が変わっていき、中庭が広さを増し、それを見おろしている場所はおぼろな薄雲を突き抜けたはるかな高みにまで上昇していた。そして記憶をまさぐりながら眺めわたすうちに、遠い昔の痛みが、懐かしさと苦しさとを併せ持ちつつ激しく襲いかかってきた。〈舞踏へのいざない〉がまたも胸のうちで聴こえはじめると、興奮に血が沸き立つのを覚えた。そしてすぐそばで舞い踊るイルゼ嬢がかけるいにしえの魔術を感じとった。

ヴェジンは驚きたじろいだ。しなやかな大猫が眼下の暗闇から音もなく窓枠の上に跳びあがり、目の前にまで迫った。見すえてくるまなざしは人間のものだった。

「来たれ！」とそれは呼びかけているようだった。「われらとともに踊れかし！　往時の姿へと戻るべし！　己を変わらしめるとともに、速やかに来たれ！」

声もないままそう召喚しているのがヴェジンにはよく理解できた。

大猫はふくよかな足裏で舗石の上を音もなく駆けだしたと思うと、一瞬のうちに遠ざかっていった。するとほかのものたちも旅籠の建物の側面をつぎつぎに跳びおりはじめた。跳びながら姿を変え、同様に音もなく駆けだしていく。あの集会の場へと。ヴェジンもそれに倣いたい欲求にまたしても激しく駆られた。いにしえの呪文を唱えつつ、両手両膝を床についた姿勢で大きく跳躍したいという願望へと。おお、その激情はまさに洪水のごとく身のうちにあふれ、腸(はらわた)が捻じれんばかり！　胸の慾望は炎のごとく夜闇のなかへ燃えあがり、魔の宴で舞ういにしえの魔徒の舞踏へと向かわん！　四囲では星が渦巻き、ふたたび月の魔法と出会った。崖や森から風の力が吹きつける。崖から崖へと谷間を越えて吹き寄せてヴェジンを攫っていき……踊るものたちの叫びが、粗野な嗤いが聞こえる。そしてあの野性の少女と抱擁しあい、おぼろな玉座のまわりをともに踊り狂う。そこには王権の錫杖を持つ巨影が座し……

と思ったつぎの刹那、不意にすべてが静まり返った。ヴェジンの身のうちの熱情も急速に失せた。なにものもいない中庭にはおごそかな月光があふれるばかりだった。みな突然に去ったのだ。群影は空へと失せ果てた。ヴェジンはと言えば――もとどおり独り自室にいた。

爪先立ちで戸口に近寄り、施錠を解いた。部屋の外に出ると、表の通りからの喧騒がかすかに聞こえてきた。用心深く廊下を進む。階段の上まで来て、足を止め耳を澄ました。下階を見おろすと、影たちが集まっていたはずの玄関ホールは暗く静かになっていた。だが開いたままのドアや窓の向こう側からは、建物内部の奥からの物音が聞こえている。それは大群衆が動きゆく音で、徐々に遠ざかっていくのがわかる。

木造のきしむ階段をおりながらも、どちらへ向かえばよいかを指示するなにものかが現われはしないかと恐れる——期待半ばに。だが暗い玄関ホールにはだれもいない。あの生き物の群れは玄関から外の通りへと出ていったばかりなのだ。自分だけがあとに残されたことがまだ信じられない。まるで忘れられたように。逃げることを敢えて許されたかのように。当惑せざるをえず。

恐るおそる外を覗き、通りをあちらからこちらまで見わたす。なにものもいないとたしかめて、舗石の上をゆっくりと歩きはじめた。

進むにつれ、町全体がもぬけの殻だとわかってきた。さながら途轍もない風が吹いて、生けるものすべてを攫っていったかのようだ。家々の戸も窓も夜闇へとあけ放たれたままだ。蠢くものひとつとてなく、月光と静寂がすべてをおおうばかり。夜が町全域を外套のように包む。大気はおだやかにして涼やかで、まさに大猫の肢(て)の和毛(にこげ)のごとくヴェジンの頬をかすり撫でていく。

安堵を得るとともに足を速めるが、依然壁ぎわの影の濃いところを進む。つい今し方までいたはずの不浄なる大軍勢は、どこにもかすかな気配さえない。雲ひとつなく澄みわたった夜空では、すべてを睥睨する月が遊弋する。

どこへ向かうのかもさだかならぬまま、市場の用地を横切って城址にたどりついた。近くに幹線道へとくだる小径(こみち)があることがわかっている。そこをたどればこの町から抜けだせる。そして北のほうにあるはずの町々のどれかへ向かうか、あるいは鉄道線路を見つけるかすればよい。

だがまずは足を止め、眼前の風景を見わたした。広大な平地がまるで夢の国の銀色の地図のごとくだ。その静かな美観が胸に沁み入り、この世ならぬものを眺めているような驚異の感覚を増大させる。大気はそよともせず、鈴懸の葉さえ微動もしない。近いところの景色は昼の鮮明さを残し、暗い影を背景として細部まで見きわめられるかのようだ。一方遠いところは草地も林も露のきらめく靄へと溶けこんでいる。

だがそのとき、息さえ喉の奥で止まったかのような思いとともに立ちすくんでしまった。地平線から近景の谷あいへと眺めおろしたとき、目を奪うものと出会ったがためだ。月明かりからさえぎられていた丘の麓のほうの斜面が今照らしだされ、そのまばゆさのなかで無数の影が蠢いているのが見えた。木立のあわいを群れなしつつもすばやく動きまわっている。一方頭上でも黒い影の群れが風に乗る木の葉のように飛びまわっていたが、ほどなくわめく声や唄うような不気味な声とともに枝々のあいだを下降し、炎の燃えるところへとおりていった。

ヴェジンはどのくらいかもわからないあいだ魅入られたように眺めていた。だがしばしのち、この冒険のすべてをどうにかささえつづけてきた強い衝動に身を任せるように、城壁の上の笠石のうち大きめのひとつにすばやく掻き登った。足もとのすぐ下に谷あいが展（ひら）けているところで、束の間体の平衡を保った。が、体を揺らめかせながら立ちつくしているまさにそのとき、家々のあいだでなにかの影が動くのを目が捉えた。そちらへ顔を向けると、大きな獣らしき影がひとつ、後方の空き地を速やかに通過していくのが見えた。それは不意に跳躍したと思うと、ヴェジンの載る城壁の上のやや低い位置にとまった。そして風のようにすばやく彼の足もとへ走り寄り、すぐわきですっくと立ちあがった。月光のなかを冷気が駆け抜けたような気がして、視界が一瞬震えた。戦慄に心臓が拍動する。そこに立っていたのはイルゼ嬢で、彼の顔を覗きこんでいた。

　少女の顔も体もなにやら黒っぽいものにまみれている。彼女が手をのばしてくると、そのなにかが月に照り映える。身にまとうものは切れぎれの衣のみだが、こめかみのあたりには美女桜（バーベナ）や蜜柑草（ヘンルーダ）の葉がまとわりついている。彼女の目が邪性の光をきらめかせる。

　ヴェジンは彼女を腕に抱いて城壁の上から目も眩む谷あいへと跳びおりたい衝動に駆られたが、やっとのことで思いとどまった。

「見て！」腕に絡まる切れぎれの衣を高まる風になびかせながら、遠くで燃えるように輝く森のほうをイルゼ嬢が指さす。「〈彼ら〉が待つところを見るのよ！　森が活きているわ。あそこにはすでに〈大いなるものたち〉がいて、間もなく舞踏がはじまるの。ここに霊液があるわ。これを塗って行くのよ」

　つい先ほどから空は雲ひとつなく晴れわたっていたが、イルゼ嬢が話すうちに月の面（おもて）が暗みはじめ、城壁の下に見える鈴懸の木立を風が揺らがせはじめていた。丘の麓から吹く気まぐれな突風が荒々しい歌声のように耳障りに響いてきたと思うと、旅籠の中庭で嗅いだあの鼻を衝（つ）く異臭が空気中にただよいだした。

「さあ、変容を！」そう叫ぶイルゼ嬢の声も歌のごとく高まっている。「飛ぶ前にこれを塗るのよ。そしてわたしと一緒に魔宴（サバト）に行くの。狂おしく燃える歓びのために。邪（よこしま）にして放埓な信仰のために。見て、〈大いなるものたち〉があそこにいるわ！　畏（おそ）るべき魔儀（サクラメント）の用意が整い、玉座もすでに占められているはず。さあ、わたしたちも霊液を塗ったらすぐ行きましょう！」

イルゼ嬢の体が突然ヴェジンのわきに立つ木の高さほどにものびたと思うと、目を炎のように輝かせ髪を夜空へなびかせて、城壁の上で跳躍した。ヴェジンもまた速やかに変容しはじめた。イルゼ嬢の手が彼の顔や首筋に触れ、焼けるように熱い霊液を塗りたくった。あらゆる善なるものが体から失せていくように感じ、力あるいにしえの魔術が血のなかに流しこまれてきた。

森の奥から荒々しい咆哮がとどろきあがり、それを耳にしたイルゼ嬢はおぞましい歓喜に熱狂するようにまたも城壁の上で跳躍した。

「魔王(サタン)がいるわ！」彼女はそう叫ぶや、ヴェジンを押さえつけて城壁の端まで引っぱっていった。「魔王が来ているのよ。魔儀が呼んでいるわ。さあ、あなたもその慈(いつく)しむべき背徳の魂とともにあそこに行くのよ。そしてともに祈りを捧げ、月が死に果て世界が忘れ去られるまで踊り狂うんだわ！」

ヴェジンは跳びおりたいという危険きわまりない衝動をどうにかこらえると、イルゼ嬢の手から必死に身を振りほどいた。激情が自制を引き裂き己(おのれ)を支配する寸前に。自分がなにを言っているかもわからないまま叫び声をあげ、くりかえしまた叫んだ。それはあたかも古くから持つ動機によるかのようで、はるか昔の習慣が本能的に声を出させたのだと思えた。ただでたらめを叫んでいるだけのように自分にも聞こえながらも、そのじつ口に出した言葉はすべて意味を持ち、知に裏づけられていた。それこそいにしえからの喚(よ)び声だ。そして彼の声は谷底でも聴きとられたとおぼしく、反応が返った。

ヴェジンの上着の裾が風に鳴るとともに、あたりが暗さを増し、空飛ぶ影の群れが谷あいから上昇してきた。耳障りな咆哮が迫りくる。風が体を掻き撫で、危なっかしい石壁の上であちらへこちらへ揺らす。イルゼ嬢は照り光る長い腕で彼にしがみついている。なめらかな素肌が首筋をきつく抱く。だがそばにいるのは彼女だけではなかった——何十もの影が空中から下降してまわりをとり囲んでいた。いずれも霊液にまみれて異臭を放ち、息を詰まらせると同時に興奮をも誘う。いにしえの魔宴の狂乱へ招くかのようだ。この世の邪悪を人格化した存在へと捧げられる、魔女と妖術師の舞踏へ。

「霊液を塗りて来たれ！　霊液を塗りて来たれ！」影の群れが四囲でわめく。「果てることなき舞い踊りへと！　恐怖と邪悪のすばらしき夢へと！」

あとわずかでも遅れたら、その声に従って跳びおりていたところだった。意志が弱まり、洪水のごとき激情の記憶に圧倒されていたかゆえに。事実——ここまでのありとあらゆる冒険のあとではささいなことながらも——崩れかけた石のひとつに足をかけたせいで、ついに城壁の上からすべり落ちてしまった。が、幸いにも谷底へではなく、家々のあるほうへと落ちていったおかげで、砂と小石のみの散らばる空き地に落下した。

すると影の群れもヴェジンのまわりに折り重なるようにしてつぎつぎと落ちてきた。食べ物にたかる蠅の群れもかくやと。だがその隙にヴェジンは彼らによる捕捉から逃れることができた。そしてその一瞬の間に、自らを救うための直感が脳裏に閃いた。立ちあがる直前、影の群れが城壁の上へと掻き登ろうとしているさまが目に入った。どうやら彼らは蝙蝠と同様に高みから飛び立つことができるのみで、地面で獲物を捕まえていることはできないようだった。ほどなく、屋根の上に群れる猫のように、影たちは城壁の上で列をなした。どの影も黒々として形が判然とせず、目だけが洋燈のように光る。イルゼ嬢が火炎を見て恐怖をあらわにしたときのことが不意に思いだされた。

マッチを持っていたことに気づき、急いでそれをとりだすと、城壁の下に散り敷く落ち葉に火を点けた。

乾いて萎びきっている落ち葉はたちまち燃えあがり、風が炎を城壁の下辺沿いに広げていった。炎は走りながら壁を上昇する。壁の上の影の列は叫びや嗚咽を放ちながら、反対側の中空へ一団となって舞いあがった。それからほうほうの体（てい）で、呪われた森の中心へと逃げくだっていく。あとに残ったヴェジンは、なにものもいなくなった空き地の真ん中で息を切らし身震いした。

「イルゼ！」弱い声で呼ばわる。「イルゼ！」

彼女が本当に自分を残して忌まわしい舞踏の場へ去ったのだと思うと、心が痛んだ。恐ろしくも悦ばしかるべき機会を逸してしまったのだ。その一方でもちろん安堵も大きく、ここまでのすべてを思うとめまいがするほどに動揺を余儀なくさせられる。そして自分がなにを言っているかもさだかならぬまま、嵐のような感情に任せて絶叫の声をあげた……

壁ぎわの炎はおのずから燃えつづけ、いっとき翳りかけていた月はふたたび明るく柔らかな光で照らしだしている。ヴェジンは震えるまなざしで最後の一瞥を城址にくれたあと、その視線を彼方の呪われた谷へと恐怖とともに投げやった。そこでは依然として影が群れあるいは飛びまわっている。それからようやく町のほうへ顔を振り戻すと、旅籠めざしてゆっくりと足を進めていった。

歩きつづけるうちにもかん高い鳴き声や吠え声が響き、下方の輝く森から自分を追ってくるような気がしていた。だがそれも風の唸りとともに次第に弱まり、やがてヴェジンは町の家並みのなかへと紛れた。

6

「このようなおもしろ味に欠ける唐突な終わり方では、いささか短兵急と思われたかもしれませんが」とアーサー・ヴェジンは顔を紅潮させながら言い、ノートとともに目の前に座すサイレンス博士を臆病そうな目で見やった。「正直なところ、そこから以後の記憶が漠然としているのです。そのあと自分がどうしたのか、いかにして帰途につけたのかも、ほとんど脳裏にありません。ひょっとすると、それきり旅籠には戻らなかったのかもしれません。なんとかおぼろに思いだせることと言えば、月光に白く光る長い道を急ぎ進んで、森や林を抜け、人けのない(しん)とした村々をいくつもすぎ、そのうちに朝が来て、どこかの大きな町の尖塔群が見え、そしてどうにかしてその町にある駅に着いた、といったようなことのみです。

ただ、そこまで来るよりもずっと前に、途中のどこかで足を止めて振り返り、自分が冒険をしてきたあの丘の町が月明かりのなかに浮かびあがるさまを眺めたとき、町の全体が原野に横たわる一匹の巨大な猫のようだと思ったのはたしかです。ふたつの大通りが左右の大きな前肢のようで、寺院にそなわる崩れかけた双塔が傷だらけのふたつの耳のように空に向かってせり立っている、と。そのありさまだけは今にいたるまで、記憶に鮮明に焼きついています。

あの逃走の過程でほかに頭に残っているのは——妙な話ですが、旅籠の宿賃を払わないままだったとふと思いだしたことでした。でも、砂埃の舞うあの道に立ちつくしてそんなことを考えているうちに、わずかな旅の荷物も置き去りにしてきたのも思いだしたので、それで借りは棒引きになるな、などと思ったものでした。

その後について申しあげられるのは、たどりついた町のはずれにある食堂でパンとコーヒーにありついたことぐらいです。それから間もなく駅への道筋をさぐりあて、午後も晩いころあいの列車を捕まえました。そして同じ日の夕刻にロンドンに帰り着いたというわけです」

「それで結局のところ」とサイレンス博士が物静か調子で問いかけた。「冒険を強いられた件(くだん)の町には、どのくらいのあいだとどまっていたとお思いでしょうか?」

ヴェジンはおどおどと顔をあげた。

「ロンドンに帰ってからわかったのですが」と申し訳なさそうに体をもじもじさせながら、「旅に出ていたのはちょうど丸一週間でした。でもあの町には一週間以上いた気がしていたので、それがたしかなら九月も十五日ごろにはなっていなければなりませんが、実際に帰ってきた日は九月十日だったのです」

「すると、旅籠に泊まっていたのもじつはせいぜい一日か二日ぐらいでしょうか?」と博士がまた問う。

ヴェジンはためらっているようだった。足を絨毯の上でもじもじさせている。

「時間をどこかから加算したような感じです」とようやく答えた。「どこかからと言いましょうか、なんらかの方法によってと言いましょうか。でも旅に出ていた期間が一週間であるのはまちがいありません。説明のつかないことですが、それが事実だと申しあげるよりほかないですね」

「その体験をされたのは昨年だと言われましたが、それ以後は同じところに赴いてはいらっしゃいませんか？」

「ええ、去年の秋です」とヴェジンはつぶやく。「その後は二度と訪れる気になれません。絶対に行きたくありませんね」

「では――」サイレンス博士はこの小柄な患者がそれ以上語るべき経緯を持たないと確認するためか、やや間を置いてから尋ねた。「――これまでに中世の魔術に関する書物をお読みになったことはありますか？　あるいはそういったものに興味を持たれた経験は？」

「ありませんよ！」ヴェジンは強い調子で否定した。「記憶をたどるかぎり、そんなものに関心を覚えたことなどこれっぽっちもないですね」

「では、生まれ変わり（リインカーネーション）の問題についてはいかがです？」

「それに関しては、冒険前は興味なかったのですが、あれ以後は少し知りたくなりました」と曰くありげに答えた。

それはどうやら、告白して安堵を得たいことがいまだ心の奥にありながら、口に出すのがむずかしいとの意味であるようだった。そのためだろう、博士が思いやりあるいくつかの示唆を与えてやると、そのひとつをきっかけにして、口ごもりながらもようやく打ち明けた。すなわち、あの旅籠の娘が霊液のついた手で触れた首筋に、今もなおその痕が残っているのだと言う。

首のあたりに手をやりながらも大いにためらったのち、ついにシャツの襟をはずした。肩から背筋にかけての肌に、たしかにかすかな赤い筋があるのが見てとれた。抱擁されたときに腕の片方が触れた場所なのにちがいないと思われた。

そして首の反対側のやや高い位置にも似た瘢痕が——たしかに同一と断言できるわけではないにせよ——認められた。

「あの夜に城壁の上で彼女に抱かれたときの徴（しるし）がこれなのです」

そう囁いたときのヴェジンの目には、ある奇妙なきらめきが去来するのだった。


数週ののち、わたしは別のある異常な症例について相談すべくサイレンス博士のもとを訪れ、その際にアーサー・ヴェジンの件についても言葉を交わした。そのとき聞いたところによると、博士は独自の関心からこの事案の調査をつづけ、その過程で、ヴェジンを冒険に導いた町に彼の祖先が幾世代にもわたってたしかに住んでいた事実を、博士の助手の一人がつきとめたと言う。問題の二人の女性はかつて魔女として断罪され、杭に縛られて焚刑に処された者たちだった。しかもヴェジンが泊まった旅籠というのが、火炙りの炎が焚かれたまさにその場所に一七〇〇年ごろ建てられたものであることも、さほどの困難もなく確認されたとも言う。また町そのものが付近一帯の魔女や魔術師たちの根城のごとき役割を担っていた事情も当時の裁判で明らかにされ、多くの市民が同様に焼き殺されたのだった。

「奇妙なのは」とサイレンス博士は吐露した。「ヴェジンがその故事についてまったく知らずにいたことだ。しかし考えてみれば、その種の来歴は、のちの世代が自分の子供に語り継いで遺したいと思うようなものでないのもたしかだろう。だから現在でもヴェジンは依然としなにも知らずにいるはずだと考えたいね。

彼が見舞われた冒険というのはひょっとすると、その地に長くとり憑いて生きつづけていた魔の力にじかに触れたことによって、前世の記憶が強烈な明瞭さで蘇ったためのものではないだろうか。しかももっと恐ろしいのは、かの女性たちというのが、前世のヴェジンがその当時深くかかわっていた者たちの死霊だと思われることだ。彼を奇怪な目に遭わせたあの母娘は、魔術儀式の場における謂わば主役の立場を、彼自身とともに担っていた者たちなのだろう。魔術なるものが国じゅうの人々の猜疑心を刺激してやまない時代だった。

そうした魔女たちが自らをさまざまな獣に変貌させる力を持ちたいと望んでいたことは、当時の歴史書を繙(ひもと)いてみるだけでたやすく理解できる。姿を偽る目的と同時に、空想上の魔宴の様相のなかに速やかに溶けこむためだったと考えられる。人狼(ライカンスロピー)すなわち自らを狼に変える能力の存在については世界各地で信じられていたが、同様に、猫に姿を変える力、それも魔王(サタン)から与えられた特別な霊液を体に塗布して猫に変身できるとする考え方も、信憑性を持たれていた。多くの魔女裁判において、そのような世界的な迷信が証拠として採り立てられた」

サイレンス博士はそうした方面の多くの研究家たちが著わした書物から長文短文を引用し、ヴェジンの冒険の内容が暗黒時代に実際に行なわれていた魔術儀式に通じるものであることを示してみせた。

「しかしそれらの出来事のすべてが、じつのところヴェジンの脳内に生じた幻想にすぎないものであるとも言いうる」博士はわたしの質問に答える形でそうつづけた。「わたしの助手がその町に赴いて調査した結果、問題の旅籠の宿帳には、九月八日にヴェジンが到着した事実を示す署名があり、しかもそのあと短時日のうちに宿泊代も払わず去ったとわかった。具体的には二日後に宿を離れたのだが、あとには汚れた旅行鞄とわずかな着替えが置き去りにされていた。宿賃については数フランだったのでわたしが立て替え、荷物はヴェジンのもとに送り届けるよう手配した。旅籠の娘のほうはそのとき不在だったが、女主人は話のなかに出てきたとおりの大柄な婦人で、彼女が助手に述懐した話によれば、その客は心ここにあらずな非常におかしなところのある紳士で、しかもあまりに突然姿を消したものだから、まさか近くの森に迷いこんで放浪のすえに果てたりしていなければいいがと、長らく心配していたと言う。滞在中にときどきその森にあてもなく散歩に出かけることがあったがゆえに。

できるならわたし自身でその旅籠の娘から話を聞いてみたかったね。ヴェジンが語った体験のなかで、どこまでが彼の幻想でどこからが実際に起こったのか。娘は炎を恐れ、火を見るだけでおびえたと彼は言っていたが、それは娘が過去の時代に焚刑という痛ましい死を遂げた者であり、それが彼の前世の記憶を意味するのかもしれない。また娘が炎と煙のなかにいるのを一度ならず見たように思うと言っていたことも、それで説明がつくだろう」

「では、ヴェジンの肌に残っていた霊液の痕はどういうわけでしょうか？」とわたしが問いを挟んだ。

「あまりにも熱狂的に考えたせいで皮膚に影響が出たにすぎないのかもしれない」と博士は答えた。「修道女に見られる聖痕（スティグマ）や、催眠術にかけられた者が体に傷ができると告げられると本当にできてしまう、といった症例に似ているだろう。実際よくある例で、容易に説明できる。ただヴェジンの場合には、その瘢痕が長く残りすぎている点が興味深いとは言えるが。通例はもっと早く消えてしまうものだから」

「おそらく今も強く考えつづけているのでしょうね」とわたしが口を出した。「あの冒険を脳内で何度もくりかえしているのかも」

「その可能性はあるね。もしそうだとすれば、彼のかかえている問題はまだ終わっていない惧れがある。もう一度話を聞く必要があるだろうな。手ごわい症例だ。わたしにも治癒はなかなかむずかしいかもしれない」

サイレンス博士の口調は重く、懸念が声に滲む。

「ところで」とわたしがまた問う。「列車のなかで出会った例のフランス人の男については、どうお考えに？　かの地に行くことについて警告を発した男です。『眠りによって、あるいは猫によって』（a cause du sommel et a cause des des chats.）と。じつに奇妙な出来事と思いますが」

「たしかにあれは妙な話だった」博士はゆっくりと答えた。「説明を試みようとしても、きわめて異例な偶然とでも考えるしか――」

「とおっしゃいますと?」

「たとえばその男自身が従前にあの町を訪れており、同種の体験をしていた、といった原因ではないか。できるなら当人を見つけだして、尋ねてみたいところだね。

だが水晶球に頼って探すわけにもいかず、手がかりすら得るすべもない。結局は、なにかしら霊的な力が作用した、とでも結論づけるしかなさそうに思える。前世において持っていたある種の力が現在でもその男のなかで活きつづけ、そのためにヴェジンの存在に引き寄せられた、とでも。そして彼の身に起こる惧れのある危機について警告した、という事情なのかも。

もっと言えば」と博士は半ば自分に言い聞かせるようにつづけた。「このたびの症例は、前世というものの強烈な活性から生じた諸力の渦のなかに、ヴェジンという患者が巻きこまれたための事象だったのではないか。それにより、幾世紀も前において彼がしばしば主役となった営みのさまざまな場面を、現在において再体験するはめになった。なにがしか異常に激烈な営為が実践されたとき、それによって生じた力は容易には衰えないと考えられる。それどころか決して滅びない場合もある。ただこのたびの例では、それによって映じた幻像が完全に形成されきるに足る強い活力ではなかった。そのためにヴェジンは却って過去と現在の板挟みになって煩悶しなければならなかった。彼には己のそんな過去が事実だったと認識できるだけの感性の鋭さがあり、そのために――記憶のなかにおいてさえ――自分が過去へ退行してしまわないようにあらがう結果となった。より低位の人間性であった前世の自己に戻らぬようにと。

そうだ、そうにちがいない！」と博士は声をあげると、不意に室内を横切って窓辺に寄り、暗みゆく空を見あげた。わたしがいることなど忘れ去ったかのように。「潜在意識にひそむ記憶がこのような形で噴出してくる場合、非常な苦痛が伴うものだ。ときとしてきわめて危険でもある。それほどの激しくも蠱惑的な過去の誘いの魔手から、あの心やさしい男が早く逃げおおせればよいがと願うしかない。だがそれも及ばぬ希（のぞ）みか」

　そうつぶやく博士の声は無念さのうちに消え入った。そしてふたたび部屋の中央に戻ってきたときには、強い宿望の色がその顔に浮かんでいた。自らの力の敵わぬ事象からさえも人を救いたいと念じずにはいられない者の表情が。

秘法伝授

Initiation

数年前に黒海を蒸気船でコーカサス山脈へと向かっていた折、あるアメリカ人の男と会話を交わした。バクー油田へ赴くところだとその男は言い、私は山脈に分け入ってみようと思っていると返した。「こちらには初めて?」と男が興味を持ったように問うので、そうだと答えた。それから話が興に乗ることとなり、翌日さらにその翌日までも話しつつともに旅し、バツームでようやく別れた。なぜそんなにも私に対しことさら心置きないようすで話したのかはわからない。元来は控えめで、決して口数が多いわけではないらしかった。じつのところマルセイユからの同道旅行者同士だったが、格別に親しくなったのはコンスタンチノープルで蒸気船に乗って以降だ。その男に関していちばん印象の強いことは、ほとんど情熱的と言えるほどに自然景観を愛好しているところだった。海、森、空、となんでも好きなようだが、とくに山を愛してやまないのだった。それはもう信仰と呼べるほどに。物静かな外見の奥に深い詩的感性が隠されているのかと思われた。

　彼自身が打ち明けたところによれば、いつもそのように他人になんでも話すわけではないと言う。ある種の友情のようなものが私とのあいだに芽生えたためなのだった。ニューヨークで銀行間の為替の売買を仕事としている実業家だが、生まれはイギリスとのことだ。三十年前に故国を離れてアメリカに帰化した。話し方は人並みはずれるほどにアメリカ人風であり、俗語を多く使い、ほとんど西部人気質（かたぎ）とすら映る。初めのころ一、二年西部地方で刻苦の暮らしをしてきたと言う。だがおもに話題とするのはやはり山のことだった。あるとき山中で尋常ならざる体験をして、多くのことに開眼（かいげん）したと言う。なかでも自然の美観と、そして人の死の意味とが、今ではな

により の関心事となっているとのことであった。

私が向かおうとしていたコーカサス山脈についても彼は知悉していた。だからこそ私に対して、と言うよりその山脈への旅に関して興味を示したのにちがいない。

「あそこの山奥に分け入れば」と彼は言う。「あなたもなにかを感じるはずです。そしてこれまでご存じなかったさまざまなことを見いだされるでしょう」

「さまざまなこととは?」と私は問い返した。

「そう、たとえば」と彼は感情の昂まりを声にこめて答えた。「人の生と死について、どちらもとるに足りぬこととわかるようになるはずです。あるいはまた、美というもののなんたるやを知るでしょう。つまり美とは己（おのれ）の命のなかにあるもので、人はそれによって生きるのだということを理解するのです。そうなれば己の死に際してさえ、人に美を与えられればそれでいいとまで思うようになるでしょう」

そのあとの会話は長くつづきすぎたのでここに逐一記すのは控えるが、とにかく彼のこれまでの半生での体験によって、真実に目が啓（ひら）けたのだと訴えたがっているのははたしかだった。

「美とは滅びざるものです」と彼は断じた。「美とともに生きるならば、人もまた滅びざるものとなれるのです!」

ここに掲げる譚（ものがたり）は、彼がその特異な言葉遣いによって詳細に述べたものであり、私の記憶にありありと残っている。しかも彼はなんとそれをすでに原稿に書き留めていたのだった。その紙束をとりだして私に手わたし、もし自分と同じように感じたならば、他人にこの原稿を見せてもよいと告げた。彼はその行為を〈秘法伝授(イニシエーション)〉と称した。以下がその書き綴りの一切である。

1

アーサーというのはわたしの甥であるので、この出来事はわが一族のうちで起こったことと言える。場所はアルプス山脈奥深くのある谷間。一見そんなことがありそうな土地とは思えないところだが、カトリック教会とのかかわりで考える必要はあるかもしれない。わたしの理解によれば、教会というものには——少なくともこれまで宗教学者たちの教示を聞いてきたかぎりでは——どこかしらにわずかながら異教的な淵源が介在しているようだ。キリスト教における一部の聖人記念日やある種の祭儀などに、異教の要素がいつの間にか関係づけられ採り入れられてきた経緯によると考えられる。ただわたしにとってはそうしたことはなんであれ空想的な世界の話題であり、詩歌や迷信のなかにのみ見いだせるものにすぎなかった。なにしろニューヨークはウォール街のはずれに事務所をかまえて為替を売り買いする自分の仕事にしか関心のない男なのだから。休暇の際にたまにヨーロッパにわたるのももっぱら観光のためだった。苔むしたような古い街並みを眺めたり、パリではオペラ座を訪れたり、イギリスではシェークスピアの故郷を自動車でまわったり湖水地方をめぐったりして、そのあとはそれぞれの国の首都に戻ってリッツ・ホテルに宿泊し、最後には長年金儲けをさせてもらっている世界最大の都市ニューヨークに帰還する。

レプトン校やケンブリッジ大学での教育もそれなりに役立ってくれはしたが、すでに忘れて久しい。就学当時にはよい学校だと思っていたが、今のわたしは強力な共同経営者にも恵まれての事業に夢中で、学業時代のことなどどこかへ捨て去ってしまっている。

一方、異母兄は故国イギリスにとどまって家業の薬品製造業を継いでおり、収入としてはおそらくわたしと同等以上のものを得ているはずだ。弟のわたしが縁あって国外で成功する機会を持てたことについては兄も喜んでくれているが、ただ彼にはひとつ悩みがある。息子アーサーがいささか分別に乏しい若者であることがそれだ。わたしが家業の薬剤作りなどにかかわるよりも経済界で働くほうが気質に向いていることは兄も認めているが、ただアメリカの経済は投機的でありそれゆえに危険な面があると警告してもいた。

兄は直近の手紙にこのように書いていた。「アーサーもいずれは成人となり、家業の支配人の立場につくことになるだろう――おまえがもし実家にとどまっていればついたにちがいない仕事だ。問題はアーサーがいまだに赤ん坊であることだ」

その意味するところは、息子が愚昧だということにほかならない。それになにより、家業が息子の気質に合っていないと兄は考えているのだった。今から五年前、ひと月の休暇がとれたときにわたしはイギリスに帰り、かの国の銀行業界と顔つなぎをするのに精を出したことがあったが、その折にアーサーと会う機会があった。当時彼は十五歳で、いかにも繊細そうな少年だった。芸術家になる夢によって大きな青色の瞳を輝かせていたのが記憶にある。もつれ気味の黄色い髪と古典的な美形の顔立ちとは、ニューヨークでなら街じゅうの若い娘たちの半分が恋慕するに相違ないと思わせた。そして彼さえ望めばそのなかから花嫁を選ぶことさえ自由だと思えた。

　あのときの甥のことははっきりと憶えている。気概があり個性も強いところが感心させたが、居場所をまちがえているとの印象も否めなかった。アーサーは彼の曽祖父つまりわが祖父の気質を受け継いでいるようだった。祖父のように学者になれば成功できるかもしれないのにと思われた。祖父は詩人でもあり、且つまたすぐれた古典的文献を新たに刊行して世に問う編纂者でもあった。

　アーサーからはなかなか多くの言葉を引きだせなかったが、ただ「製薬業の仕事は嫌いではない」とは言っており、また父親を喜ばせるためか、「薬品作りについてはよく知っている」とも口にした。いずれ家業の支配人となることを認められたいからにちがいなかった。だがある夕刻に彼が広間で祖父の肖像画を見あげていたときのようすは忘れられない。顔は特別な輝きを帯び、大きな青い目は陶然と潤っていた（まるで泣いているかのように）。わたしがどうかしたのかと問うと、彼はこう答えた。

「それこそ生きる価値というものですよね。曽お祖父（ひいじい）さまはこの世に美を蘇らせたんですから！」

「そうだな」とわたしは応じた。「そのとおりかもしれない。この人はたしかにそういうことを成し遂げた。でも、その仕事では人に言えるほどの儲けは得られなかった」

　アーサーはじっと見返し、笑みを浮かべた。なぜかしら、金儲けに夢中になっているわたしの人間性の深層にひそむなにかに気づいているような表情に思えた。こんな叔父のなかにもどこかに詩人が隠れているとでも言うような——いかに三流詩人であるにせよ。

「叔父さんはわかってくれていますよね」と彼は言った。「あなたにもぼくと同じなにかがあるから」

肖像画はわたしの父がかつてオックスフォード大学のベリオール学寮（カレッジ）に寄贈するために制作したものだった。描かれているわが祖父は、生前にはアナクレオンやサッフォーやホメロスなど古代ギリシア詩人の作品を翻訳して賞賛されると同時に、古典文学の研究や評論なども数多くものしていたと記憶する。そうした大きな業績により名声を得た人だった。著作のひとつ『神々の生活』は六版を重ねている。当時の名だたる批評家諸賢をして「詩を書かざるも詩才に富み、旧時代の古典的な美の精神のなかで熱情とともに生きる傑物」と呼ばせしめた。たいへんな碩学だったことはわたしも認めるところで、学術界や教育界の大物たちも祖父の前ではいずまいを正した。わが一族の誇りとする人物だった。ニューヨークでの二十五年に及ぶ為替売買業で金儲けばかりにいそしんできたわたしには、祖父の功績を正しく評価することはむずかしいと言わざるをえない。経済や金融、あるいは先端文明や科学進歩といった時代精神に傾きすぎていることを否めない。しかしそんなわたしにして、古典的な世界に耽溺していた祖父を恥とは思わない。保管している記録からすると、異教的な分野の研究をも深くきわめていたらしいことも察せられるが。ともあれ、あのとき夕刻の薄暗いなかで祖父の肖像を見あげていたアーサーの、昂ぶりに半ば潤んだまなざしは忘れがたい。明らかに震えていた彼の声もまた。そのようすはいつにないほどにわたしを刺激した。わが身の奥深くにあるなにかが、ウォール街にいては気づかない深層心理が、燃えあがりあるいは渦巻いてくるかのようだった。

つぎにアーサーと会ったのは一九一〇年の夏、またも二か月あまりの休暇観光でヨーロッパにわたった折のことだ——妻と子供たちをロードアイランド州ニューポートの自宅に残しての独り旅だった。アーサーがスイスに滞在していると聞いたので、なにかしらの力になれればと思ってフランス語を少し勉強してから、わたしもその地に向かった。どのように成長しているか、最近はどんなことに関心を持っているのか知りたいと思い、彼のもとを訪ねることにしたのだった。そうしたいと思わせるだけの忘れがたい印象があるがゆえだ。彼の顔が脳裏に浮かぶごとに、ある思いに囚われざるをえなかった。それは美を求める心とでも呼ぶべき願望であり、夢を見させてくれる思いだった。

アーサーの寄宿する個人教師の自宅を訪ねた。教師は活気にあふれた年配のイギリス人で、地元産の安いワインをことさら好むとともに、村に観光客を呼びこむという経済活動にも関心を持っている男だった。生徒たちは午前中にフランス語をみっちり習うが、午後以降は自由時間で、受講料を払ってくれている親の目の届かないところで文字どおり好きなことをして楽しめるのだった。

これはだれにとっても利のある方式であり、フランス語の発音や語彙まで完璧に習得して帰国できさえすれば保護者も満足するはずだ。わたし自身はと言えば、仕事上の利益につなげるのに必要なだけのフランス語はニューヨークで習ってきており、それ以上となれば、金にもならない兄とのフランス語での手紙のやりとりなどは必要ないから、余計に勉強するつもりはなかった。

ただアーサーのことを知りたかったから訪ねたのだが、おかげで珍しい体験をする余禄にも恵まれた。尤も、利益がまったくないとも言いきれない。なにもしなくても投資の配当金がこんにちにいたるまで多々入ってきていることを考慮すれば。

村でいちばん上等なホテルに泊まったが、とは言えごく普通の宿屋で、ほかとちがうところと言えば、食堂室に山ほどの安っぽい飾り付けがされていることぐらいだった。夕食を済ませたあとすぐに教師宅に向かい、いきなり訪ねてアーサーを驚かせようとした。草よりも花のほうが多いように見える牧草地に挟まれた狭い通りの奥に建つ家で、裏手には森が広がり、雪を戴く数千フィートの高山までつづいていた。雪は森の黒い稜線が上方はるかで果てるところにわずかにかいま見える程度だったが、もちろんそれは遠近感のなせるわざであり、実際には谷間と牧草地の全域が森と雪に支配されていると言ってもよいのだった。その白い尾根には谷の向こうに沈んで久しい夕日の残光がいまだ映え、峰々のつらなりを壮大な鋸の刃のごとくに見せていた。そこまで登るにはたっぷり五、六時間はかかろうと思われたが、たどりついてもなにもすることがなさそうでもあった。スイスはそもそも貧しい国であり、有名なものと言えば時計製造とワインビネガーと、あとはどの民家の二階も干し草を積んでいるせいで床が大きく傾いていることが知られているぐらいだ。名声をささえているのは絵葉書とチョコレートと安価な旅を好む観光客程度だ。だがフランス語を習うためだけに住むなら安あがりでよい土地だろう――少なくともホーボーケン（ニューヨーク近郊の小都市）に住むのと同程度には。

アーサーは外出していた。わたしは自分の泊まっているホテルで翌日昼食でも一緒にどうかと名刺に書いて置いてきた。そのあとはとくにすることもないので、森づたいの道を通ってホテルへと戻っていった。

するとと薄暗い松の森のなかで、いささか説明しがたい感興に見舞われた。そのときは村が海抜四千フィートの高地にあるため、空気が希薄になった影響だろうと思った程度だった。ライウイスキーを飲んだときの感覚に似ており、気持ちが昂ぶって叫びだしたくなるような、なんだか自信満々になってきたのだ。アルコールを体に入れすぎたせいで自分が大物になったように錯覚するときとそっくりだ。何年か前にも酒のおかげで似たような気分になったことがあって、自分が地球を支配したかのように傲然となり、古い街を真っ赤に塗りたくりたいなどと思ったものだった。とにかくそんなふうな感覚だとでも理解してもらうほかない。まるで空中を歩いているような浮遊感があり、木々がただよわせる香りが急激に気分をよくさせて、森が持つ通常の雰囲気が心からぬぐい去られた。そのときのことをこうして振り返るだけでも、とてもうれしく楽しい。いつしか森の相当奥まで分け入り、少し道に迷っていた。森にただよう香りは、古い庭園のそれとはまるでちがう。何者かが大地をまったく新しいものに変えでもしたような、じつに爽やかな香りだった。森に密生する苔の匂いや単寧（たんにん）めいた渋みもあり、またなにかを燃やしているような、煙とお香の中間のような匂いも混じっている。それから松の樹皮が雨に打たれたあと日光にあたって放つ清新な香りや、ときとして海から吹きくる潮の芳香も感じられた。そうした嗅覚を森で得たのは初めてのことだった。いつかメイン州の海岸でキャンプをしたときに大自然のよい香りを感じたことがありはしたが、それですらこのたびの半分もかぐわしいものではなかった。わたしはつい立ち止まってそれを楽しんだ。煙草の臭いが大気に混じるのを危惧して喫煙をやめ、葉巻を捨てたほどだ。

「この空気をもし瓶詰めにできたら」と独りごちた。「一パイント二ドルの値をつけても売れるぞ、アメリカじゅうのどの町に持っていってもな！」

まさにそうやって立ちつくして芳香を呼吸しているとき、不意にだれかに見られているような奇妙な感じに打たれた。思わずじっと身を固くした。何者かがすぐそばで蠢いているようだった。急に背中を汗がつたいだした。子供のころに返ったような緊迫の感覚に囚われた。

あたりはひどく暗い。恐れの気持ちというわけでは必ずしもないが、この山間部に住む農民たちの慣習についてなにも知らない余所者であることを自覚せざるえなかった。よからぬ輩が夜陰に乗じて徘徊し、金品目当てに旅行者を襲う機会を窺っていないとはかぎらない。だがそのときわたしに訪れていた感覚は、そういう種類のものとも少しちがう。と言うのは、じつのところ尻ポケットに護身用のブローニング小型拳銃を入れていたのだが、それをとりだそうという気持ちにまではならなかった。新たな興奮の感覚とでも言うのか、刺激されることによって気分がさらに浮きあがり、心臓が期待感に拍動しはじめていた。ある種の幸福感でもあった。のしかかる危機の暗雲が却って心を勇躍させていた。ちょうど職場の執務室のドアを施錠して二ヶ月の休暇旅行に出かけたときの昂揚感にも似て、日常からの解放と好奇心の発露がその心理の背後に働いていたようだ。

じっと立ったまま、わが身になにが起こりつつあるのかと想像した。曲者が今にも暗闇から跳びだし姿を見せることを望んでさえいた。息を止め身動きひとつせずにいるうちに、奇妙な興奮はいよいよ高まる。両足を蹴りあげ踊りだしたい誘惑をこらえねばならないほどだ。酒に酔った者のように叫びだしたい気持ちをも。それらの抑制に努めてどうにかおとなしくしていた。四囲の森は墨のように黒くて木々の幹の区別もつけがたく、そのあわいでときおりまたたくはるか下方の村の明かりのみがわずかな救いだ。ひたすらひと筋にたどる山道に散り敷く松葉はブラッセル絨毯よりも分厚く柔らかい。だがなにごとも起らず、曲者が跳びだすわけでもない。見られている感覚のみ依然残るが、谷に走る急流の水音のほかに聞こえるものとてない。それでも闇のなかでだれかがすぐ近くにいるのはたしかなのだ。

どれくらいのあいだそこに立ちつくしていたのかたしかなところはわからないが、おそらくは十分弱程度ででもあったろうか。憶えているのは、特別に空気の希薄なところに行きあたったのではないかと思ったこと、そしてそれにもかかわらず酸素だけは――あるいはそれに類する気体が――大量にあるように感じたことだ。あの昂揚感の原因はそれではないかと疑った。そんな説明は莫迦げたものにすぎないとはわかっているが、しかしそのときはそう考えて半分でも納得できる気がした。とくに不自然だとも思わず、ふたたび前進をはじめた。森の端まで着くのにずいぶんと時間がかかったが、とにかくその山道を一心にたどりつづけ――長い道のりだった――ようやく村の通りにたどりついた。安堵すると同時にどこか残念でもあった。それ以後もそこまでの経過をくりかえし考えつづけた。なによりも心に刻まれたのは、百万ドルにも値する自然の美しさであり、そして身のうちに湧く己（おのれ）の若々しさであり幸福感であった。あれほどの感興に浸った体験は生まれてこの方ほかに一度もない。しかも一セントもかけずにそれだけの満足を得られたのだ！

そんなことを考えながらホテルの休憩室で葉巻を楽しみ、まわりではほかの大勢の客たちも喫煙や会話や新聞読みに興じていた。がそのうちにふと顔をあげたとき、息も止まるかと思える驚きに襲われた。あまりの衝撃に本当に舌を噛みそうになった。椅子にかけているわたしの目の前に、なんと亡き祖父がいたのだ！　休憩室の奥で机を前にして立つホテルの受付係よりも近いところに、実体を伴った明瞭な姿として見えていた。たやすくは忘れられそうにない冷たいものが背筋を駆けおりた。祖父は帽子を手に持ち、わたしの顔をじっと見ながらなにか話しかけようとしていた。肖像画が命を得たかと思えるほどたしかに祖父そっくりだったが、しかしよくよく見れば、より痩せているうえに年若く、それに目には火のような生命力が燃えているのだった。

「あなたはひょっとして、ジム叔父さんじゃありませんか？」

そう言われた瞬間、さらなる驚きとともに納得が行った。

「アーサー、おまえか！　びっくりしたよ。でもそうとわかってよかった。まあ椅子にかけろ。いや、まずは握手だ。それから腰をおろせ」

わたしは握手をさせたあと、椅子を勧めてやった。たしかにこれほど驚かされた例しもない。このとき以前にアーサーに会ったのは彼がまだ子供と言っていいころだ。それが今は青年となり、しかも彼の曽祖父と生き写しになっていようとは。

腰をおろすと、彼は帽子をいじりはじめた。酒も煙草もやらないようだった。

「久しぶりに語りあおうじゃないか」とわたしはきりだした。「話したいことが山ほどあるんだ。おまえの話もたんと聞きたいしね。どうだ、元気でやっているか？」

アーサーはすぐには答えなかった。わたしを足から顔にいたるまで見まわすようにして、ためらっている。若者となった彼はじつに見目よく、ギリシア神話の青年神を思わせるような顔立ちをしていた。

「ひとつ訊きたいんですが」と彼が不意に言った。「つい先ほど森のなかにいたのは、叔父さんじゃありませんか？」

物静かにそんな問いをされたせいで、わたしはギクッとした。

「ああ、たしかにあっちの森のなかを抜けてきたよ」と、憶えているかぎりの方向を指さして答えた。「そのことを言ってるのか？　だとしたらどうした？　おまえもあのあたりにいたのか？」

アーサーの今し方の質問に妙なものを感じたのはたしかだった。いったいなにが言いたいのか？

彼は椅子にどっと背を預け、安堵めいた息を洩らした。

「いえ、そうとわかればそれでいいんですよ」と答えてから、急に調子を変え、「ただ、その、なにかを見ませんでしたか？」

「なにも見ていないな」わたしは正直に言い、「なにしろ暗かったしね」と笑った。

アーサーがなにを言わんとしているのかはわかった気がした。しかしわたしは甥のあげ足をとるような叔父ではないつもりだ。要するにこんな山村での暮らしは退屈だから、なにか気晴らしになる話題を求めているのだろうという程度に思ったのだ。

だがアーサーはわたしの笑いの意味を理解してはいなかった。たがいの思うところがくいちがっているのだった。

そのあと二人とも沈黙に陥った。別々の言葉の世界で喋りあっているようだとやっと気づいた。そこで、彼のほうへ身を乗りだした。

「なんなのだ、アーサー？」とわたしは声を低め、「今の質問は、なにを訊きたいんだね？ 言いたいことがあるなら、懼（おそ）れずに言ってみろ。なにか見なかったかと訊いたのは、どういった意味合いなんだ？」

おたがいにまっすぐ目を見あった。アーサーはわたしを信頼してもいいと感じとったはずであり、一方のわたしはと言えば、さまざまなことを感じたが、なかでもとくに、自分に対する彼の好意はまちがいなく、あとで都合のよくなったときにいろんな事情を打ち明けるからと言っているように思えたのが大きかった。

「意味合いと言っても」と彼はゆっくりと答えた。「単純になにか見かけなかったかを、訊きたかっただけなんです」

「見てはいないな」とわたしはすぐに返した。「おかしなものは目に入らなかった。ただ、なにかを感じはしたがね」

アーサーがハッとしたような顔をした。わたしもビクッとした。彼の見目よい顔立ちに、明かな驚きの色が表われていた。目が輝き、小麦か綿花への投資で大儲けでもしたような表情になっている。

「叔父さんならきっとそうじゃないかと思っていました」と彼が小声で言った。「以前のことをそんなによく憶えてるわけじゃありませんが」

「だから、いったいどう（オン・アース）いう意味かと訊いているんだ」

彼の返答は呆れさせる種類のものだった。

「まさにそれですよ——大地（アース）なんです！」

そう言うと、ちょうど話がおもしろくなってきそうなところで、謂わば配当金が転がりこんできそうになった直後に、アーサーは急に貝のように口をつぐんでしまった。そしてその件についてはなにも言わなくなった一方で、わたしの家族や仕事や健康などについて尋ねはじめた。さらにはなにかおもしろい出会いはあったかなどといった、ごくありきたりなことばかりを訊いてきた。これには面食らうしかなかったが、もう話題を戻すのは叶わなかった。

アメリカではなんでも自由に気楽に話す気風があり、遠慮というものをだれもがあまり知らないようなところがあるが、しかしここでのわたしは、自分の年の半分にも満たないこの若者によって、たやすく闊達さを封じこめられてしまった。ちょうどわたし自身がニューヨークの事務所で気弱な客に対しあまり喋らせない戦術を使うのと同様に、今のアーサーは相手が自在に話すのを巧みに防いでいる。口調は丁寧でおだやかで、反感を買わない程度の距離感を保ち、こちらがときとして深く食いこもうとすれば、なんの話かわからないと言うようにさらりとかわす。あの森でのことに話題を戻させようとは決してしない。相場があがるかさがるかを洩らさせようとする客の戦法にわたしが決して乗らないのと似ている。そういうとき事実わたしは予想を知らないのだが、知らないとは覚らせずにただただらりとかわすのだ。アーサーは終始にこやかで愛想がよく、わたしと話すのが楽しくて仕方ないというような熱っぽい喋り方さえときどき見せるが、価値のある言葉は決して引きださせない。結局引きだすことを諦めるしかなかった。

そんなふうにわたしが断念したと察した瞬間、アーサーはわずかだけ防禦をゆるめた——ほんのわずかではあるが。

「叔父さん、ここにしばらく滞在していきますよね?」

「そうしたいと思ってるよ」とわたしは答えた。「おまえとずっと話せるならばね。このへんの案内もしてもらいたいし」

アーサーはうれしそうに笑い、「もちろんです。時間はたっぷりありますから。午後三時以降は自由なので、いつでもお好きなときに。見ておいたほうがいいところがたくさんありますし」

「それじゃ、さっそく明日つれていってもらおうか」とわたし。「もし弁当を持って出かけるのがまずければ、昼めしを済ませてからでいい。ちょうどここで待っていよう」

「では、明日の午後三時にここで」と彼は応じ、そのあと別れを告げあった。

2

　アーサーは三時きっかりに姿を見せた。その時間厳守ぶりは気に入った。胸板の厚い長身の体躯が砂埃の道をやってくるのが見えた。幅の広い肩を少しそびやかし、顔も幾分誇らしげに上向けていた。全身がまさに育ちのよい修業中の若者という印象だ。と同時に、男としてはいささか純粋すぎる、あるいは繊細すぎるようなところも見受けられる。それが彼のなかに流れる詩人気質あるいは学者肌の血統の表われなのだろう。祖父が彼において蘇っているのだ。このたびは帽子をかぶっていなかった。ふさふさとして軽く濃い髪をロンドンの商店員のように後ろへ撫でつけてはおらず、横分けにするにとどめている。そのせいできちんとしていないように見えるが、彼には却って似合う髪型で、かすかに粗野な雰囲気をもたらしてもいる。

「では、今日はどうやってすごしましょうか、ジム叔父さん?」とアーサーはきりだした。「七時半の夕食の時間まではまるまる空いているので、どんなご要望にも応えられますよ」

　そこでわたしは、例の森のなかを歩いてみたいと告げた。

「わかりました。さっそく行きましょう、案内します」と彼は答え、ちらとわたしの顔を一瞥したが、あとはなにも言わなかった。

「こんどもなにかを感じるかと思ってね」とわたしは打ち明けた。「その場所を見つけられるんじゃないかな」

するとアーサーはうなずいた。

「その場所がどこか、わかっているんだろう?」とわたしはたたみかけた。「そこでわたしを見かけたんじゃないか?」

彼はそんなところですとだけ答え、そのあと二人して出発した。

暑い日で、空気が薄く感じられた。道が登り勾配になるにつれ、年齢差の大きさを実感させられた。花ばかりが目立つ牧草地を横切っていくときには、どれだけの量の草が牛たちに食べ尽くされたことかと訝った。唐松(からまつ)の若木が散在するところに出ると、松葉が天鵞絨(ビロード)のように柔らかに散り敷いていた。道がなくなり、ただ山腹を登るだけになってきた。急斜面をジグザグに登っていくうちにひどく息が切れてきたが、アーサーはさも楽そうで、しかも盛んに喋りつづけていた。光と影について、豊かな色彩について、そしてそうした大自然特有の美が人の心に与える影響について語った。しかもそれらをすべて自家薬籠中のものとして活きいきと描くべく努めていた。そうするのが気持ちの発散になっているようだった。わたしにはそう思えた。語りつづける彼のなかには芸術家がいた。この世で大切なものは、大文字のBを使うしかない〈美(ビューティー)〉のみだと言いたいようであった。そして奇妙なことに、わたしも当然そう思っているはずだと見なしているらしかった。叔父へのそんな敬いが彼の愛すべきところでもある。

「寂しきダリウスか、あるいは高きセフィジアの谷か?(マシュー・アーノルドの詩より)」そうつぶやく声が聞こえたあと、崇拝をこめて唱うような調子で、ある名前が呼び放たれた。「女神アスタルテよ!」

昼は女神の顔、夜は女神の髪
また朝の時は黄金の階にして
女神はそを昇りて夜にいたりぬ

わたしにある奇妙な変化が起こったのはこのときだった。

「勘弁してくれ。古典文学なんてとうの昔に忘れてしまった」アーサーが振り返り、こちらを見おろした。大きな目が輝き、肌にはひと滴れの汗も浮かんでいない。

「そんなことはありません」音楽めいた深みのある声でそう言い放った。「あなたは忘れていない。そうでなければ、昨夜この森でなにかを感じはしなかったでしょう。それに、ぼくと一緒にこうしてここに来たいとは思わなかったはずです！」

「どうしてわかる？」思わず問い返した。

「それは」とアーサーはおごそかな調子でつづけた。「この人工的な国のなかで、唯一の特別な雰囲気をそなえた谷を選んで訪れたからです。この谷は生きています――とくにこちら側の地域は。この地には迷信が根づいており、農民たちも神秘的な智識を持っています」

彼を見すえながら言い返した。「いいかアーサー、わたしはカトリック教徒じゃないし、神秘的な智識もない。昔のことはみんな死んだも同然に忘れてる。詩歌も、古典文学も、神学も、汎神論も、祖父の意に反して――」

アーサーが夢を見ている者のような顔になった。

「シッ！」と小声でわたしを制した。「曽(ひい)お祖父さまの話は口に出さないで。ぼくと同じように、あなたのなかにもあの人がいるんです。そして、わかっていると思いますが、あの人の書いたものにはこの地のことが――」

そのあとは聞きとれなかった。怖気(おぞけ)が全身を襲った。二人の共通の肉親であるかの人物は、スイスのある隔絶した森のなかで数年間すごした時期があり、その環境を利して書き物に没頭するとともに、忘れられた神々や霊魂を見いだしたと主張した。あるいはまた、大自然の美、その永遠なる精髄、驚異すべき秘密、そういったものを発見したとも。わたしはそんなことは本当に忘れていたのだが、この瞬間に卒然と蘇ってきた。若いころの記憶のすべてが。

そして、すでに述べたように怖気に見舞われていたが、それはある種畏敬の念にも似ていた。牧草地を日差しが照らし、黄色い雛菊(ひなぎく)や青い勿忘草(わすれなぐさ)の花を白く染めた。谷に吹く温(ぬく)みのある風に、かすかな雪の気配が混じってきた。子供のような狼狽と恐れの気分のなかでわたしはアーサーを睨み、これ以上たわごとを言うのをやめさせようとした。だが彼の目に宿るなにかによって逆に気圧されてしまった。

そう認めざるをえない。否定してなんになろう？ 彼の見目よい大きな顔には、血をも凍らせる表情が浮かんでいた。わたしは足先まで冷えたような思いで立ちつくした。魅入られでもしたごとくに。彼の内部に、あるいは背後に、あるいはすぐわきに、あるいは――どれが正しいかなどわかるはずもないが——あるいは彼を通じて、なにかとんでもないものが顕われているような気がした。それがわたしを打ちのめし、自分などとるに足りない存在だと思わせるのだった。

その思いは鳥翼のひと振れほどの一瞬で過ぎ去り、すぐに正気に返れた。ただの若僧が人にこんな心理上の術をかけられるはずもない、どれだけ学があろうとも。そのあとも自分のなかの変化がいや増していくのが感じられ、ひるみあがらねばならなかった。

「待て、アーサー」とわたしはようやく言った。「おまえがなにかを仕掛けているせいかどうかわからないが、ここではたしかに妙なものを感じるよ。だがそれがなにかはわからん。わたしは実業の世界で生きる男にすぎず、学問も詩歌もとうの昔に忘れ去った身だからな」

アーサーがゾッとさせる表情で見返してきたので、困惑して思わず足を止めた。

「べつによくないことじゃありませんから、ジム叔父さん」煙草の品さだめの話題にでも興じるような、安易な調子で彼が切り返してきた。「心配するにはおよびません。この場所でそんな感じを受けるのはごく自然なことです。ぼくもあなたもそれに属している者なんですから。つまり二人とも心のなかにあの人がいるんです。それを誇りに思ってください——ぼくとはちがう受け止め方でかまいませんから」それから、かすかな落胆の気味をこめてつけ加えた。「すぐに喜んでもらえると思ったんですけどね。だって、昨夜は全然怖くはなかったわけでしょ。自然の美を感じられたからですよ」

お世辞とはいつ聞いても気分のよくないものだ。上方に立ちはだかり、俗世間の仕事にのみかまけてる叔父を見くだしながらそんなことを言っているのだから。わたしは卓上の手札を早く見せすぎてしまった者のようなうろたえを覚えていた。大都会で長年生き抜いてきたわたしともあろう者が！

それでもなんとか気をとりなおし、笑いながら言い返した。

「わかってるさ。ちょっとおまえを試してみたまでだ。たしかに今も美を感じている気がするよ。ただ、おまえほどにはこういう状況に慣れていないだけでね。そろそろ先へ進もうじゃないか」足に力をこめながらつけ加えた。「そして森をよく見よう。あの場所を是非もう一度この目に収めたいんだ」

アーサーも笑いながら、鉄のように強い手でわたしを引っぱってくれた。まったく、彼のような腕の筋肉を、あるいは強い歯を持ちたいものだ！　ただ、自分もいくらか若返ってきたような――若さが徐々に勢いよく血管のなかを流れてくるような気がしてはいた。風や木々や花々がこんなにも甘やかだとは、ずいぶん長いあいだ忘れていた。なにかが身のうちで溶けだしてくる。季節は春で、世界のすべてが夢のなかで唄っているようだ。美が全身を押し包む。この気分をなんと言うべきか。なにもかもが大らかでやさしくなり、千ものすばらしい感興に心が啓けていく。都会のビル街や喧噪の記憶など滅んでいき……

二人ともほとんど口も利かずに歩きつづけた。わたしはますます息が切れてくる。一方アーサーはしじゅうあたりを見まわす、なにかを予期するように。だが人が通りかかることはまったくない、地元の農夫さえ。人どころか獣も見かけず、山小屋や家畜置き場などもない。ただそのうちに、足もとの靄のなかに谷間が展けてくるのが見え、そのせいで、いつの間にか数時間も登りつづけていたのだとあらためて認識した。

「おかしいな、昨夜はホテルまで帰るのにせいぜい二十分ぐらいしかかからなかったと思うが」

するとアーサーはにっこり笑みを見せ、かぶりを振った。

「そんなふうに感じたかもしれません。でもほんとはもっと長くかかっていたんですよ。ホテルの休憩室で叔父さんと顔を合わせたときには、午後十時をとうにすぎていましたから」

わたしは記憶をさぐったあと、「思いだしてみれば、そのとおりだな。まだちょっと奇妙な気はするがね」

アーサーは急に顔を近づけ、「じつは、あのときずっとあとを尾けていたんです」

「あとを尾けただと！」

「叔父さんはかなりいい足どりでしたよ。短く感じたのも無理はありません——なんだか歌まで口ずさんでいたようで、舞い踊る牧神みたいに楽しそうでした。ぼくたちはすぐ後ろにずっとついていましたから」

たしかにぼくたちと言ったと思うが、わたしはなぜか訊き返さなかった。

「そうか」と短く返し、あのとき自分がどんなはしゃぎ方をしていたのかと、気が進まぬながらも思いだすべく努めた。「そうだったかもしれないな」

そのあとわたしは、どれだけ人けがなく森閑としていたかといったことをつけ加えた。この山腹一帯がいかに隔絶した地に思えたかを。するとアーサーは、このあたりが農民たちに恐れられ、〈寄らずの里（ノーマンズランド）〉と呼ばれている土地だと教えた。来る年も来る年も人がこの斜面を登りおりすることはほとんどないのだと言う。干し草用の雑草が刈られたためしもなく、広い牧草地に家畜が放たれるわけでもなく、農夫が小屋を造ったりすることも決してない。わたしたちがゆっくりと通り抜けてきた森のなか一マイルほどの範囲がそのようなところとされているのだった。

「百年ほど前に曽お祖父さまが発見した当時から、ここはすでにそういう土地でした。森の端に天然の小さな洞穴(ほらあな)があって、曽お祖父さまはときどきそこを仮眠のための小屋代わりとしていました――あとで案内します。どこまで行っても人っ子一人とも出遭う気遣いがありませんでした。とにかくそんなわけで、この山腹は何十年ものあいだ人跡に乱されませんでした」アーサーはそこで足を止め、上方で松木立が中空にかかるおぼろな青い絨毯のように見えているところを指さした。「見えますか、あそこが〈彼ら〉の場所です」

体のなかで力が震えつつ漲(みなぎ)るのを感じた。そうとでも言うしかない感覚だった。その感興が滝のように全身に浴びせられた。不意にギリシアの景色が脳裏に描かれた――イーダ山の高みと、そして千もの詩が頭をよぎった！　わたしの内部でなにかが鎧戸の留金のようにカチリと音を立て、〈変化〉が完遂されたことを告げた。別人に変わったのだ――あるいは、より深い層にいた自分が支配権を握ったとでも言うべきか。この言葉遣いがすでにそれを証明している。

天候はきわめておだやかだ。はるか上につらなる峰々もより鮮明に見える。下方に横たわる村は青灰色の煙と靄に包まれている、さながら大きな手がそれらの曇りを大地に塗りつけたかのように。非常な孤絶感が雷撃のように心を打った。わたしたちだけが人間界から締めだされたような気がした。そして前夜と同様の奇妙な昂揚感がふたたび訪れた……いつの間にか今にも森の端にたどりつこうとしていた。

それはわたしたちの眼前にそびえ立っていた——鬱蒼たる木々からなる巨大な壁が。濃い緑色の鉄板から切りだしでもしたもののように微動もしない。枝々は凝然とせりだし、下方でささえる幹の群れは青いおぼろのなかへと失せている。片手を目の上にかざし、粛然たる暗がりの奥を覗きこもうとした。遠くの牧草地を照らす日差しのまばゆさと、この一画を支配する重い影との落差のせいで、視力がにぶらせられるかのようだ。

「まるで別世界への入口のようだな」とわたしが小声を洩らした。

「まさにそれなのです」とアーサーがこちらを見すえながら言った。「入ってみましょう。百合(アスフォデル)の花を摘めるかもしれません……」

すぐあと、気づいたら彼に手をつかまれていた。そうやって一緒に進み入った。光が後方へ失せていく。冷気が薄衣(うすぎぬ)のように全身を包む。寺院のなかのごとき静けさだ。太陽は空の向こう側へくだり、鮮やかな蒼い残光をいたるところに遺している。動くものはなにもない。だが静寂のなかから力が起(た)ちあがってくる。名状しがたきその力は、どこかにある源(みなもと)のなかにひそむ——目には見えず、それでいて変わることなき久遠の源に。自分はなにを言いたいのか？ ひとつの惑星を統べる全次元へと魂がのびあがっていく。わたしたちはある生命の根のただなかにいた。それは無限の様相を持ちながらもただひとつのものである命で、人間の多様性ある心によって仮の名を与えられるのを求めている。

「暗黒界(エレブス)のなかでもこのあたりに位置する牧草地でなら、百合の花を摘むことができます」とアーサーが唄うように言っている。「冥導神（プシュコポンポス）としてのヘルメス神が自ら案内してくれます。そしてマラハイド曽お祖父さまが歓迎しくれるでしょう」

　マラハイド……！

　一世紀近くも前に身罷り（みまかり）埋葬されている碩学たる祖父の名を、しかも呪文を唱えるかのようにアーサーが口にするのを聞くと、鳥肌が立たずにはいなかった。思わず足を止めて、かたわらの木の幹にもたれかかり、逃げてしまおうかと考えた。もう声を出してなにか言う気分ではなく、言葉さえ頭に浮かべる余裕もない。だが緑なす斜面のほうへと振り返ったとき、一マイルほどの後方に、最前彼と会話を交わした、木々とその影が分厚い幕のように密生しているところが目に入った。それは衝撃だった。もはや逃げる道筋は失われた。木々が大波のごとく背後をふさいでいるのだから。

「大丈夫です」アーサーが言った。「心を開き、愛を持って心を活かせしめるのです。初めは刺激が強すぎるかもしれませんが、そういう時期はすぐにすぎ去ります」

　わたしが怖がっているのを見てとったのだ。目に見えて縮みあがっているのだから当然だ。灰色の天鵞絨の服に身を包んだ彼がすぐわきに立ったのを感じた。豊かな髪の下で目が輝き、人間というよりも光の柱のような姿でじっと見すえてくる。

「自然なことですから、まったく大丈夫です」と彼はくりかえした。「ぼくたちはもう門をくぐり入ったのです。いずれ戻るときが来れば、門を司る（つかさどる）ヘカテが外に出してくれます。恐れてとりみだしてはいけません。ここは松の森であり、松は最も古くまた最も素朴な木です。真の意味で原始的な樹木なのです。それゆえに開かれた通路となります。人の入らない松の森においてならば、親切にしてくれるヘカテの司る門をしばしば見いだせます」

ふたたび手をつかんだアーサーは、わたしの震えを伝え知ったにちがいない。だが彼自身の手はまるで銀のように冷たく力強く、果てしないかに見える森のさらに奥深くへと導いていく。本当に果てがないかのようだ。自分に未知のなにかが訪れて、いつしか恐れが去り、期待感がとって代わった……

平らかな、あるいはかすかに波打っているようでもある道筋をひたすら前進するうちに、森の地面に明るい日差しの輪が点在するあたりに出た。木々の幹のあいだから日光の太い筋が斜めに射しこんでいる。そこらじゅうでなにかが蠢く気配がする、動くものはなにひとつ見えないにもかかわらず。低い枝々のあわいを甘やかな空気がそよぎ抜ける。そう遠くないところから潺（せせらぎ）が聞こえる。姿がはっきりと見えるわけではないが、群れなす手足や、はためく裳裾（もすそ）や、なびく髪などがときおり感じとれる。散らばる光の輪のすぐ向こう側に……だがもはや驚きも失せていた。体が宙に浮いているようだ。夢のような雰囲気があたりにあふれる。それは世界のすぐ外側に遊弋する夢であり、きらめく瞳とたおやかな手によって金銀から織りなされる夢であり、そして鐘の音（ね）が奏でる歌声が流れる夢であり……やがて群れる光の輪が大きくなって、たがいに混じりあっていき、ついには森の全域を照らすやさしい光の広がりとなった。そんな道筋をわたしたちはともに通り抜けていく。と、不意になにかが足もとに落ちた。どこかから投げこまれでもしたようなそれは……外界ではこれまで一度も見たことのない、輝くように美しいふたつの花だった。

「これが百合（アスフォデル）です！」同道する若者はそう声をあげると、かがみこんでそれらの花を拾いあげ、ひとつをさしだした。わたしはわけのわからない歓喜とともに受けとった。

「大事に持っていてください」とアーサーが低く告げる。「歓迎されている徴（しるし）ですから。マラハイド曽お祖父さまがぼくたちの通り道に投げてよこしたのです」

祖父の名前がそんなふうに口にされた瞬間、ある記憶が精霊のように顔のすぐ前を閃き去っていった。髪の毛が逆立つのを覚えた。矛盾を孕んだ二種の画（え）が目の前に浮かびあがってすぐに消え失せたような感覚だった。これはどういうことだ？　イギリスですごした青年期、わたしはケンブリッジ大学で音楽や詩歌に耽溺し、古代ギリシアの芸術にも情熱を注いでいた。祖父マラハイドの偉大な著作物がカリキュラムに組みこまれていたおかげで、およそ二学期のあいだそんな時期がつづいた。だがその後はむしろ反抗するように、世俗的な欲得ずくめの世界に関心を持つようになり、野心や功利心といったいかにも現代人らしい醜悪な日常に埋没した。そう思いだした瞬間、それらの相反するふたつの画（え）が不意に消え、直後にきらめく壮麗な〈美〉が立ち顕われた。〈美〉は足もとに星々を散らし、宇宙を黄金でおおい尽くす。こうした光景のすべてが、われらが共通の祖先の名前とともに目の前を閃きすぎていった。そして代わりとなるなにかが突出した。かつて自分の魂と呼んでいたものが、根源的で究極的な選択を迫られている。そのなにかをわがものとするか、それとも捨て去るか、己が魂の自由に任されている……

すぐわきでアーサーが光の柱のように動くのを目にした。なにがわたしに訪れたのだ？　今まで歩いてきた道のり、話してきたこと、そしてこれまでの気分、ついこの前までの日常、平凡な風景、この世のあらゆる事物と人とのごく普通の関係、そうしたものがすべてここで剥げ落ちてしまったのか？　いつの間にか、こうもやすやすと、まるでごく自然な現象であるかのように！

「これまでにどんな価値があった？」

その問いはわたしが発したわけではなく、問い自体がわたしのなかから奔出したのだ。昨日までしてきたことに、なんの意味がある？　ありきたりな毎日、骨が折れるだけの仕事、そしてもちろん、都会に紛れて暮らす自分の存在、報われぬ安っぽい野心。おお、ここにこそ新たな〈美〉がわたしを呼んでいる。今し方述べたふたつの画（え）の彼方に広がる輝く夢が……それらには反論の余地もない。自問すら無意味だ。にもかかわらず理解している。自分のなかで根本的な変化が起こったからだ。埋もれていた、長く秘められすぎた詩の心が、唄う巨大の鳥のように今こそ中空へ飛び立ったのだ。

すぐ隣で身軽く動きまわっているアーサーへもう一度目をやった。彼はあふれるほどの幸福感のなかで、ほとんど踊っていると言ってもいい。

「〈彼ら〉が見えるまで待つのです」そう彼が唄っている。「アルテミスの呼ぶ声が響くまで、そして付き従い踊る妖精たちの足音が聞こえるまで、ただ待つのです。頭上でオリオンの雷鳴がとどろくまで、三日月の冠を戴くセレネが白馬の馬車を駆って天へ旅立つときまで、ひたすら待つのです。そのときこそ、いかなる迷いの必要もない選択が訪れるでしょう……！」

わたしたちの行く道筋に、茶色の羽根をした大きな鳥が静かにまわりながらさしかかってきた。

一瞬空中で止まってこちらを覗きこむようすを見せたあと、すぐに自らの起こした風の渦のなかを音も立てず飛び去り、巨木群の陰へと失せた。梟だった。それと同時に、森のなかの溽が人の声のような響きで唄うのも聞こえた。さらに艶やかなふたつの翼が目の前を羽ばたきすぎたと思うと、上方の広い空をめざして舞いあがっていった——細くすぼまった青黒い翼の鳥だ。

「曽お祖父さまのお気に入りたちです！」同道の若者が歓喜のこもる声をあげた。「みんなここに集まってきています！　女神アテナの鳥も、そしてプロクネとピロメラも——すなわち梟も燕も小夜鳴き鳥も！」

アーサーのその言葉とともに、森の全体がざわつきはじめた。さながら巨鳥が音もなく翼をはためかせ、いにしえからつづく影の海を波立たせているかのごとくに。人が笑いさざめくような響きも聞こえる。アーサーの声をこだまが聞きつけて返事をしているかのようだ。彼が口にしたいくつもの名前には当惑させられたが、そんな門外漢のわたしでも、小夜泣き鳥の熱い歓喜と燕の強い渇望はあやまたず感じとることができた。野生の奏でる旋律とその速やかな消え入りは聴き誤まりがたい。

不意に樹木の声を耳にしたくなり、あるいは感じとりたくなって、頑丈な幹のひとつに掌を打ちつけた。その瞬間、自分がよく知る世界との絆が、記憶にある世界との絆が断ち切られた。単純に満足感を得たかっただけで、それはたしかに得られたが、より以上のものも手に入った。丸まくなめらかな木の幹の美しさがそれだ。木がたしかに生き物であることが心を打った。一見動くことのないかのような自然との霊交へと、木によって導かれたのだ。するとつぎは、わたし自身の声を聴きたいという欲求が湧きあがった。耳慣れているはずの、新大陸の気候がもたらすかんだかくて鼻にかかったような、いわゆるアメリカ訛りで話す自分の声を。

「ニューヨークの証券界、そこがわたしの仕事場だ。ふたつの先進国の銀行のあいだに入って為替の売買をする。うちひとつは古臭くて愚かな国で、もうひとつはすべての文明を先導している……！」

努力が必要だったが、なんとかしっかりと声を出し遂げた。だがどこか自分のものではないような、現実感を欠いた奇妙な声に聞こえた。

「陽光(ひかり)射す森よ、枝をわたる風よ……」

そう言っているやさしげな声が、わたしの声のすぐあとに響いた。到底ウォール街のものではないその声の主は何者か？

「イギリスは金(きん)を買いこんでいるだけだ」わたしがふたたびたたみかけた。「アメリカは有線回線網を持っている。だからすばやく儲けられる。金を売っているのはわがファースト・ナショナル・バンクだ！」

われながら莫迦げた言い草だ、うぬぼれたヘパイストス神もかくやの。まるで「肉をよこさねば頭の皮を剥ぐぞ」と言っているようなもので、大昔の野蛮人並みだ。するとそこへまたあの別な声が重なり、わたしのそんな台詞さえ平凡なものにすぎないと思い知らせた。

「聴くがいい！　夜は来たれり、瞼を闇に染めて。やがて朝となれば、なべての露の見る夢は夜がもたらすものと知ろう。すなわちタナトスとヒプノスの娘が……」

いったいだれの声だ？　わが甥アーサーのものでないのはたしかだ。スイスの山村でフランス語を学んでいるだけの若僧の言うことではない！　わたしを感じ入らせているのはたしかだが――しかしなにを感じているというのだ？　ウォール街で為替売買をしているこのわたしが、こんな感興を得られたからといって大枚を支払うのか？

3

だがアーサーのほうへ振り返ったとき、あることがわかった。それをどう表現すべきか。その昏い驚異はわたしの言語能力を超えていた。アーサーはいちどきにいくつもの特徴を伸長させていた――より長身となり、より細身になり、よりよい男ぶりとなって、そしてなによりも――このように書き表わすのはおかしいとはわかっているが――より高貴になっていた。それらのすべての要素がある力とともに拡大されていた――景観に潤いを与えつつあふれる泉のごとき力とともに。永遠の若さ、華々しさがそなわる。春には野の花までも若やぐがごとく。日の出と日の暮れには空さえ華やぐがごとく。なにかの大きな嵐がアーサーを通じて吹き寄せ輝く。それは大地が永遠であるのと同様の意味で永遠であり、絶えず生まれ変わりをくりかえし、決して老いることなき――少なくとも人間の老いの意味においては――なにかしらいにしえの神のごとき大きな生命の力だ。だがそこにいる人影は――人影と呼べるものかはさておき――一族の古い肖像画が蘇ったと思わせる姿をしている。われらの偉大な祖先とアーサーが一体となり、しかもその唯一存在は百万の人の集まりよりも巨大だ。その存在すなわちマラハイドを、わたしは今目にしている……

「この愛する地の下に、われは〈彼ら〉によりて埋められたり」吹く風のような、流れる水のような奇妙に切迫した声でアーサーが言う。「そしてここに久遠の生を見いだす。〈彼ら〉の聖なる御坐(みざ)にて今もかく生きつづける。絶えず変じつつも決して滅びぬ生を得たればなり」

アーサーのその声を聴くと同時に、わたしは自分が雲のように大きく湧き起こっていくのを感じた。とどろく美に完全に囚われていた。こんなことをもしもわたしがニューヨークのアパートメントや職場で使っている普通の言葉で、新聞記事のような日常的な言葉で書き表わしたとしたら、そうした普通の言語に新たな意味を与える発見になるだろう。文明開闢以来教会や詩人や思想家たちがなんとかして実現させようと試みつづけてきた、新たな力の表現が可能となるだろう。そう知ってみればじつに単純なわかりやすいことで、これまで認識せずにいたのが愚かしく思える。文献でならば読んできたが、理解したのは今が初めてだ。大地とは、のみならずこの喧噪に満ちた宇宙さえもが、永遠に生ける〈力〉の目に見える具現物としての存在以外のものではないのだ——それは神秘の力であり、そこにはたまさかながらも、われわれが人類と呼ぶちっぽけで不遜な生き物も含まれる。そして大自然のなかで見るならば、その力こそが神々の謂(い)いである。神々がそのようなものとして見えているのは、〈彼ら〉があからさまに顕われるのをわれらが拒否するがゆえだ——つまり、あまりにも荒々しく且つやさしくそして美しく見えるその顕現はときに〈邪悪〉をも惹起するから。かくて力はわれらと〈彼ら〉をへだてる結界となり……

　だがそんな思考や感情は、人影が月光の柱のごとく接近してくると同時に、洪水に流されるように一瞬で失せてしまった。わたしのなかのあらがおうとする気力の残滓までもが溶かされ果てた。頭脳も理性もわきへしりぞけた、とるに足りぬささいなものにすぎないと急に思えてきて。代わりに現われたものは――ああ、それは口にするのも憚られる！　それを表現しようとすれば、子供に語り聞かせるお伽話のようにならざるをえない。だが今は敢えて子供のための言葉以上に簡単な表現をもちいねばなるまい。すなわち、わたしの片方の腕の下に風の吹き抜ける森のすべてがかかえられ、そして別の腕の下には広大な牧草地がかかえられたのだ――唄いつつ流れる瀑と、金色の雛菊や青色の勿忘草が咲き競うその岸辺までも含めて！　そしてわたしの広々とした背中と両肩には、雲を戴く丘のつらなりが負わされた。髪のなかには古びることのない力が宿って、それが星々となりあるいは日の光となった。太陽ははるか彼方にあるにもかかわらず、光は溶けた黄金となってわたしの血の流れを和らげた。胸と首とそして顔には、進むにつれて世界のすべてが川となって押し寄せ、あるいは天の風のすべてが吹き寄せ、力強くすみやかにわたしのなかへと溶けこんだ――光が照らすもののことごとくを溶かすさまにも似て。そしてわたしの目のなかにはあらゆる光輝の色彩が注ぎこまれ、太陽を呑みこまんとする大自然がまとう衣を織りなしていく。

　まぶしく降り注ぐ月光の輝きのようにわたしに迫ってきた人影が声を発した。

「今や〈彼ら〉のすべてがあなたのなかにいる――大気も、火も、水も……」

「そしてわたしは――わたしの足は――〈地球〉の上に立っている」そうさえぎったわたし自身の声までが、深みからの力によって高らかに響くかのようだ。

「まさに〈地球〉！」

そう言って人影が大らかに笑う。その姿はのび広がり、まわりじゅうのいたるところを占める。まるで人類のある種族全体を表わすかのように。わたしの生が大きく揺れる波のなかを泳いでいく。波は山や森から流れ寄せてはふたたびそこへ還っていく。めまいにぐらつき、自分のなかにあるなにかにつかまろうとするが、そのなにかも止めきれずに流されてしまい、足もとを走る暗く深い川へと運ばれていく。そこへ黒々とした舟が一艘現われる。舳（へさき）の輪郭も影に紛れてさだかならぬ舟が。わたしはそれに乗りこもうとする。つかまったはずの木は幻にすぎなかったから。だがもう流れに逆らえない。必死に叫ぼうとした。

「百合（アスフォデル）の花を摘みましたね」すぐわきで声が唄うように言う。「もっとたくさん摘んでも……」

すべるように流されていく。その速さはいよいよ増す。と、なにかに止められた、歯車にでも引っかかったみたいに。ニューヨークでの仕事が不意に思いだされた。

「アーサー！」そう呼んだあと、もう一度声のかぎりに呼んだ。「アーサー！」

激しい恐怖が湧いていた。もう二度と戻れないような気がした。このまま死ぬのか？

アーサーの平常な声が答えた。「ぼくから離れないで。そうすれば……」

まわりの景色が急にしりぞいていき、代わりに森がまた現われた。そのなかを甥とつれだって歩いている。月の光が細い銀の筋となって地面に輪の群れを描く。峰を抜けるかすかな風が松木立をそよとも動かさぬまま囁き声を洩らす。右手の展（ひら）けた空間に深い谷が穿たれ、村の明かりがまたたくのが見えた。幽玄な雪の山腹が空にかかるように広がり、大きな峠がそこを護る。アーサーがわたしの腕をつかむ——このたびはいちだんとしっかりと。なにも問おうとはしない、ありがたいことには。

「没薬（ミルラ）の香りがする」と彼がつぶやく。「いにしえの不死なるものに近づいている」

わたしはまわりの木々が放つ樹脂の匂いではないとか言ったが、彼は聞いていなかった。

「〈それ〉は没薬の卵に包まれ——」とわたしのほうへ笑みを向けながらつづける。「——火にかけられて、その煙から新たな命が立ち昇る。そうやって五百年ごとに再生をくりかえす」

「〈それ〉とはなんだ？」

またも自分が失われそうになるのに耐えつつ、わたしはそう叫んだ。するとアーサーの返答が眉間を打ち砕く拳のごとく強く返ってきた。

「不死鳥（フェニックス）。人はそれを鳥と呼ぶが、しかし本当は……」

「保険会社の名前と一緒じゃないか！」事実、その名の会社に毎年多額の保険料を払っていた。

「わたしがどれだけの金を……」

「あなたの命がかけられているのは、ここにだ」アーサーはおごそかに腕をまわし、大地をさし示した。「大自然への愛と共感が、あなたの命の無事を保証するのだ」

そう言ってアーサーはわたしをじっと見た。その目に浮かぶ表情はきわまりなく麗しい。なぜ詩人たちが人の顔に星や花を詠(うた)うのかわかる気がした。だがその顔の背後には別の表情も忍び入る。アーサーの体から不定形の延長物が広がりはじめた。彼の姿を通じてまたしてもマラハイドの輪郭が浮かびあがる。青白く繊細な手がのびてわたしの手をとる。自分のなかでなにかがはじけるのを感じた。

認識したのはふたつのことだった——自分が完全に失われる瞬間の歓喜と、個人としての自分の命などちっぽけな悶え苦しむ生き物にすぎないと言われているかのような恐怖感だ。またも美しい百合(アスフォデル)の花がひとつ、顔の前で宙に舞った。それが足もとの地面に落ちると、アーサーが——不気味に変化しつづけるわが甥が——拾いあげてくれるつもりか、身をかがめた。わたしは花を蹴り、彼の手が届かないようにした……そして背を向けると一散に走りだした、あたかも怒りを滾(たぎ)らせたいにしえの世界が追ってくるとでも言うように。まさに必死に駆けた。木にぶつかって体を痛めたりもせずあの密生する森からどうやって抜けだせたのか、自分でも説明できない。望んでいながらも恐れているなにかから逃げたような気がする。大きく跳躍するようにして走りつづけた。通りすぎる木々のそれぞれがみな意志を持つもののようにこちらへ振り向き、森の全体がひとつになって追いかけてくる。だがどうにか森を脱し、広々としたところにたどりついた。月が満面に照らす斜面に倒れこみ、息をあえがせながらそのまま横たわった。後方で大地が身震いするように息をついたと思うと、ひきさがっていった。夜の上方で異常に騒々しい残響が広がる。わたしは月の明るく照らす広い草むらに横臥しつづける。自分をとり戻してはいるが、身のうちには涙があふれる。美はあまりに高貴すぎて、指の隙間からこぼれ落ちてしまった。マラハイドは失われた。大地の神々は失われた……だがたしかにこの目で見……そして感じた。すべてを失ったわけではない。なにかが残り、しかもそれはもう決して失われない……

このような状況がいかにして起こりえたのか、わたしにはわからないと言うしかない。とにかくそのときアーサーがこう言っていたのだけはたしかだ。

「濡れた草のなかにそんなふうに寝ていたら、凍え死んでしまうでしょう」

「大地を感じていたほうが安楽でいられる気がするのだ」そう言い返したように思う。

するとかれがまた言った。「そうかもしれません。でもそれほど愚かなことはない——凍えて死ぬなどとは！」

4

そのあと起きあがり、アーサーと一緒に村の明かりのほうへと斜面をくだっていった。わたしは踊っていた——そう認めざるをえない。のみならず唄ってもいた。喜びと力がまわりにあふれていた、これまでに感じたあらゆることを打ち負かすほどに。もはや考えもせずためらいもしない。自意識などというものもありはしない。すべてはなるがままに任せるのみだ。仮に千人の人々が前に立ちふさがったとしても、その人々にまでも同様のことを思わせてやれそうだ。ここにあるのはそうした力であり自信であり、激しいほどの満足感だ。その正体がなにかもわかっている。

畏敬の念とともに冷静にそう言える……すべては鮮やかで色褪せることなく。自分のなかに神の一部がいるのを感じる。大地を動かし大自然のなかへと注ぎこむ神の力が——そのようないにしえの世界の自然神においてこそ、滅びざる美が顕現するのだ！

わたしが覚えた恐れの気持ちなど、とるに足りぬ日常的な自分を失うかすかな痛み以上のものではない。感情を解き放つことへのためらい、恋に落ちるときのささいな尻込み、そういった激情を考えなおして思いとどまる試み、大波に呑まれまいとするおびえ、その程度のものであるにすぎない。

そうなのだ、あの輝かしい夜に二人して山腹を駆けおりていくあいだにも、わたしはたしかに考えなおそうとしはじめていた。いつかこれに類する現象を書物で読んだ記憶があったから。頭脳はまだ正常に働いていた。二重人格なるものについて、あるいは無意識領域の覚醒による人格転移について、噂を聞いたこともあった——そうしたものはよい方向には決して作用しないと。だが心理学者や哲学者が述べるそんな御託は今はなんの役にも立たない。そんなものはこの体験を単に理屈付けするにすぎない。理屈などどこででも安売りされている。この世で最高のものは理屈では説明できないのだ。安売りに真の価値は見いだせない。

アーサーはわたしに追いつくのがむずかしくなってきていた。西へ向かって駆けていたが、地球も自転しているので、わたしたちは大地の速さに合わせて駆けていたと言える——驚くべきことには！　月光は峠に沿って踊り、雪原は大地がまとう長衣のごとく広がり、森は遠くに近くにいたるところにあり、わたしたちを見守りながら千ものオルガンのようにとどろき鳴る。まわりには囚われぬ風が吹きすさび、口笛を鳴らしつつ谷あいを抜けていくのが聴こえる。だが見てとれるかぎりの最も偉大なものは〈美〉だ――古くから見慣れたものとしての地球の美であり、わたし自身つねにそれとともに生きてきたものとしての美だ。それは喜びと強さと力の源を与えてくれ、今までは存在を認識することすらなかった歓喜をもたらしてくれているのだ。

空気の濃い谷底にまでくだりきると、ようやく気持ちが落ちついてきた。恍惚の境が徐々に薄らいでいく。それにつれて足どりもゆるめた。村の家々の明かりが見え、ホテルでは舞踏室で人々が混みあいながら踊りに興じているのが見えた。いずれも流れるインクに吸取紙を押しあてたもののようにおぼろな景色だ。

奇妙なことと思えるかもしれないが、村の通りにたどりつくとわたしはアーサーと握手を交わし、おやすみと告げた。そしてホテルの自分の部屋にあがってベッドにつき、産まれて二年にも満たない幼子(おさなご)のように朝まで昏々と眠った。そしてそのときから今日にいたるまで、あの若者とふたたび顔を合わせたことはない。

それを説明するのはむずかしいようでいて、あるいはたやすいのかもしれない。自分自身に対してならばたったひと言で説明できる――彼に会うのが怖いからだ、と。会えば彼が真実を教えるだろう。それを知らされるのがわたしには恐ろしいのだ。そのため、書き置きを残していくにとどめ――返事は今にいたるもないままだが――早朝の汽車で帰途についた。読者は理解してくれるだろうか？　もしその気持ちが理解されないとしたら、こうしてアーサーがもたらしてくれた体験を告白した理由もわかってもらえなかったことになる。だがそれもまた仕方がない。

　アーサーは今では彼の父親がやっている製薬業の支配人になっている。一方わたしはと言えば――相も変わらずニューヨークで銀行間の為替売買の仕事をつづけ、これまで以上の稼ぎをあげてさえいる。

　だが、得た儲けをスイスでの投資に運用しているとわたしが言うとき、それは本気の資金投下を意味する。単なる観光産業のためではない。すばらしい自然景観に人はだれもが興奮するが、欲しているのはそれ以上のものだ。たとえば、曇った日にも青くきらめく自在な陽光の輪の群れがそうであるかもしれない――ウォール街からローワー・ブロードウェイへと入っていくとき、トリニティ教会の上空に浮かんで見える青い光の輪がそうなのかもしれず、あるいはバッテリー公園の木立のなかを吹き抜ける海風のそよぎか、あるいはまたスタッテン島に向かう連絡船が立てる白波の航跡か、さらにはまたニューヨーク湾の彼方の海をきらめかせたり、古きイースト川に真珠のごとく注ぎこんだりする日の光か。またときにはハドソン川のジャージー河岸の上に刷(は)かれたひと筋の雲かもしれず、あるいは停泊する船の檣(マスト)の背後にかかる三日月や宵の明星がそれかもしれない。だが概(おおむ)ねはもっと近くにあり、且つそれらよりも大きくてもっと単純なものだろう。そう、たとえば、銀行から銀行へと急ぎ足でめぐり歩くときの固い石敷きの舗道がそれだ。つまり、そのときわたしの足の下となる大地こそが。いやむしろ――この地球こそが！

神の狼

The Wolves of God

1

オークニー諸島サンデー島のケトルトフト湾に入っていく小型蒸気船の船上から、海抜の低い砂浜が広がる景色が眺められた。陸地があまりに低いため、家々が海の上にじかに建っているかのように見える。上甲板の手すりにもたれる色黒の大柄な男にとっては、期待と痛みとが綯い交ぜになった感情を呼ぶ風景だった。彼の目には昔と変わるところがないように映っていた。低い海岸に建つ家々、その向こうにのびる平らかな土地、さえぎるもののない地平線上の空、それらすべてが三十年前と、はるかカナダのノースウェスト準州にあるハドソン湾会社で働くため島を離れたときとまったく同じだ。当時は十八歳の若僧だったが、今は四十五歳の年相応に老けた男となっている。隔絶した森林におおわれたカナダの原野で長年すごしながら、この帰郷のときをしばしば夢に描いてきた。だが男のけわしい顔立ちに浮かぶのは、期待の表情というよりもむしろ不安を秘めたそれであった。この帰還は必ずしも思い描いてきたようなものにはなるまいと思われるのだった。

と言っても、この男ジム・ピースのハドソン湾会社での奉職生活があまり芳しからざるものだったからというわけではない。この島の出身者としては富裕になれたほうだと言える。未婚のためもあって給金の大半を貯蓄にまわせているし、それに遠方の赴任地で長年すごしながらも、人の生活も法律も及ばない大自然に支配された地でこそしばしば訪れる好機を逃さずものにしてきた。儲けを得るのにためらいはしなかった。そうしたところに大会社の監視の目は行き届かなかったが、その反面、組織のなかで高い地位を得られることもなかった。それで、あと二年で赴任期間が終えるというときに自らの意志で職を辞した。かたくなそうな表情から推し測るだけでも、その決断が衝動的なものではないとわかる。動機は入念な考慮と計算に基づいていた。充分な吟味のすえに、会社での栄達の道を捨てることにしたのだった。彼ほどの冷然たるまなざしと、頑強な顎と真一文字に結んだ口とを持つ男は、よほどの理由がなければ行動を起こさないものだ。

風雪の刻まれた顔に複雑な表情を浮かべて、子供のころをすごした故郷を今ようやく目に収めた。いつも夢に見てきた帰郷をついに果たしたのだ。彫りの深い灰色の瞳におだやかならざる光が一瞬よぎったが、すぐに失せた。日に焼けた顔はふたたび日ごろの落ちついた面差しをとり戻した。彼の鋭い視力は、船舶横付け用の桟橋に立つ黒い人影の一群のなかに、自分の兄の姿があるのを見逃していなかった。懐かしさがこみあげる。兄に早く会いたい。のみならず、古い農場、広々とした田園風景、砂丘、波の打ち砕く海岸、そういったすべてを早く見たかった。長らく忘れていた日々の匂いが鼻孔に訪れ、痛みを伴いつつも甘やかな若いころの思い出が蘇る。

子供時代に慣れ親しんだ田畑や海や砂浜に戻れるのはどんなにすばらしいことか。千マイルものあいだ間断なくつづく息苦しいほどに広大なカナダの森林地帯を遠く離れて。とくにここでは木立がまったく目に入らないのがうれしい。唯一出遭う野生動物と言えば、砂丘を跳び歩く野の兎ぐらいのもので……

三十年もの森林での暮らしを思い返すと、心が圧迫されるようだ。無数に密生する木々は心身を疲れさせる。最後には神経が参ってしまった。孤独な赴任地での長い昼と夜がつづく毎日では、雪と霜と日と星と風のみが友だった。なかでもいちばん身近だったのは木だ。どこに行っても木、木、木！　結局のところ、風雨のときには木々の陰で難を逃れるしかない。一方でおだやかな天候においては、またも森の深すぎる静寂に圧しつぶされそうになる。風がなく日差しの強い快晴のときには、木々はなにかに耳を澄まし、待ち受けつつ見守っているかのような様相を帯びる。そういうときは怪しい気配さえ伴うが、しかしひとたびそのなにかが動いてくれれば安心できる――同じ森の小動物でも、じっと動かず見すえているものよりも、跳びはねるもののほうが好ましい。もっと助けられるのは風だ。無限につづく森のなかでは、ほんのわずかな微風が吹いてさえ、あらゆる物音を呑みこむ轟音となる。たとえば冬に響く狼たちの咆哮も、あるいは彼が同様に嫌う橇犬たちのせわしなくかん高いわめき声も消し去られる。

時は暖かな九月の午後だが、にもかかわらず、眼前の景色の背後にひそむこれまでの死んだような永の歳月を思うと、かすかな寒気に襲われる。だからその記憶は身のうちの奥深くに閉じこめたい。強く激しいほどの自制の意志を、顔に表われるのもいとわずただちに作用させねばならない。これまでのことはもはやよしとしよう。捨ててきた過去であり、役目を終えて死んだものにすぎない。そしてそれは死んだままにしておかねば、とジムは願った。

桟橋から手を振る人影は兄だった。トム・ピースだとすぐにわかった。この静かな島では歳月もたやすく縮められる。兄は驚くほどの変わり方はしていなかった。まだ口には出さないが、深い感情がジムの心のうちに湧き起こっていた。やはり故郷に帰るのはいいものだ。そう思いながら馬車に乗りこむと、トム兄自ら手綱をとり、島の北に位置する生家の農場をめざしていった。目に入るものすべてに憶えがあると同時に、今は物珍しくも見える。半ズボン姿でいた子供のころ通った学校のわきをすぎるときには、学童たちが昔と同じように授業を受けているのが目に入った。開いた窓から校長らしき教師の話す声が聞こえる。顔は見えないが、ジムは昔担任だったラヴィボンドが校長になっているのではないかと想像した。

「ラヴィボンドか?」ジムの問いに対してトムが答えた。「あの人なら二十年ほども前に亡くなったよ。グラスゴーだったかエディンバラだったか、本土の南のほうに転任になってからだがね。腸チフスだったそうだ」

畑地に胸黒千鳥（むなぐろちどり）が立ち並ぶさまも昔と同じだ。頭上を飛んでいるのもいて、群れをなしてすばやく輪を描く姿はさながら一羽の大きな鳥のようだ。なにもない海岸では大杓鴫（だいしゃくしぎ）が啼いている。その高い声は鴎（かもめ）たちのうるさいざわめきさえ劈（つんざ）いて耳に届く。静かな海面に日差しが和やかに遊び、大気は張りつめているが心地よく、潮の香りが展（ひら）けた田園地帯からただよう澄んだ空気の匂いと混じる。なにもかも本質的なところは変わっていない。つらなる丘陵の向こうに浮かぶ雲の群れさえ子供のころと同じだ。

二人の乗る馬車が砂丘にさしかかると、野兎たちが巣穴の口にちょこんと坐っているのが見えた。あるいはゆっくりと進む馬車のすぐ前の路上をすばやく横切る兎もいる。

「寒い季節が来て狩りがはじまるまでは、彼らも安全だからな」とジムは言った。こんなことの細部までが記憶に蘇っていた。

「兎たちはそうとわかってやってるのさ。意外と賢いやつらだ」とトムが応じ、「おまえのいたところにも野兎はいたか?」とさりげなく問うてきた。

「いや、残念ながら」とジムは短く答えるにとどめた。

なにもかもが変わっていない代わりに、あらゆるものがちがって見えてしまうのもたしかだった。見慣れた懐かしいものへとつい目が向くが、それはかつてとは別の目だ。もちろんわずかながら変化もあるが、奇妙なほどにもそれらには視線が行き届かない。物理的に大きくはない変化は、脳にではなくて心にのみそうと知らせてくる。だが心はわずかな変化でも困惑し、否定しようとする。それを認めることは自分自身の変化を認めることになるから、ついおおい隠してしまうのだ。否定しきれるものではないとわかっていながらも。

「ここはまったく昔のとおりだな、兄さん」少ない口数のなかでジムはそう告げた。「長い年月もどうということもないかのようだ」と言ってトムの顔を束の間まっすぐに見やり、「兄さんもだ」とつけ加えた。ほとんど無口とさえ思われかねないごく自然なひと言のなかにも、愛情のいたわりがかすかに滲んだ。


一方のトム・ピースは弟のほうを見返しながら、二人のあいだになにかが行き交うのを感じていた。言葉では表わしえない理解の情とでも言うべきものを。感じたのはほんの一瞬でも絆はたしかであり、たがいに愛と忠と真の気持ちを持ちあう心からの仲間なのだと確認できた。幼いころ二人のあいだには隠しごともなかった。だが今はそこにわずかな影が差し、それはすぐに失せはしたものの、双方の心にほんの小さなしこりを残した。

「カナダの森のせいか」とトムはゆっくりと言った。「ますます物静かな男になったようだな、ジム。ここにいると、そのうちあっちが恋しくなってくるんじゃないか」

「かもしれない」とジムはまた短く返してから、「でも、案外そうはならないかも」

それきり口をつぐんだ、まるで唇が鉄でできているせいで二度と開かないかのように。だが今のひと言で、弟にとってあまり口にしたくない話題であることはトムにも充分に伝わった。だからしばらくのちにそのことをジムが自分から蒸し返してきたときには、トムは驚かねばならなかった。ジムは少し体をかしげて馬車の席に座し、熱のこもった目で景色を眺めがらこう言いだしたのだった。

「こうやってあたりを見まわしても、立ち木が一本もないまっさらな土地ばかりというのは、なんとも奇妙な気分にさせるね。自然な景観じゃないみたいに思えて」

トムは弟の言葉の調子にまたもぎくりとしたが、このたびは先ほどとは別な曰く言いがたいもののせいであるような気がした。するとジムはそれを察してか言い訳を口にしたが、そのためにトムにはまた余計に気になるのだった。そして三十年の懸隔が初めからなかったかのような奇妙な気分を覚えた。それは弟が子供のころよくした、なにかしら快からぬことがあるとそれを乗り越えるために口に出して言う癖を思いださせたからだった。声の調子も仕草も態度も、すべてがそれを表わしていた。そしてさらになにか言いかけたようだったが、最後は尻切れとんぼで口をつぐんだ。

「向こうではどこまで行っても森ばかりだったろうからな」トムは同情を声にこめて言った。「そんな土地でなら、きっと妙な体験もあっただろう」

最後につけ加えたそのひと言は、無意識裡に口を衝いて出たものだった。心の深みにあるいたわりの情がそれを言わせたような気がした。自分でも気づかないうちに弟の内心を察していたのか。あるいはそうするつもりもないのに察してしまったと言うべきか。とにかくジムには秘密があるように思われた。愛情が千里眼となったかのように、トムはそう見てとっていた。但しその秘められた内実がなんなのかは、まだわからない。

「たしかに――」とジムは言いかけて、つぎの言葉を慎重に選ぶように間を置いた。「たしかに森ばかりで――」そして兄が無意識に口に出したことについてもさらになにか言いそうだったが、その先の言葉を選ぶのを不意にやめ、代わりに驚きで息も止まったかのような鋭い声を発した。

「あれはなんだ?」ジムがそう声をあげながら痙攣するように激しく体を動かしたせいで、トムはあわてて手綱を引かねばならなかった。「なんの声だ?」

「あれは犬が吠えているんだ」トムは驚きながらも答えてやった。「うちの牧羊犬さ。いったいなんだと思ったんだ?」そう問い返して手綱を振り、ふたたび馬を進めながら、「驚かせるなよ」とつけ加えて笑った。「カナダでも橇犬(そりいぬ)には慣れてるはずじゃないか」

「なんだか――犬じゃないように聞こえたんだ」ためらいがちな言い訳が返った。「牧羊犬の声を聞いたのはもずいぶん久しぶりだからな。それでついドキッとしたのかも」

「大丈夫、本物の犬だ」

トムは慰めるように請けあった。そうすべきと本能が告げていた。そしていかにもいつものさりげなさそうな調子で話題を変えた、なぜかここはそうしてやるのがよいという気がしたから。馬を進めながら、隣の席でまたも固い沈黙に陥った弟に向かい、昔と変わらぬ農場のほうを指さしてやった。

「遠い森ばかりの国からおまえがこうして戻ってきてくれてうれしいよ、ジム。うちの一族も残り少なくなってしまったからな。残り少ないどころか、おれのほかにはもうおまえ一人だけなんだから」

「そう、ぼくと兄さんだけだ」とジムはぶっきらぼうな声で応じたが、調子は幾分和らいでおり、兄の気遣いと共感への感謝がこめられているようだった。「これからはそばにいるようにするよ。血は水よりも濃しと言うからね。それがやっとわかるようになった気がするんだ」

弟のそれほどやさしく訴える調子の言葉を聞くのは、トムにとってほとんど初めてだった。さらにジムがなにげなく肘で脇腹を小突いてくるのを感じると、それが単に馴れなれしさの表われではなく、相手へ愛情と同時に、肉体的に触れることによって安心感を得ようとしている、つまり心に不安があるためだと理解できた。そうすると今し方の言葉も、助けを求めての訴えだと思えてきた。それはトムにとって思いがけないことであり驚きですらある。

ジムはなにかを恐れているのだ。そう察せられると、弟のかたくなな気質や心の強さをよく知っているだけに、いったいなにが原因なのか、どんな危機をうちに秘めているのかと、考えをめぐらせ心配せずにはいられなかった。ジムがなにかを怖がるなどありえなさそうですらある。恐怖という言葉の意味さえ知らないのではないかと思える男で、なにかにおびえることなどなく、どんなに救いのないときでも精神力を維持していられる性質のはずなのだから。ひどい危機に直面したとしても、少なくとも恐怖心で狼狽するのは考えにくい。なのに今、トムの目にはそういう心理状態が明らかに見てとれる。そのわけを推測しようとしても、とても及ばない。たしかにわかることと言えば、同じ馬車のなかのすぐ隣の席に座している弟が、内心になんらかの恐怖を秘めているという事実のみだ。早晩心の整理がつき次第に打ち明けてくれるではあろうが。

結局のところ、オークニー諸島の一介の農夫にすぎないトムには、三十年に及ぶ孤独な外国暮らしが弟の心に影響しているのだろうと推し測るしかなかった。仲間や友だちもおらず、異性との交流の機会もなく、ただ現地の住民と橇犬と、あとはたまに訪れる猟師やジム自身と同じような毛皮商人などとしか接触を持てなかったはずだから。心を和ませる文明生活にたやすく手の届く環境では到底なかったのだ。そう考えると三十年の歳月はあまりに長い。トムはなんとか力になれないものかと考えを立てはじめた。とにかくできるかぎり人と多く会うのがいいだろうと思い、男女問わず紹介できそうな知人を脳内で数えあげた。女性となると近隣に人材はきわめて少ないが、男性ならば知遇を得るに足る好人物が何人かいる。まずジョン・ロシターはジムと同様にかつてハドソン湾会社に所属し、カナダのラブラドル半島カートライトで毛皮の仲買いをしていたが、老境を文明世界ですごすためかなり前に帰国した男だ。それからサンディー・マッケイは長らくゴム農園をしていたマレー半島からやはり帰国して久しい男で……

やがて農場に着いてからもトムはなおそんなふうに計画を立てつづけていた。自宅に入り、兄弟一緒での初めての夕食をとった。三十年前にジムが出国のための蒸気船に乗る直前に、早暁の朝食をともにして以来の……その弟が今ようやく、心を弱らせ秘密の恐れをかかえてこのように帰郷したのだ。

「ジムにはなにも訊くまい」トムは決意を自らにそう言い聞かせた。「時機が来ればきっと自分から話すだろう。それより今はできるだけ大勢の人に会わせてやらねばならない」

それはただの思いやりではなかった。ジムのためもさることながら、弟の秘めた恐れに影響されている自分の心をささえるためでもあった。

「ああ、こういう土地でこそ人は本当に肺を開いて呼吸ができるものだな」

ジムがそう声をあげたのは、夕食のあと二人して家の前に出て、広々とした田園風景を眺めわたしているときのことだった。そんな気分を強調するかのように深く息を吸いこんでは満足そうにゆっくりと吐きだしてみせた。

「よく晴れた水平線を見るのもいいものだ。ぼくがこれまでいたところは、あそこの地の果てのさらにずっと向こうなんだからな」ジムは上空を見あげて千鳥が飛びまわるのを眺めたあと、そう言いながら長い夕刻の日差しのなかでかすかに水平線が覗く遠い海岸のほうへ顔を向けたのだった。「海はどれだけ広くても広すぎることはない」と独り言のようにつぶやき、こうつけ加えた。「海をわたってくるわけにはいくまい――ましてこれだけ広い海は」

トムは弟の顔をじっと見ながら、それはどういう意味なのかと不安とともに訝った。

「また森の話か？」笑いながらそう小声で口に出した。今し方耳に入った弟の言葉を受けてのもので、聞こえた以上は無視もできまいと思ったまでだ。聞かなかったふりなどするよりは、さりげなく自然に反応するほうがよかろうと。それに、快からぬことでも冗談めかせば多少は気が和むものだ。「森の木はさすがに大西洋をわたっちゃこれないからな——死んで船の檣（マスト）にでもならないがきりは」

「木について言ったわけじゃない」とジムがぶっきらぼうに言い返した。「ほかのことだ。木なんてどうってことはない。たしかに森はもう目にするのもうんざりだが、それより——」となにかを思い浮かべるようにつぶやいたきり、口をつぐんでパイプを吹かしはじめた。

「もう森が目に入る心配はないんだからいいじゃないか」とトムはまた口を出した。「木は海を泳げはしないからな」

「ぼくが考えてたほかのものも同じだ」ジムの声が急にくぐもってきたが、パイプの煙のせいではないようだった。思考はとても明晰にできているのに、それを口にするのが追いついていないとでも言うように。「木の陰に隠れるのはむずかしいだろうし」

「たしかにこのあたりじゃ、木が少なすぎてどこも丸見えだからな」

トムはそう返して笑ったが、しかし弟の目に宿る表情を見ると、笑いも短く不自然なものにならざるをえなかった。

「それはそうだが」とジムは認めつつも、「でもぼくが言っているのは——」あたりを見まわして安堵したようなようすを見せると、不意に胸を大きくふくらませてまたも息を深く吸いこんでから、満足そうに吐きだした。「――木さえなければ、なにものも身を隠せないってことさ」

風雪の刻まれたジムの顔に浮かぶ表情は、彼の兄の心臓から血を一挙に退(ひ)かせるに足るものだった。恐れを覚える者の顔ならトムはもちろんこれまでにも見てきたし、心底からの戦慄に震える人間の表情も知っているつもりであり、なにか異常なもの――自然のものにせよいわゆる超自然のものにせよ――へのおびえに固まる者の面相も記憶にあるが、しかし今自分の弟の顔に生じているこの世ならぬ恐懼の色にかぎっては、かつて見た例しがなかった。それほどまでにジムのふたつの目には憑かれたような炎が燃え、顔が白墨のごとき色に変わっていた。

暗みゆく風景を裂くように、夕刻の風に乗って遠くからの咆哮がふたたび響いてきた。

「あれは農場の犬の声にすぎない」ジムは自らに請けあうように、兄の腕に片手を触れながらそう口にした。

「そうさ、それだけのことだ」とトムも返したが、いつの間にか慰める役割が替わっているかのような状況に愕然とせざるをえなかった。「犬以外のなんだと思ったんだ?」

自然な調子でそう言ったつもりだったが、われ知らず声を震わせていた。弟の恐れの気持ちを深いところで共有してしまっていると思い知らされた。

ジムはがっしりした頭部を俯け気味にして答えた。

「じつは――」小声でそう告げる口まわりの髭がトムの頬をかする。「――狼の声じゃないかと思ったんだ。それも――」声も体も小刻みに顫(ふる)えて、恐れの苦悶を伝えている。「――神の狼じゃないかと!」

2

三十年の懸隔は意外なほどにもたやすく埋められた。ある秘密だけが最後に溝として残ったが、それをも越えることには双方とも内心躊躇を覚えていた。ジムがためらっているのはわからないでもないが、一方のトムは自分の沈黙の理由のほうがより複雑であるような気がした。

心身が強くて素朴な気質の者は概して装ったり自分を偽ったりすることに慣れておらず、控えめさこそが真実味のある、ほとんど神聖な態度だと考えがちなものだ。二人ともまさにそれで、ジムはふたたび手がかりを与えはせず、トムのほうもそれ以上しつこく尋ねなかった。ただ、後者の心にはもうひとつ、ある本能的直感に類する理由が秘められていた。つまりもし自分が真相を知れば、弟を失うことにつながるのではないかという恐れがあった。なぜそうなるのか、いかにして失うのか、そこまで考えているわけではない。失うというのが死を意味するのか、それとも肉体的あるいは精神的にジムがどこかへ行ってしまうのか――あのゾッとするひと言を残したきりで――そんなことはわかるはずもないし、自問したいとさえ思わなかった。オークニー諸島の農夫にすぎないトムは小むずかしくて微妙な問題で頭を悩ませたくはなく、ただ、もし自分が真実を知ってしまうなら、弟の死によって別離する結果になりそうな予感がしているのみなのだった。

しかしあのとき初めて聞かされた異常なひと言はその後も夜となく昼となくトムの胸のうちで響き、血も凍る思いをさせつづけるのだった。思いだすたびに名状しがたい独特きわまる恐怖に襲われ、その場に立ちすくんで動けなくなってしまう。弟の髭に囲まれた口が耳もとで囁いたあのひと言――神の狼。なぜだがよくわからないが、あのとき以来トムはしばしば自分に言い聞かせた。真に怖いのはあの言葉そのものではなくて、むしろ弟の感じていることが自分の心にまで響いているという事実のほうではないかと。それはたしかにトムの脳も心も侵蝕していた。二人がこういうふうにたがいの感情を奇妙なまでに強く共有しあう例はよくあり、兄弟というものの深い絆の存在を思わせた。

思考や感情の伝播といったものが本当にありうるかはわからないが、とにかくトムとしてはそう考えたかった。

また同時に、この件はできるかぎり心から退けねばと懸命に努めてもいた。いつまでも引きずれば不安が増すからという理由よりも、むしろ弟の心をこれ以上詮索すべきではないという気持ちに因(よ)っていた。真意をごまかしてジムの本心をさぐろうとしたりするのは、他人を窃視する行為にも近い卑しいものであるからだ。

そこには弟をなんとしても護りたいという真摯な思いがもちろんある。だがその一方で、そんな自分の考えにも反し――と言うよりむしろそれゆえにこそ――ジムをひそかに監視することも怠らなかった。ちょうど野生動物がわが子を陰ながら見守るような盗み見方で。トムにとってジムはこの世でただ一人の家族であり、その兄弟愛は弟もまた自分に対していだいているものと承知している。ここで果たすべき兄の役割は困難をきわめる。ただ愛情だけがそれへ導いてくれるようすがだ。

自分から会話の口火は切るが、しかし深く問うことはしない。

「おまえからの手紙にはほんとに驚いたよ、ジム。あれほどうれしかったことはかつてないね。任期切れまでまだ二年あるというのに、帰ってきてくれると言うんだからな」

「もう充分だったのさ」とジムは短く応えた。「とにかく、故郷（ふるさと）に帰るってのはいいものだよ！」

初めての再会のとき以来交わしたぶっきらぼうなその会話は、このようにもっぱらトムからの先導でなんとかつづき、そのあいだジムは決して閉じないかのような目でじっと見返していた。

ここまでのジムになにか進展があったとすれば、それは自制を働かせるようになったことぐらいで、一方のトムはそれではまったく満足していなかった。木や森や海はもはや話題に上（のぼ）らず、犬が吠えても触れられないままやりすごされ、カナダの大森林での孤独な生活についてもジムの口からはなにも言われなかった。その後の彼はただ釣りや狩りをしたり、ときに農場の仕事を手伝ったりしてすごしているのだから無理もない。宵になれば酒を傾けながらパイプを吹かし——節制にのみ励むわけではなく——口にする話題といえば遠い子供時代の思い出話ばかりだった。

不安の気味はまだどこかに残ってはいたが、ほんのかすかな気配程度であり、それだけに却ってあからさまなとき以上になにやら示唆的でもあった。ジムは依然として人付き合いを望まず孤独を好んでいたが、あれほど長いあいだ隔絶した環境で暮らしてきたことを考えると、トムにはどうしても不自然に映っていた。

それともうひとつ、あと二年で赴任期間が終わるというときに退職したというのは返すがえすも奇妙な話だ。その結果高額の年金をもらえなくなってしまったのだから。疑問を呼ぶそれらふたつの事実が、弟の異常にかたくなな態度の要因として働いているような気がする。そしてどちらの要因の背後にも、あのときジムが囁いた不思議な言葉がひそんでいるようでもある。あれがなにを意味するのか、あるいはどこから引用された言葉なのか、トムにはまったく思いあたるところがなかった。あたかも禁じられた歌のなかの忌まわしい反復詞（リフレイン）のように、夜も昼も頭に憑いて離れなかった。眠っているあいだでさえ完全には自由にはなれなかった。オークニー諸島の素朴な農夫にとっては、それはすべてあまりに目新しすぎる経験であり、どう対処したらいいものやらまるでわからない。狼狽をあらわにするほど弱いトムではないが、それでもこの当惑は如何ともしがたい。なにより、自分以上に弟のジム本人のほうがはるかに困っているはずであることこそが問題なのだ。

面食らわされたのは、ジョン・ロシター老人に対してとったジムの態度だった。遠いカナダの地で二人がすでに会っていたのではないかと疑わせるほどだったが、時期の面からも地理上の理由からもそんなことはありえないとロシター老人自身が請けあった。弟の帰国から数日と経たないうちにトムは彼ら二人を引きあわせたのだが、そのときジムは奇妙なほど黙りこくって、しかも憂鬱で不機嫌そうになり、ロシター老人にまるで仇敵でも見るような視線を向けたのだった。一方人間味とやさしさが血のように体じゅうに流れている老人のほうは、反感の気味など微塵も見せなかった。長年ハドソン湾会社に全身全霊を捧げて勤めてきたロシターは、山野に鍛えられたまさに古強者然とした男であり、定年までの奉職のおかげで今は満額の年金による隠遁生活を楽しんでいるのだった。数多くの思い出話やさまざまな種類の冒険譚にあふれており、多くの人間を知ると同時にものごとの価値も知悉し、また真の大自然のなかですごさなければ得られない不思議議な体験をも経てきている人物だ。そしてそうした多くの話を酒とともに語り聞かせることをなによりも好む。ジムに対しても温かくまた心おきなく話しかけたが、不機嫌でほとんど不遜とも見える態度をとるジムからきわめて少ない反応しか返らなかったのは却って幸いだった。だがロシター老人は気にするそぶりも見せなかった。トムの目になにより不審に映ったのは、弟ジムの過度なまでに不安そうなようすだった。弟を助けたい一方で、ロシター老人とも親しい間柄であることがトム自身の懊悩ともなり、ますますどうしたらいいかわからなくなる。今やとても手に負えない状況になってしまった。

それにふたつの家は――ピース家とロシター家は――何世代にもわたって隣家同士であり、しかも婚姻も幾度かあり、さまざまな面できわめて関係が深い。本来なら恥じ入るべきところだが、しかし弟への思いも強いので、なにもとりつくろえなかった。そのためロシター家への訪問を終えてやっと外に出たときには、トムは心底安堵した。一緒に酒を飲んでいけという老人の誘いをジムが固辞したのだったから。

「島ではとてもよい一家で通っているんだが」帰宅の途上でトムはそう言いつくろおうとした。「おまえにとってはそれほど楽しい話し相手じゃなかったかもしれないな。でもわが家とは長くて深い付き合いだ。あの一家の人たちは信用しても大丈夫だよ」

「ぼくはそんなに話し好きじゃないから」とジムはぎこちなく応えた。「兄さんもよく知ってるようにね」

トムはその言葉以上の気持ちを察し、弟なりの謝罪の表われと受けとって大目に見ることにした。「ジョン爺さんは逆に話し好きだからな」と助け船を出してやった。「熱心に聞いてやれば喜ぶだろうってだけのことさ」

「でもぼくにとってはもう終わった話ばかりだった」ジムから返ったのはそんな言葉だった。「会社のことやあそこでの仕事のことには、もう興味がないんだ。うんざりなほどにね」

愛情にあふれたトムのまなざしは、ジムの表情に言外のなにかがありそうだと見てとっていたが、しかしそれがより以上に深まるのを見たくないのもたしかだった。そのなにかはたとえば、日々がすぎるにつれてジムが夕刻に家から出るのを嫌うようになっていったことにも表われていた。日の盛りがすぎると決まって家にこもりがちになった。朝にはどれだけ早く起きてでも狩りに出かけたがるほどなのに、夕方になるとトムがいくら湖まで散歩に行こうと誘ってもかたくなに断るだけだった。言い訳をするでもなく、ただ単に家を出たくないとのみ言い張るのだ。

こうして兄弟のあいだの溝はますます広まり深まっていったが、一方でそこには逆に急速に雪融けになっていく面もあった。それは両人自身が承知しているとおり、二人の人生で秘密をかかえたのはこれが初めてであり、やがて時機が来れば明らかにできると感じあっていることだった。ジムはただ黙ってそのときを待っているようすで、トムはそれに理解を示した。弟に対する彼の深く純粋な愛情は、どんな危機が襲おうと変わらない。だからこそ弟の沈黙は大事にしたかった。

たとえばロシター老人はことあるごとに隣家の兄弟と話をしたがり質問を浴びせたがったが、トムは可能なかぎりその機会を先のばしにした。そして話すことがジムにとってよいと判断した場合にのみ、わずかな時間ながらトム自身が求めに応じた。元ハドソン湾会社の古強者とオークニー諸島の農夫の会話は短くそっけないものでさえあった。

「あいつはどうもまともとは言えんな」ロシター老人はパイプを口からはずすと、ついと身を乗りだしてそうきりだした。「わしだってそうは考えたくはないんだが」といって筋張った手をトムの膝に置き、彼の顔をまっすぐに見すえた。

「なんですって?」とトムは思わず返した。「ジムが病気だと?」ありそうにないと思えた。

「病気と言っても、頭のほうのだ」

「まさか、そんな」とトムは洩らしたが、その言葉は弟のありようを見抜いた鋭い刃のように思えた。

「心の病、と言ったほうがいいかもしれんな」

トムは迷ったが、もっと詳しく話してくれるよう思いきって頼んだ。

「それ以上はなんとも言えん」森暮らしの長い野性的な老爺はそう答えた。「実際わからんのだ。森はときに人を癒すと言うが、ときには病ませるとも言うからな」

「かもしれませんね」トムは憤りを隠して言った。「でも、あなたも彼と同じように人里離れたところで長年暮らしてきた。なにか知ってるんじゃないですか?」

そう言ったあとすぐ口をつぐんだ。問い質しすぎた気がしたからだ。傷ついた弟への思いが勝ちすぎたせいだ。すでにジムのために心が痛んでいる。奇妙な推測をしたロシターには腹が立つが、しかしこの老人も本気で考えているのであり、ジムの力になろうとしてくれているのだ。トムにとってジムは世界のすべてであり、彼を失えばすべてを失う。

長い沈黙があり、そのあいだ二人ともそれぞれのパイプを吹かした。二人とも内心に興奮を隠していた。ともに自制のできる者である以上、過度に感情をあらわにしてはならない。

「たしかにジムは」とトムがようやく再開の口火を切った。なんとか同情を得たいと努めてのことだった。「どこか完全じゃないとは認めざるをえません」

またも間が空き、ロシターは黙って彼をじっと見すえていた。その目にいかなる表情も浮かべていないのは、長い森林生活で身についた技(わざ)なのにちがいない。

「ジムは怖がってるのさ」そう口に出すのに老人にも思いきりが必要だったのが見てとれた。「そのせいで心がつぶされているんだ」

トムは思わず激しく身震いした。ハドソン湾会社とそこでの仕事によって鍛えられ経験を積んだ森の男ロシターは、ジムの秘密が那辺にあるかをたしかに知っているのだ——たとえそれを正確な言葉で表わしえずにいるにせよ。ここでさらに問いを重ねるのはたやすいが、しかしこの老人への恩義の情がそれをためらわせた。

「あいつはどこかで悪いやつらとかかわったんだ」老人が独り言のようなつぶやきを洩らした。

トムははじかれたように立ちあがった。

「そんなことを言うなら、あんたはもう友だちじゃない。おれにとってもジムにとってもね!」

そう怒鳴りつけるうちに、怒りがますます高まった。「もしまた言ったら、その歯をへし折って――」

言いかけた直後にわれに返り、悔いに顔を仰け反らせた。

「済まない、ロシターさん。ついカッとなった」怒りがまだ醒めないながらも詫びを洩らす。「ジムがなにかを怖がってるようだとは、おれも感じてました」そう言ったあと、老人に非礼にならない言葉を探しあぐねた。「でも、それがなにか悪いことをしたせいだとは思えない。あいつにそんな疚(やま)しいところがあるとは信じられないんです」

顔をあげたロシター老人の目には不穏な光が宿っていた。

「わしもそんなつもりで言ったわけじゃないさ」と物静かに返す。

「だったら、もっとちゃんとわけを教えてください！」トムはまた急に立ちあがった。

老人は彼の目をまっすぐ見返すと、パイプをわきへ片づけた。

「ほんとに聞きたいか？」声を低めて質す。「もしためらいがあるなら、悪いことは言わんからやめておけ」そしてつけ加えた。「そう思うから、これまでも黙っていたんだ」

「かまわないから言ってください」トムは喉から手が出る思いで頼んだ。「わかればあいつの力になれるはずだから――たとえどんな厭なことでも」

だが老人の言い方に恐れを覚えてもいた。この人物の躊躇せぬ熱意にあふれた正義感についてはよく承知しているだけに。

「ジムを助けてやってくれ」ロシター老人が言った。「あいつは心の底からおびえて、どうにもできずにいるんだ。ほんとのことを話してやる――もしおまえに聞く勇気があるなら」

「話してください」トムはおうむ返しにした。「おれがきっと助けるから！」興奮が恐れを封じこめていた。

ロシター老人は何杯めかのグラスを呷った。

「わしとおまえだけの秘密だぞ」

「わかりました、約束します」とトム。

狭い部屋のなかを深い沈黙が支配した。忍び入るのは波の音と、そこに混じる風の息だけだ。

「狼だ」ロシター老人が囁く。「神の狼」

トムは椅子に座したまま身動きもできなかった。顔をいきなりぶたれたような気分だ。身震いが走った。思わず沈黙に陥り、それが奇妙なほど長くつづいた。鼓動が大きくなり、体じゅうの血がざわつく気がした。ロシター老人がその先を話しつづけているようだとだけは記憶に残った。声はどこか遠くからのもののようで頭に入らなかった。すべてが現実ではないような感じに打たれながら、風の吹き抜ける荒涼とした平地を家への帰途についた。海からの波の音だけがずっと耳に響いていた……

忌々しいジョン・ロシターめ、延々とおかしなことをほざいていやがった。あの老いぼれめが！ほんとに歯をへし折ってやりたい気分だ。莫迦げた嘘っぱちばかり言っていた。事実であるはずがない。

「ジム」と独りごちた。「おれの弟よ！」風に逆らってとぼとぼと足を運びながらそう声をあげた。

「おれが思い知らせてやる。あのたわごとを人に広めでもしたらどうなるかをな」それはロシター老人を意味していた。「あの年寄りは異国でひどい暮らしをしてきたせいで、なにを言っても許されると思いあがっていやがるんだ。見てろ、あの黄色い反っ歯を必ずへし折って……」

そうつぶやきながらも内心では怖気づき、助けを求めて泣きわめきたい気持ちだった。

ジョン・ロシターがなんと言ったかを正確に思いだそうと努めた。カナダのオンタリオ州ガーデン湖──その畔(ほとり)にジムは単身で赴任していたのだった──の周囲にはある原住民部族が住んでいるが、相当に異例な種類の人々で、自分たちのなかで罪を犯した者たち──窃盗や掟破りや殺人を行なった者──を単純に罰するのではなく、特殊な仕方で死にいたらしめるのだと言う。

問題はその方法だ。

神の狼たちに極刑を任せるのだ。では神の狼とはいったいなにか？

それはある信仰のもとに部族が畏怖している狼の一群だった。聖なる獣であり、霊的な生き物とされていた──神が人を呪いで統べるための。

莫迦げたたわごとにすぎない！　迷信もいいところだ。その狼たちが罪人を殺すのだが、あくまで罰するためであり自分たちが肉を喰らうことはないと言う。「八つ裂きにするが、食いはしない」老人がそう言っていたのを思いだした。「罪人が白人でも同じだ。やつらは海もわたれる……」

「老いぼれめ、あの嘘八百だけで吊るし首にしてもいいくらいだ！　いずれ思い知らせてやる！　ジムよ、あんな爺いにだまされちゃだめだ！」

だが老人は持ち前の正義感を表わすときの熱っぽくも冷厳な言い方で、さらに恐ろしいことを口にした。それこそトムが決して忘れない、決して許さない言葉だった。

「ジムをこの土地に住まわせておいちゃだめだ。どこかへ追いやれ。島にいつづけるのは許されん」

それを聞いたときトムは耳を疑い、あとになってたしかにそう言ったのかと訝りさえした。もし記憶のとおりだとしたら、本当に口もとに拳を見舞ってやらねばならない。長年の友情と信頼がいちどきに冷たい憎悪に変わってしまった。

「嘘つき爺いはきっと葬ってやる！　もしやりそこねたなら――許せ神よ、おれのジムよ！」

3

数日後、嵐が一帯の島々を襲った。海の上の陸のすべてが揺らぐほどの大嵐だった。木のまったくない広い平地に吹き荒れる風はすさまじく、空には稲妻が光り、かつてないほどの豪雨が降り注いだ。家々は激しく揺れ、海は堰を切ったように大波を送りこんだ。それらの荒れようと風のとどろきぶりは二人の兄弟にも影響し、とくに弟ジムは嵐の騒音を忌み嫌い、ますます陰鬱で寡黙になった。恐れが急激に増しているようだ――そうトムは見てとった。

「ジムのおびえは心底からのものだ！」――ロシター老人がそう言った厭な記憶が蘇る。

「今夜外に出たらだれも助からない」

そうつぶやくジムの不安げな声が聞こえたと思うと、農場の古い家屋の天井がガタガタと音を立て、玄関ドアがひとりでにバタンと大きくあけ放たれた。だれかがノックしたわけでもなく、風に押されて開いたかに見えた。だが稲妻の光る空を背景にした玄関口には、したたかに濡れそぼち疲れきったようすの人影がふたつ立っていた——ジョン・ロシターとサンディー・マッケイだった。二人とも鳥打帽と雨合羽を脱ぎ去った。夕刻に飛び立つ鳥の群れを目当てに湖まで出かけていたそうで、獲物嚢（えものぶくろ）には六羽の収獲が入っていた。帰途に突然の嵐に見舞われたと言う。

トムは一応迎え入れてやり、客たちがつれていた猟犬に餌を分けてやったり、遠慮しないように計らってやったりもしたが、本心ではこれほど間の悪い訪問者もないものだと戸惑っていた。マッケイのほうはどうということもなかったが——もともとどんなときでも気を遣わずに済む男だった——ロシター老人はトムにとってあの一件以降いちばん会いたくない人物だ。憎んでさえいる。とくにあの押しつけがましい正義漢ぶりが我慢ならない。できればなんとか言い訳をつけてさっさと追い返したいくらいだ——嵐のときであれなかれ。だが老人はそうするきっかけを与えてはくれなかった。妙に紳士的で感謝しているそぶりを見せ、しかもトムに対して以上にジムにやさしく接した。トムは仕方なくウイスキーと砂糖とレモンの輪切りを用意したり、湯沸かしを火にかけたり、脱いだ衣服の着替えを貸してやったり、濡れたほうを暖炉の前で乾かしてやったりした——オークニー諸島では晴れた日ですら火を勢いよく焚くのが習慣だから。

「彼岸のころの嵐ならまだわかるが」とマッケイが言った。「これじゃ十月下旬並みの寒さだ」

熱帯での長い生活で血が薄くなっているせいか、マッケイはことさら寒そうに震えた。

「これは普通の嵐じゃない」ロシターが濡れた長靴を火にかざしながらそう言いだした。「思いださせる」不意に海側の窓のほうへ顔を向けた。窓を打つ雨音が声をくぐもらせる。「思いださせるよ、あっちでの嵐をな」顔を戻し、賛意を示す者を探す表情を見せた。該当する可能性のある者はこの部屋に一人しかいない。

「そうだ、普通じゃない」とジムがすぐに反応したが、その声は妙にゆっくりしている。「ただの嵐じゃないんだ」と子供のようにか細い声で言う。背筋に冷たいものを感じたトムが湯沸かしに上から顔を近づけているあいだに、ジムがさらにつづけた。「大西洋を越えてきたものだ」

「でかい嵐はみんな海から来るさ」

そう言ったのはマッケイで、いかにも彼らしい気弱な混ぜっ返しだ。湿った茶色い髪の筋が額に貼りつき、おびえる猟犬のような表情にしている。

トムがお湯割りウイスキーをグラスに注いでいるのを目にしたロシターが、話題をそちらへ変えた。

「オークニーほどもてなしの心得のいい土地はほかにないからな。トムのやつ、どれぐらいでいいかも訊かずになみなみと酒をついでくれたぜ」

老人は髭に囲まれた口でそう言って笑い、マッケイへ顔を向けた。マッケイは相棒がこの家の主人のもてなしに追従を言ったことに満足したようすで、大げさな口調でこう返した。

「まったくだ。マレーじゃまずこうは行かないからな」

そのあとはラブラドル半島に住んでいた老人と熱帯地方を経てきた男とが、いささか笑いにくい冗談をしばし交わしあった。そのあいだトムは黙々ともてなしをつづけ、一方ジムも口をつぐんだまま暖炉を背にして立ちつくしていた。家を揺らがす強風が吹きつけるたびに、それに応じた反応がだれかしらから飛んだが、概ねはマッケイからだった。

「今のひどい音を聞いたか?」「こりゃ少なくとも風速九十マイルはあるな!」「こういう土地でこれだけ頑丈な家を建てたのはさすがだな」などとマッケイは言いつづけた。

片やロシターはその合間にも、この嵐が普通のものではないこと、自分があっちにいたころに経験した北方型の嵐を思いださせることをくりかえした。

トムはずっと黙りこみ、ただひとつを願っていた——嵐が一刻も早くやんで客たちが去ってくれるようにと。もちろんジムへの心配もあり、ロシターへの憎悪も相変わらずだ。台所に入ったときには強いアルコールをこっそり体に入れて気持ちを落ちつけようとした。そしてその二杯めに進んでいる途中の今、夜が終わるまでにロシターたちの助けを借りなければならなくなるかもしれないと思いはじめていた。ジムはグラスに手もつけていないのが見てとれた。ひたすら風の音と嵐の推移に心を傾けているようで、会話にもほとんど加わらない。

「耳を澄ませ!」マッケイが突然かん高い声をあげた。「聞こえるか? あれは風じゃない。まちがいない」椅子の上で背筋をのばし、遠くの音に聞き入るようすを見せた——人には届かない音を求めて耳をぴんと立てる犬のごとくに。

「海が砂丘を越えてくるぞ」こんどはロシター老人が言った。「スワーフ暗礁の沖あたりからとんでもない津波が押し寄せてくる。月が天頂に昇るころにな」

老人は顔を片側へ向けて耳を澄ますふうを示した。

嵐の轟音はすさまじい。波と風が大地を掻きむしり揺さぶる。雨は散弾のように絶え間なく窓ガラスを打つ。

長らくものも言わずにいたジムがようやく口を開いた。

「ここには木が一本もなくて幸いだ」とおごそかに言う。「それがありがたい」

「もし木がたくさんあったら、ひどいことになってたかもしれないからな」とマッケイが反応した。「倒れて家を圧しつぶしてたかも」

だがロシター老人はジムの今の言葉に不審なものを感じたかのように振り向いた。まずそれを口にした当人を見やり、そのあと兄トムへ目を向けた。トムはその視線の動きに気づき、老人の目に宿る鋭いきらめきを見逃さなかった。こういう言葉のやりとりはやめさせねばならないと覚った。だがどうやって？　もし無理に会話を止めれば客人に無礼になり、島のしきたりに反する。ではどうやるのがいちばんいいのかと頭を悩ませながら、それでもまた客たちのグラスに酒をつぎ足した。するとマッケイが自分ではそうと気づかないまま助け舟を出してくれた。

「これでやっと一杯めを飲み終えるぜ」

そうマッケイが言ったので、一同どっと笑った。日ごろから十杯めでも一杯め同様に浴びるように飲む蟒蛇（うわばみ）のごとき男で、しかも最後に突然倒れて動けなくなるまではまるで酔っていないように見えるたちなのだった。尤もこのたびの実際は三杯めにすぎず、最後のときにはまだほど遠いが。

「三位一体か、それとも一位三体か――」

ロシター老人がそう茶々を入れてまた笑った。そのあいだにマッケイは判事のように黙然とグラスの半分をひと息に飲み干した。そして熱帯産の馬車馬のごとき人のよさそのままに、まずふらふらと酔いをあらわにし、それから意識が朦朧としてきたようすを見せた。

「――それがマレーの神学らしいな」ロシターが茶々のしめくくりを口にしてまたも笑った。するとマッケイはグラスをどんと置き、熱帯暮らしのせいで血が薄くなったのさといつもの言い訳をした。北極圏に近いこの島の寒さをやりすごすにはアルコールが必要なのさ、と。トムはこの思わぬ助け舟を喜び、もっと喋るよう促した。するといつもはそういうことを無視しがちなマッケイが、このたびは即座に応じた。ところがここまでは状況好転の助けになっていたにもかかわらず、不用意にも危険な方向へ話題を戻しはじめた。

「そうだ、こういうときは夜語り(よがたり)でもするのがふさわしいよな」風が異常なとどろき方で吠えだしているさなかに、マッケイはそうきりだした。「おれがマレーにいたころの話だ。迷信深い原住民が邪悪な精霊の話をよくしていたが、あるときおれ自身が出くわしたことがあって――」

そう言ってマッケイが語った体験談は、莫迦げているようでいながらも好奇心をそそるものだった。彼が密林で野牛(バッファロー)狩りを試みたとき、ある奇妙な足跡を見つけた。それは銃弾に負傷しながらも逃げた野牛の足跡に並んで何マイルもつづいていたもので、知られているかぎりのどんな獣の足跡にも似ていなかった。それを見た案内役の現地人は、詳しく話すのを憚りながらも畏怖の念をあらわにした。そして獲物を仕留めたことを示す吉兆だと告げた。つまりそれこそは精霊の足跡なのだった。

「それで野牛はどうなったんです?」とトムが促した。

「二マイル先で死んでいるのを見つけたよ。不思議な足跡のほうも、死骸のすぐそばで途絶えてた。そこでぷっつりと消えていたのさ」

「それで思いだしたが――」

そう言いだしたのはロシター老人で、マッケイにほかにも逸話がないかと促そうとするトムをさえぎって自分の話を語りだした。老人によればラブラドル半島のイースト川には呪われた島があり、別の島に埋葬されたはずの男がその島で目撃されたことがあると言う。さらに話は変わり、森の奥にひそむ半人半獣の伝説を語った。ごくまれながら、野営から奥地に迷いこんだ猟師がそういう怪物に変身する例があると言う。それはウェンディゴと呼ばれて畏怖の対象とされ、野生を強く希求する気質の者がなりがちだと言うのだった。老人がそんな話をつづけるうちにも、マッケイは間があるごとに酒を呷るのを欠かさなかった。一方ジムはと言えば依然グラスに手も触れていなかった。

狭い部屋のなかになにやら尋常ならざる雰囲気が高まりゆくようすは、まさに森の野営の火のまわりにつのる影に怪しさが増しゆくさまを思わせる。世界じゅうの奇異なる地をめぐってきた者たちがその火を囲んで、決して笑っては済まされぬ逸話を語りあうときのような――そういう雰囲気ができあがってしまった場合には、もはや打ち消そうとしても無駄だ。母なりし者から生まれし子なべてが持つ怪しきものを信ずる心が、こうしたときにこそ息を吹き返す。それが今この場だ。もう幾杯もグラスを重ねていつ酩酊に陥ってもおかしくないマッケイが、また新たな夜語りをはじめた。こんどはスコットランドからマレーにわたったあるゴム農園主の話で、その男があるとき現地人使用人の一人を単に気に入らないからという理由だけで容赦ない暴力の対象にしたと言う。その男は行方をくらましたが、村人たちはきっともとのままではない姿で戻ってくるにちがいないと噂しあい、そして——たしかにそのとおりになった。ひどい復讐に見舞われるのを恐れた農園主が銃を用意して待ちかまえていると、彼の住む平屋建て屋敷のまわりを毎晩一頭の黒豹がうろつくようになり、そうしたある晩外からの物音を聞きつけた彼がベランダの戸をあけてようすを見たところ、ちょうど黒豹が柵を跳び越えて敷地内に入ってくるのが見えた。ただちに発砲し、豹は苦悶の声とともに倒れた。村人たちは助けに駆けつけようとしたが、彼はかまわずさらに撃った。すでに致命傷を負っている豹は草に尾をばたつかせて横たわるのみだった。ところがそこへ角灯（ランタン）をかざしてよく見ると、ズタズタに撃ち殺された死体はなんと豹ではなく、行方をくらました使用人だったと言う。

　マッケイはこの話をじつに巧みに語ったが、しかしその話しぶりと物腰にはどこか奇妙なところがあって、トムはなにやら厭なものを感じた。すでに高まっていた不安と緊張がそれをさらに昂じさせ、もはやこの状況をどうしようもできないといういらだちが否が応にもつのった。トムのなかで怒りが危険なまでにふくれあがった。そしてその感情の大半はロシター老人に向けられていた。だが老人は今はなぜか黙りこみ、それがまたマッケイの独り語りと厭な雰囲気の高まりとを促す役目を果たした。本来なら交代で話すべきところだと思えるだけに、トムの怒りはなおさらつのる。しかもさらにいらだたせるのは、もしここにロシターさえいなければ、この成り行きをすぐにでもやめさせられるはずであることだ。この元ハドソン湾会社の老人の存在のみが、トムに思い切った行動をさせるのを妨げている。結局彼は老人を恐れているのだった。この男の不興を買うのが怖い。それが真相だ。そう気づくとさらに怒りに火が点いた。

「もっと話したらどうだ、サンディー」ロシターがいきなりそう言った。

「こういう話ならほかにもいくらでもあるさ」とマッケイが応じる。「この手の伝説は世界じゅうにあるからな——人が獣に変わったり、獣が人になったりというやつはさ」

そして今にも酔いつぶれる寸前であるにちがいないにもかかわらず、そんなようすは見せずにロシターの求めに積極的に応えた。この状況をまったく不審に思っていないようで、ただウイスキーの酔いに任せて聞き手の喜ぶ夜語りに興じ、それで自分も満足しているのだった。またもグラスにつぎ足してくれるトムに礼を言い、マッケイはさらに語りをつづける。だがそうやってもてなすトムの内心では怒りといらだちが燃えあがり、もはや抑えきれないまでになっていた。しかもロシターの今し方の言葉でさらに火に油が注がれた。風の轟音を隠れ蓑にするように老人に近づいていき、そのグラスにもつぎ足そうとした。すると老人は骨張った大きな手でグラスの口をふさぎ、言外に要らないと知らせた。トムは身をかがめるようにして立ち、顔を近づけていった。

「あんたはそのまま黙っててくれ」

敵意をこめながらも小声で低く言ったので、ほかの者には聞かれなかった。ロシター老人は反感の滲むまなざしでジロリと睨み返したが、なにも言わず、睨んだままの視線を別のほうへ向けただけだった。だがそこには静かな怒りがただよっていた。

そのあいだにも風は激しく荒れ狂い、風の向きが変わるたびにジムも坐る椅子の向きを小刻みに変えていた。そのようすは風に背を向けるのではなく、逆に風の音のする方へ顔を向けているように見えた。

「こんどはおまえがひとつなにか話せ」

マッケイが話し終えたところで、ロシター老人がわざとらしくそうジムに促した。老人の視線が彼へ向けられたとき、ジムもまた背後の壁の外で鳴る風の音のほうへ椅子を向けるところだった。が、同じ瞬間に玄関ドアとジムの正面の窓がガタガタと鳴った。彼は返事をするでもなく、いっとき暗然と立ちつくした。どちらへ向いたらいいのかと迷うように。

「四方八方から吹いてくるな」ロシターがまた口を出した。「まるでこの家を囲んでるみたいだ」

そのあと四人とも束の間沈黙し、強風の力と音に慄然と耳を傾けた。トムも耳を澄ましていたが、ひそかにロシター老人を見やりながら自問してもいた——なぜあの老いぼれに迫っていって乱杭歯を拳で打ち砕いてやらないんだ、と。そのとき、ジムがグラスに手をかけるのが見えた。が、口に持っていくわけでもない。外では嵐が不意に静かになり、風も止まって突然の不気味な静寂が訪れた。トムとロシター老人は同時にたがいへ顔を向け、目をまっすぐに見あった。その瞬間がトムには異常に長く感じられた。相手のまなざしに宿る挑みかかるような意志を感じ、自分の不遜な物言いがそれを惹起したのだと察した。今やふたつの意志の闘いとなった——正義感と兄弟愛との。

ジムがようやくグラスを口へ運んだ。その縁に震える歯があたってカチカチと鳴るのが聞こえる。

凪（なぎ）のときはすぐに終わり、風がふたたび巻き起こった。初めは妙におだやかで、忍び足で歩く足音か、あるいは無数の手がドアや窓をまさぐる音のように聞こえていた。が、突然激しい風の叫び声に変わったと思うと、家のまわりを高速で吹きまわったり屋根の上を吹きすぎたりしたあと、急降下して奥の壁に破城槌のように勢いよく激突した。

「おおっ、今のを聞いたか？」マッケイが声をあげた。「家のなかまで突き入ろうとしてるぞ！」だがそう言ったつぎの瞬間には、椅子のわきにぐったりと倒れこんでいた。突然に完全な泥酔に陥ったのだ。「狼か豹の群れみたいだった」床に横たわったまま半睡状態のなかでつぶやいた。「でもここはマレーじゃないと思ったが？」

それが意識を失う直前の最後のひと言となった。トムが重い農用長靴を履いた足で頭を小突いても、まったく起きる気配がない。もう一度小突こうとしたとき、ジムの手から不意にすべり落ちたグラスが床に落ちて割れる音が響き、トムは思わず足を止めた。弟が駆けだすのが目に入った瞬間、トムは魔法にかかったようにその場に立ちつくした。動くことも声を出すこともできずにいるうちに、弟は部屋を横切っていき、勢いよく窓をあけ放った。嵐が室内に吹きこんだ。

「かまうな！　させておけ！」

それはロシター老人の威厳を帯びた声だった。同時に奇妙なやさしさの響きもあり、そのどちらもがこれまでになかった趣きだ。老人はいつの間にか立ちあがって口を動かしつづけているが、何と言っているのかはもう聞きとれない。奔馬のごとき風雨が室内にどっと飛びこんで駆けまわり、窓ガラスを粉々に砕いたり、あらゆる軽量のものを床に倒したり転がしたりした。

「見えたぞ！」嵐の轟音を裂いてジムがそう叫んだ。振り返った彼の視線の先にいるのはロシター老人だった。「群れの頭目を見た」自分に言い聞かせるようなその声には妙な落ちつきがあった。「まちがいない、広い胸にひと房の白い毛があった。群れのすべてもこの目で見た！」

ジムのその言葉と目に宿る表情とを認めたロシターは唇までも蒼白となって、殴りつけられでもしたように椅子にどっとへたりこんだ。トムは愕然とするあまり、自分の鼓動すら感じなくなっていた。そのわけは、破壊された窓から吹き入る風の音に混じって聞こえてきたのが、まぎれもない狼の咆哮だったからだ。狼の群れが走りながら昂然と全力の叫びを放っていた。群れは旋風のように駆けまわったと思うと、たちまちいずこともなく失せた。三人の男たちはともに凝然としていた、一人は座し二人は立ったままで。後者の一人であるジムだけがこの恐怖の瞬間をもまったきわがものとしていた。

ほかの二人が身動きも口を開くこともできずにいるうちに、ジムは振り返ってその両人の目へ代わるがわるすばやく視線を送った。発したひと言はカナダの原野での日々へ還ったかのごときものだった。

「ぼくがやったのだ」その声は冷然としていた。「頭目を殺した——だから行かねばならない」

恐怖に憑かれた表情のままにジムは足を踏みだし、玄関ドアをあけ放つや、屋外の夜闇のなかへ失せていった。

その告白も行動もあまりにすばやく、トムが麻痺したようになにも反応できずにいるうちに、壊れた窓から吹きこんだ風のせいで玄関ドアがバタンとふたたび閉じられた。それにはじかれたようにトムが部屋の真ん中へよろめき戻ると、ロシター老人が頬に涙をつたわせながらなにやらたわごとめいた台詞をつぶやいていた。トムはとたんに怒りをぶり返させ、老人の顔を殴りつけようとしたが、その手は結局首根っこを押さえつけるにとどまった。そのまま振り投げると、老人は仰向けにはならず横向きに床へ倒れこんだ。

「人殺しめ！　もし弟が死んだらきさまのせいだ！」

そうわめくとトムは玄関をあけ、自らも外へ飛びだしていった。

思えば奇妙なことだが、ジョン・ロシターはこの瞬間に正気を失い、思考も記憶もさだまらない狂人として臨終までの日々をすごす仕儀となる。そして今は泥酔のためすでに人事不省に落ちているサンディー・マッケイともども、農場家屋の石張りの床にぐったりと横たわりつづけた。

だがトムに投げられて倒れこんだとき、まだわずかに正気が残っているあいだに、自分の犯した過ちに気づいて愕然としながら体を起こした直後、マッケイもまた体を起こして床に坐りこんでいるのがロシターの目に入ったのだった。そのときマッケイは意識の感じられないままの顔で老人をじっと見返したと思うと、まなざしと声だけは判事のごとく冷厳となってこう告げた。

「ジョン・ロシターよ、おまえを処刑人に指名したのは神ではない、悪魔だ」

そのときロシターにはマッケイの瞳が天使のそれであるかのごとくに見えていた。

「なにを言うんだ、サンディー」老人は震えで歯を鳴らし息も絶えだえになりながらそう洩らした。「なにを言うんだサンディー!」

ほかに言葉が見つからないかのようにロシターがそうくりかえすうちにも、マッケイはすぐに失神状態に戻り、そのまま朝までふたたび目覚めることなく横たわりつづけた。

ジム・ピースの遺体が砂丘の砂のなかから見つかったのはそれから三ヶ月ほどのちのことで、それまでの入念にして懸命な捜索の努力も無に帰した。亡骸(なきがら)があらわになったのは、皮肉にもつぎに来た嵐が砂を吹き飛ばしたおかげだった。十二月の日差しと風の下で砂から姿を現わしたジムは衣服をなにも着ておらず、その体は肉を引き裂かれていたが、しかし獣に食われた痕(あと)は微塵もなかった。

獣の谷

The Valley of the Beasts

1

深い森が忽然と途切れたところで、原住民の案内役の男は足を止めた。雇い主であるグリムウッドもそのわきに立ち、眼下に展ける木々におおわれた美しい谷をともに眺めわたした。彼方から金色の夕日の輝きが照らす。二人とも猟銃を突き立てて寄りかかり、思わぬ美観にしばし見入った。

「ここに野営を張りましょう」案内役のトゥーシャリがあたりを入念に観察したあとだしぬけに言った。「先の計画は明日立てることにして」

トゥーシャリは流暢な英語を話す。声にこもる決然とした調子には主導権を持っているかのような響きすら感じられたが、興奮のときを迎えている影響にすぎまいとグリムウッドは考えることにした。事実ここまでの二日間のあいだにたどってきたすべての大鹿の足跡が——そのうちとくに目をつけているあるひとつも含め——奥地に隠されていたこの谷へと集中的に向かっているのだった。こういう場合にはほどなく大きな獲物を仕留められると考えてまちがいない。

「そうしよう」グリムウッドは自分こそが命令する立場にあることを声にこめてそう言った。「すぐに野営を張ってくれ」

そして自分は栂の倒木に腰をおろし、鹿革長靴を脱いで足に獣脂を塗った。ようやく締めくくりに近づきつつある歩きどおしの一日のせいで足が痛むためだ。通例の状況ならあと一、二時間は歩いてもかまわないのだが、今はここで一夜を明かすのも悪くないと思えた。とくにここに着く前にしばらく悪路つづきだったため、疲れで視力も筋力も不安定になっており、仮に獲物を見つけてもうまく狙い撃ちできるか怪しかった。撃ち損じだけは二度としたくない。

　このたびの狩りはカナダ人の友人アイルデールと、その愛内役を務める原住民との混血の男と、グリムウッド自身およびその案内役トゥーシャリの四人の隊で、〈とびきりの大鹿〉を見つけるため三週間前に出発した。案内役たちからの情報によれば、そう呼ぶに足る獲物が一頭、スノウ川の流域沿いに彷徨している形跡があるとのことだった。出発して間もなく、その話が本当であることがたしかめられた。はっきりとした足跡がつづいていたのだ。上等の獲物は毎日のように見かけてきたし、実際それらを仕留めて、大きな鹿頭(しかがしら)をしばらく運びもしたが、狩猟家のつねとしてもっといい獲物を探さねばと望みが高まり、これまでの収穫は置き去りにしてきた。スノウ川を上流へと遡っていき、水源付近につらなる小さな湖の一群まで来たところで、二人ずつに隊を分けた。両隊とも全長九フィートの樹皮製カヌーを一艘ずつ持ち、ここまでの三日間を旅してきた。もっと深い森の奥に行けばより大きい獲物がいるとの案内役の進言を聞き入れてのことだ。興奮は大きく、期待はさらに強まった。隊を分ける前の日に、アイルデールがこれまでの半生でいちばん大きな鹿を仕留めた。自宅に飾ってあるアラスカ産大鹿の頭(かしら)よりも大きいと言う。それを聞いたせいでグリムウッドも狩猟家としての慾がいや増しとなった。残忍とは言わないまでも、非情なまでに狩人の血が滾(たぎ)った。今や獲物を撃ち殺すことそれ自体が目的となったかのごとくに。

二隊に分かれてから四日目のこと、格別に大きな足跡を見つけた。その蹄の長さはグリムウッドの狩猟家魂を最高潮まで昂めるに足るものだった。

案内役のトゥーシャリはその足跡を数分にも及んで念入りに検分した。

「こいつは世界一の大鹿ですよ」ようやくそう言ったとき、平素表情を読ませない赤銅色の顔に新たな熱気が見てとれた。

その日一日探しまわったが、めざす大物にはなかなか出遭えなかった。だがそのうちに、谷と呼ぶにはいささか小規模なある湿地帯に、くだんの足跡の主がしばしば訪れているのが察せられた。あたりには柳の木と下生えが密生しており、獲物が追跡者の匂いを嗅ぎつけているとは思えなかった。翌日の夕刻迫るころ、鬱蒼たる柳の茂みのただなかに目当ての大鹿らしきものがいるのがついにかいま見えた。あらゆる記録をたやすく破りそうな大きな鹿頭を目にすると、グリムウッドの胸の鼓動は興奮に早鐘を打った。ただちに狙いをさだめ発砲した。だが鹿は倒れず、奥の藪へとどっと駆けだしてたちまち見えなくなった。一目散に疾駆する足音が藪のなかに消え入った。傷ぐらいは負わせたにせよ、撃ち損じには相違なかった。

やむなくその日はそこで野営を張り、翌日カヌーをその場に置き去りにすると、逃走した大鹿のあとを一日がかりで追跡した。点々とする血痕は見つかったものの、出血量はさほどでなく、ほんのかすり傷を負ったにすぎないらしかった。捜索は難儀をきわめた。夕刻となり疲労もつのったころ、足跡は二人を現在立つ尾根へと導き、眼下に広がるこの美しい谷を望ませたのだった。大鹿はここをくだっていったのにちがいない。これほどの谷なら安全だと察してのことだろう。

それでグリムウッドはトゥーシャリの判断に同意したのだった。今夜はここで野営を張り、明日の夜明けとともに〈世界一の大鹿〉の追跡を再開するのが良策だと。

　夕食が終わり、調理のための小ぶりな焚火が消え入ったころ、グリムウッドはトゥーシャリの態度がいつもとちがうことに初めて気づいた。だがどこがどうちがうと断じるのはむずかしい。じつのところグリムウッドは体格がよい代わりに、観察力にも推理力にも恵まれない種類の男で、なにがしかの変化によって安逸や娯楽を妨げられたとしても、その変化に気づくのが人よりも遅いのだった。だからこのたびの変化についてもほかの者ならばもっと早く見てとっていたに相違ない。トゥーシャリが火を焚いたり、燻し肉を焼いたり、お茶を淹れたり、二人分の就寝用毛布を用意したりして、それらすべてが終えたところでようやく、グリムウッドはこの男のいつにない沈黙に気づいたのだった。あの新たな谷を目に収めて以降、一時間半ほどものあいだひと言も発していなかった。その事実がやっと意識に上（のぼ）ったのは、いつもなら夕食のあと必ず話してくれる森や狩りをめぐる夜語（よがた）りが今夜にかぎり聞かれないがためであった。

「今日はよほど疲れているようだな」

　焚火の向こうに座す案内役の男の日に焼けた顔を見やりながら、大柄なグリムウッドはそう水を向けた。気がついてみると会話がまるでないのは快からぬもので、自分自身疲れすぎているせいか、いつもよりいらだちやすくなっているのを感じた。じつはそうでなくても気が短いほうではあったが。

「それとも舌でも失くしたか？」唸るようにそう皮肉を言うと、現地人案内役の男は無表情のまま昏い視線で見返した。浅黒くて感情を読ませない顔が雇い主をさらにいらつかせた。「なんとか言ったらどうだ！」と鋭く怒鳴った。「いったいどうしたんだ？」

イギリスから来た男はここにいたってようやく、トゥーシャリは〈言うべきこと〉を秘めているからこそ黙っているのだと察した。そうとわかるとなおさらいらだたざるをえない。相手は昏く見返すばかりで依然なにも答えない。沈黙のときが数分もつづいたのち、顔が不意に横へ向けられた。なにかに耳を澄ましているようだ。グリムウッドはますます腹を立てながらまじまじと睨みすえた。

だが案内役の男は顔をわきへ向けたまま固まったように動かない。そのようすにグリムウッドはいよいよ神経を逆撫でされ、かつてないほどに怒りが昂じた結果、いわゆる〈鳥肌〉が立つまでにいたった。それは激しい興奮に心身が襲われているためであると同時に、どこかしら用心深く身がまえてしまっているせいでもあった。そんな感情の混乱には、わがことながら不審なものを覚えざるをえない。

「どうした、なにか言ってみろ」声を高めきびしい口調でそう促したのち、座したまま身を乗りだして、巨体を火に近づけさえした。「どうしたと訊いてるんだ！」

グリムウッドの怒鳴り声はまわりを囲む木々に吸いこまれるように消え入った。不安な静寂が支配する。巨木の群れもまた森閑と二人をとり巻く。風はなく、茂みはそよとも動かない。ただときおり地面に散り敷く小枝の踏み折られるような音が聞こえるのみだ。森の小動物たちが焚き火につどう人間のようすを窺おうと、不用意に走りまわるせいででもあろう。十月の冷たい空気が肌を噛む。

　トゥーシャリは依然なにも答えない。体はおろか首の筋肉ひとつ動かさない。全神経を耳に集中させているようだ。

「どうした?」そうくりかえすグリムウッドは、このたびはわれ知らず声を低めていた。「なにが聞こえるんだ?　言ってみろ!」

　不安は怒りをつのらせる一方、出す声のうちにあらわになってしまう。するとトゥーシャリがようやく顔をゆっくりと正面に戻した。それでも体はなお固くしたままだ。

「べつになにが聞こえるわけでもありませんよ、旦那」そう言って、もったいをつけるような落ちついたまなざしで雇い主の目を見返した。

　日ごろから気の短いグリムウッドにとっては、これはもう我慢の限界を超えていた。彼はそもそも、自分より下位と見なす民族に対してはそれなりの強い態度を示す気質の男だった。

「嘘だな、トゥーシャリ。おれを欺くのは許さんぞ。なにを聞いていたんだ?　すぐに答えろ!」

「聞いていたんじゃありません」と相手はくりかえすのみだ。「考えてただけです」

「ではその考えていたこととやらを言ってみろ」いらだちのせいで言葉にも皮肉がこもる。

「行きたくないんです」不意のその返答には決然たる調子があった。

　それはまったく予期せざる答えで、グリムウッドは初めなんと反応したらいいかわからなかった。意味すら一瞬解（げ）しかねた——賢くもない頭脳がいらだちのせいで余計に混乱していたがゆえに。局面の異常さも無理解に拍車をかけた。ほどなくやっと閃くものがあったが、しかし同時に、今相手にしている男のどうしようもない頑固な民族性も頭に強く刻みつけられた。トゥーシャリが今し方言ったのは、めざす大鹿が身を隠した谷に入っていくことを拒絶するという意味だ。そうと知ったグリムウッドの驚きは大きく、座したままただ見返すしかなかった。反駁する言葉も出てこない。

「あそこは——」案内役の男はそれにつづけてなにか言ったが、現地語のようであった。

「どういう意味だ?」グリムウッドはやっと返す言葉に出遭えたが、自分の声の低さが不気味に思えた。

「意味は〈獣の谷〉ですよ、旦那」そう答えたトゥーシャリの声は彼以上に低かった。

イギリス人の男は自制を保つのにたいへんな努力を要していた。目の前にいるこの原住民は結局迷信深いやつだったのだ。そういう輩(やから)はおよそ頑(がん)として言うことを聞かないものだ。だがもし今この男に去られたら、狩りは絶対に巧く行かない。この原野で単身で獲物を探しつづけるのはとても無理だ。それに、喉から手が出るほど欲しい鹿頭を仮に独力で手に入れられたとしても、それを助力なしで持ち帰ることはきわめて困難だ。グリムウッドの持ち前の自分本位さがこの考えを扶(たす)けた。ここはつのる怒りを抑えてでも説得を試みるしかあるまい。

「〈獣の谷〉、か」目には昏い意志を秘めながらも、口には笑みを浮かべてそう話しかけた。「だがそれこそおれたちが求めてきたものじゃないか。まさに獣を追ってきたんだからな。そうだろう?」グリムウッドの声には子供でさえだまされないような嘘くさい陽気さがあふれていた。「ともあれだ、その〈獣の谷〉というのはそもそもどういう意味なんだ?」懸念に共感を示そうという無駄な試みを声にこめてそう尋ねた。

「つまり、イシュトトの獣、ってことですよ、旦那」トゥーシャリは微塵もためらわず、相手の顔をまっすぐ見ながらそう答えた。

「めざす大鹿があそこにいるんだぞ」今聞いた言葉が原住民の信じる狩猟神の名前だと察したグリムウッドは、恐れなど見せまいと努めつつ、必ず説得できるとの自信とともにそう言った。トゥーシャリが名目上にせよキリスト教徒であることを思いだしていた。「夜明けとともに捜索をはじめるぞ。そして世界じゅうがかつて目にした例しがないほどの鹿頭を手に入れるんだ」怒りを抑えておだてるべく努め、こうつけ加えた。「おまえの名も高まるぞ。一族からも名誉と称えられるだろうよ。そして白人狩猟家たちも今以上の高額で雇うようになる」

「獲物があそこに入ったのは、身を護るためです。わたしは行きません」

この愚かな頑固者への怒りがグリムウッドのなかで急激にぶり返した。だがその一方で、今のトゥーシャリの言葉の選択がどこか奇妙であることにも気づいた。これはどうあっても気持ちが変わらないことの表われかもしれない。また同時に、ここで暴力など振るっても無駄どころか却って悪い結果になるとの分別も湧いた。とは言え、自分のような支配者型の男は暴力性を見せるほうが自然であるのもたしかだ。〈無慈悲者（もの）グリムウッド〉というのが自分について語られるときの綽名（あだな）となっているほどだ。

「思いだせ、居留地に戻ればおまえもキリスト教徒だろう」そして持ち前の強引な脅し文句を放った。「主（あるじ）への不服従は業火に焼かれる罪だぞ。わかってるはずだ！」

「立場上はキリスト教徒です」との口答えが返った。「でもここでは〈赤き神〉の掟に従います。この谷はイシュトトが自らのための地としているところです。われわれ原住民はそういう場所では狩りをしません」それは大理石のごとく堅固な言葉と聞こえた。

イギリス人の男の怒りは長い我慢のせいでよけいにふくれあがり、ついに無慈悲な炎を吹きあげた。だしぬけに立ちあがると、毛布を蹴り捨て、消えゆこうとする焚き火を踏み越えてトゥーシャリのすぐわきに立った。彼もまた立ちあがり、たがいに睨みあった。広大な原野のなかでただ二人きり、無数の不可視なる森の目に見すえられながら。

トゥーシャリは愚昧で無知な白人男からの鉄拳制裁さえ覚悟しているかのように、微動もせず立ちはだかっている。

「行くなら独りで行ってください、旦那」その声に恐れは感じられない。

グリムウッドは怒りのあまり言葉が喉の奥に詰まった。無理やり吐きだしたそれは森の静寂を破る怒鳴り声となった。

「金を払ってるのはおれだぞ、忘れたか？　おまえは雇い主の命令に従えばいいんだ、自分の意志などではなくてな！」その大声は木霊すら呼んだ。

案内役の男は両腕をわきにだらりと垂らしたまま、変わらぬ返答をくりかえした。

「わたしは行きません」と決然と撥ねつける。

怒りはついに抑制できぬ刃となった。グリムウッドのなかの獣が飛びだした。

「その台詞は聞き飽きたぞ、トゥーシャリ！」

そう怒鳴るや、顔をしたたかに殴りつけた。案内役の男は倒れこんだ。すぐ膝立ちになろうとしたが、火のそばでまたも横倒しになってしまった。それでもどうにか坐る姿勢をとった。目は白人の雇い主の顔から離そうとしない。

グリムウッドは怒りのままにつかつかと近寄り、立ちはだかってトゥーシャリを見くだした。

「少しは堪えたか？」と吐きつける。「言うとおりにするか？」

「わたしは行かない」くぐもった答えが返った。口からは血がつたっているが、目は睨みつけたまま少しもひるまない。「あの谷はイシュトトが護ってる。イシュトトは今わたしたちを見ている。あんたのことも見てる」最後のひと言には不気味な強調がこめられていた。

グリムウッドは拳を固めた腕を振りあげ、もう一発容赦ない一撃を見舞おうとした。が、不意にその手が止まり、腕はだらりとわきに戻った。責めを思いとどまらせたのがなんであるかは、一概には言えない。ひとつには、自分の怒りが怖くなったこともある。ひとたび殴りはじめたら、トゥーシャリが死にいたるまでやめない惧れがある。自分の堪え性のなさを知っているだけに、そうなる可能性は充分にあると思えた。だが理由はそれだけではない。案内役の男のかたくなさに奇妙な冷静さが伴っていること、痛みにも耐えるだけの勇気があるらしいことだ。しかもその燃えるようなまなざしには人をたじろがせるに足るなにかがある。そのなにかは、イシュトトが見ているという言葉のなかにもあるようだった。それこそが暴力を押しとどめるいちばんの効果となったのではないか？

たしかとは言えない。まちがいないのは、なにかしら畏怖の感覚が一瞬にもせよ訪れたことだけだ。それは圧し包むような森の存在の不快感ともつながっている。執拗なほどの不変の静寂のなかで森が聞き耳を立てているかのようだ。この隔絶した大自然そのものが、沈黙のうちに殺意をたやすくあばきだしそうだ。そう思うと正体不明の悪寒が起こり、怒りに沸き立つ血さえ凍らせた。そのせいで、振りあげた腕をゆっくりとわきにおろし、拳もほどかざるをえなかった。すると呼吸もおのずと平静になってきた。

「よく聞け、トゥーシャリ」それがイギリス紳士の物言いではないとも気づかないまま語りかけた。「おれだって悪人じゃない。おまえの頑固さには閉口させられるがね。とにかく、もう一度だけ機会をやろう」おだやかな声だが、そこに秘められた新たな容赦なさにはグリムウッド自身驚いていた。「嘘じゃないぞ。今夜じゅうかけてゆっくり考えるんだ。わかったか？　お伺いでも立てるんだな、おまえの大事な――」

なぜか最後まで言えなかった。〈赤き神〉の名前が口から出てくるのを拒んでいるようだ。そのまま黙って背を向けると、毛布のなかに身を埋めた。日中の強行軍のせいで怒りと同じほどにも溜まった疲れにより、ぐっすりと眠りこんでしまった。

一方のトゥーシャリも黙りこんだまま、消えゆく火のそばでうずくまっていた。

夜が森を支配し、空には星があふれている。森の小動物たちはそれぞれの務めのため音もなく動きだしはじめていた。幾星霜をかけて磨いてきたその技はみごとにして完璧だ。原住民の男トゥーシャリは本能によりこの技を森の生命たちから学び受け、同じほどにも静かに賢く且つ注意深く動くことができる。体の輪郭さえまわりの茂みに溶けこませられる——それもまた四本肢の教師たちと同様なまでに。

事実トゥーシャリは動きだしていたが、何者もそれに気づくことはできない。至上の来歴を持つ永遠の旧き母たる大自然より学びし智慧は決して裏切ることがない。入念な足どりはいかなる音も立てず、呼吸すら体の重みにも鑑みて細心に行なう。星々には見られているが、彼らが告げ口することはない。薄い森の大気も彼を感知しているが、それをだれかに知らせたりはしない

——

冷たい夜明けがようやく木々のあわいに輝きはじめた。消えて久しい焚き火の薄白い灰を照らし、横たわる大柄な人影をおおう毛布をも照らしだす。人影がかすかに蠢く。冷気は刺すように寒い。

その大柄な人影グリムウッドが蠢くのは、心騒がせる夢を見ているせいだった。混乱した夢のなかの視界をひとつの黒い影が忍び足で横切っていく。グリムウッドはドキリとするが、まだ目覚めるにはいたらない。すると黒い影が囁きかける。「これを持て」そんな言葉とともに手わたされたものは、奇妙な浮彫のほどこされた一本の小ぶりな杖だった。「これは大いなるイシュトトの似姿なり。かの谷ではそなたの白き神の記憶はことごとく失せるであろう。しかして頼れるはイシュトトのみ……一朝ことあらば必ずや呼ぶがよし」そして黒い風はすべるように夢から去り、のみならず記憶からも失せた……

2

目覚めて最初に気づいたのは、トゥーシャリがいなくなっていることだった。焚き火は消えたままで、お茶も用意されていない。グリムウッドは激しく不安をつのらせた。けわしい目であたりを見まわす。毒づきとともに立ちあがると、自分で火を焚きにかかった。頭のなかは混乱と当惑で渦巻く。初めからはっきりとわかるのはただひとつ――案内役の男が夜中に雇い主を置き去りにして出ていった事実のみだ。

寒さがきびしい。苦労して薪に火を点け、お茶を淹れた。ようやく人心地がついてきた。トゥーシャリはやはり逃げたのだ。殴られたためか、それとも迷信深さによる恐怖心からか、あるいはその両方か。ともあれここに独りでとり残されたのは厳然たる現実だ。今はそれ以外に興味はない。そもそも空想を働かせるような気質は持ちあわせない。グリムウッドの気性が感知できるのは確実な現前のみなのだ。

依然内心に怒りをくすぶらせながらも、仕方なく自ら荷物をまとめているとき、手がふと木製のなにかに触れた。無意識に投げ捨てようとしたところで、その物体の奇妙な形状に初めて気づいた。あの不思議な夢が思いだされた。あれは本当に夢だったのか？　木製の物体は浮彫のほどこされた杖にまちがいなかった。まじまじと見る。充分すぎるほど仔細に検分した。やはりどこからどう見てもあの杖だ。とすればあれは夢ではない。トゥーシャリは去りはしたが、原住民なりの忠誠の掟に従い、雇い主の安全を図るための手段を残していったのか。グリムウッドは苦笑を洩らしながらも、杖を腰ベルトに差しこんだ。

「先のことなど心配してもはじまらん」と独りごちた。

冷静に現状と向きあうしかない。どうあれ原野に単身で残されたのだ。森林での経験を積んだ、能力ある案内役に去られてしまった。ではどうすべきか？　臆病な者ならば自分たちがつけてきた足跡を逆にたどって引き返すだろう。道もない森の奥地に置き去りにされた恐怖のあまり。だがグリムウッドはそんなやわな男ではない。危険を感じはしても、それで諦めたりはしない。自分の欠点は強さの反映でもある。暴力性は自らに力を要求する本能に基づくのだ。意志の強い天性の狩猟家であること、それが自分だ。ここは前進あるのみ。まず残された食料を保存食として荷造りしたあと、朝食を済ませ、それから十分ほどして出発した。尾根を越えて、謎めく谷へと――〈獣の谷〉へと――くだっていった。

照りつける朝日のなかで、そこは魅惑的な地に見えた。進むごとに背後から木々がおおい隠すように囲んでくる。だがそんなことに気づく余裕はない。ひたすら導かれるごとく進むのみ……たどっていく足跡は目当てとする格別な大鹿のものだ。やさしくたおやかな朝日が前進を助ける。大気は美酒のごとく馨（かぐわ）しく、地面や草の葉にかすかに残る巨大な獲物の血痕は眼前に途絶えることなくつづき、蠱惑的な臭跡をなす。なんと形容するのがふさわしいかわからないが、深入りするにつれ谷の美しさと魅惑がますます強まっていくのはたしかだ。太い樅と栂の森の荒涼たる荘厳さ、森の上方ところどころにそびえて日差しを浴びる花崗岩の崖の壮観……想像以上に深く広い谷だ。深入りするほどに安堵できるような、安全でいられるような気がしてくる……ここでなら永久に隠れて無事を保てそうな……そう思うとこの深い孤独感の新たな面に気づく。自然景観というものが生まれて初めて心に訴えてくるのを感じる。その訴えの形にさえ心惹かれる――心を慰められもするようだ。

グリムウッドのような気性の男にとって、これは奇妙な体験だった。だがこの新たな感興が心におだやかに浸透してくるのを打ち消せない。その侵犯は非常にゆっくりとであり、初めはおぼろに認識する程度だった。はっきりと感得する前に、すでに魂のなかにまで忍び入っていた。そしてそのおぼろな侵攻に導かれるように、獲物を追う情熱が谷そのものへの関心にとって代わられつつあった。狩りへの欲望、獲物を見つけだし殺したい欲求、射程に収め狙い撃ちたい渇望、長い探求の結果をこの目で見たいと思う自然な願望、それらのすべてが著しく減衰し、その一方で谷そのものが心に与える影響が驚くばかりに強くなっている。しかもそこには理解しがたいなにものかの歓迎の意志が働いているようだった。

それは異常な変化でありながら、奇妙にもグリムウッド自身は変化と感じていなかった。不自然でありながら不自然と思えずにいる。持ち前のにぶく薄い感性のせいもあって、自分が気づかないうちに劇的な変動が起こっているのだった。それを認識できるようになるためにはなにがしかの強い衝撃が必要だが、そういうものが伴いもしなかった。だが今、大鹿の臭跡はいよいよ明瞭となり、それを発している獣にまさに追いつきつつある。血痕も格段に増え、獲物が一時的に休んでいた場所さえすでに目にとめていた。軟らかな地面に巨体が残した窪みがはっきりと窺えた。そこかしこで若木の葉を食んだ跡まで見てとれる。まちがいなくすぐそばまで来ている。その大きな影がいつ射程圏内にかいま見えてもおかしくない。にもかかわらず、それを仕留めたいという熱情はなぜかしら薄らいでいた。

　自分のなかのその変化にグリムウッドが初めて気づいたのは、獲物の用心深さがいつしか弱まっているようだと不意に感じとったときであった。今なら追っ手の匂いをたやすく嗅ぎつけていなければおかしい。大鹿は視力がさほどすぐれず、その代わりに身の安全を図るため嗅覚が並はずれて鋭い。なのに、風が背後から吹いてくるのにもかまわずにいる。この明らかに不審な事実が、今衝撃となってグリムウッドの意識を打った。大鹿が敵の接近に不注意になりすぎているのだ。恐れさえ覚えていないかのようだ。

　獲物の態度のこうした説明のつかない変化が、ようやくグリムウッドに自分自身の変化をも認識させることとなった。谷に入って以降ここまで二時間余り追跡し、八百から千フィートほどもの距離をくだりつづけてきた。木々は茂みが薄らぎ、生え方もまばらになってきた。原っぱと呼びうる展けた空間ができ、樺や漆や楓が色とりどりに葉を染めている。いくつもの滝から銀色の飛沫が飛び散り、数千フィート下方の谷底へと舞い落ちていく。湾曲しつつせりだした岩棚の下に静かな水溜まりがあり、大鹿はそこに休んで喉を潤したに相違ない。その痕跡の窺えるところ——水溜まりのまわりの泥土に蹄の跡が明瞭についていた——をまじまじと観察したのち、グリムウッドがふと顔をあげると、まさにそのめざす獲物と突然にまっすぐ目が合った。二十ヤードと離れていないところだ。同じ位置に二十分以上も立ちつづけていたのに、まわりの景色の孤絶感や美観に目を奪われたせいで気づかずにいたようだ。そのあいだ大鹿はずっとそこにいたはずで、そばに人がいるにもかかわらず恐れもなく水を飲んでいたことになる。

その衝撃がグリムウッドの生来のにぶい感覚を目覚めさせた。数秒か、あるいは数分にも及んだか、その場に根が生えたように立ちつくした。微動もせず息さえ止めて。幻でも見るように凝視していた。鹿は頭を低めていたが、わずかに横向きでもあるため、大きな頭部のわきについている目がグリムウッドとまっすぐにまみえる態勢になった。堂々たる鼻づらはそのまま剥製にされてイギリスのどこかの邸宅の壁に飾られてもおかしくない。前肢を大きく広げて立ち、たくましい肩の線がみごとな背中としなやかな脇腹へ斜面をなす。じつに壮麗な牡鹿(おじか)だ。角と頭のなす均整も期待をうわまわるもので、すべてが記録的なすばらしさだ。まさに――どこで聞いた言葉だったか？　記憶が遠のいてしまったが――まさに〈世界一の大鹿〉と呼ぶにふさわしい。

だがここで驚くべきは、グリムウッドがすぐには発砲しなかったという事実だ。なぜか撃つ気が起こらなかった。血管のなかに濃く流れる狩りの本能が、今は頭をもたげない。獲物を仕留めたい欲求が失せたかのようだ。猟銃をかまえ、狙い、引金を引く、それらの行動ができなくなってしまった。

ただそのまま立ちつづけた。計りがたいほどに長いあいだ、人と獣がおたがいの目を見あっていた。やがてあるかすかな物音がすぐ近くから耳に届いた――猟銃が自分の手からすべり、足もとの苔むす地面に落ちた音だった。そのとき大鹿が初めて身動きを見せた。ゆっくりと肢を踏みだすと、湿った泥土から蹄が抜きあげられ、巨体の重さのせいもあって水音めいた響きが洩れた。こちらへ向かってくる。豊かな肩が海を進む船のようにゆるやかに左右へ揺れる。ほどなくグリムウッドのわきまで来て、体に触れるほど近づいた。大きな頭部が低められ、華麗に広がる角が彼の目よりも低い位置にまでさげられた。手をのばし撫でてやることすらできそうだ。よく見ると、かすかに憐憫が湧いた。左肩の傷から血がつたい、濃い毛並みにこびりついている。鹿は地面に落ちた猟銃の匂いを嗅いでいるようだった。

と思うと顔と肩をあげ、こんどは大気を嗅ぐようなそぶりを見せた。そのとき鼻を鳴らす音が聞こえ、それによって初めて、今目にしているものが夢や幻である可能性がグリムウッドの心から完全にとり払われた。鹿は束の間彼の顔を見つめた。大きな茶色の輝く瞳には恐れが見られない。が、すぐに顔を逸らし、なにもない空間をしだいに増しゆく速さで離れていった。そしてついには下生えの濃い茂みのなかへと失せた。するとイギリス人の男は筋肉が急激に紙のように弱くなるのを感じた。麻痺のときが去り、足が体の重みをささえるのを拒んだ。たちまちへなへなと地面にくずおれてしまった……

3

長く深い眠りに落ちていたような気がする。体を起こすと、背中をのばし、欠伸(あくび)をし、目をこすった。いつの間にか日が空を横切っていた。影が西から東へ長くのびている。どうやら本当に何時間か眠っていたようだ。すでに夕暮れも近い。空腹を感じる。食料嚢（ぶくろ）代わりのポケットには干し肉と砂糖とマッチとお茶と、それに小型の湯沸かしも入れられたままだった。これで火を起こし、お茶を淹れたり食事をとったりできる。

だがなぜかそれらを行動に移すための足を踏みだせない。体を動かす気にもなれない。ただ座して考え、考えつづけた……だがなにを考えている？ 自分でもわからない。たしかなことは言えない。どの思考も束の間脳裏をよぎるだけにすぎない。おれはどこにいるんだ？ そもそも自分は何者だ？ ここが〈獣の谷〉だとだけは知っている。だがほかのことがすべて抜け落ちている。いつからここにいるのか、どこから来たのか、そしてなんのために来たのか？ それらの問い自体すら答えを長く待ってはいない。疑問と言っても決まりごとのように湧くだけだ。むしろ今は心安らかで、なにも恐れていない。

あたりを見まわすと、広がる原生林が魔法をかけてくるようだった。静寂を破るものと言えば、滝の落ちる水音や、枝々のあわいを抜ける風の唄うようなつぶやきぐらいだ。頭上ではそびえる木々の梢の彼方に雲もない夕空が広がり、灰色から透き通るような橙（だいだい）色へ、あるいは乳白色へ、あるいは真珠色へと変わっていく。野鷹（のすり）がゆるやかに舞いあがる。緋色の羽毛をした風琴鳥（ふうきんちょう）が飛びすぎる。間もなく梟（ふくろう）が啼きはじめれば、夜闇が艶やかな黒衣（くろぎぬ）の幕のようにおりてきてすべてを隠すだろう。一方で空には無数の星がまたたき……

地面でなにやら円筒形のなめらかな金属製の物体がちらりと光るのが目に入った。自分の猟銃だった。思わずはじかれたように立ちあがろうとした。が、自分がなにをするつもりなのかわからない。銃を目にした瞬間に体のなかのなにかが息を吹き返したようだったが、それもすぐに失せて忘れ去られた。

「おれは――おれは――」と独りごとをつぶやきはじめたが、言おうとしている台詞が言いきれない。名前さえ完全に記憶から消えている。「おれは〈獣の谷〉に来ている」見つからない言葉の代わりにそんなことをくりかえした。

　たしかに自分のなかで今明らかなのは、〈獣の谷〉にいるという一事だけではある。よく知っているはずのなにかの名前が頭の隅にあるような気はするが、それにつづく情報をたどれない。仕方なくようやく立ちあがると、数歩前へ出て身をかがめ、光る金属の物体――猟銃を拾いあげた。しばしつぶさに見ると、戦慄と厭悪が身のうちに湧きあがってきた。それは急速に恐怖へと高まり、体を震えさせた。そして自分でも理解できないひどく衝動的な反応を見せた――遠くで泡立ちくだる急流めがけて銃を投げ捨てたのだ。銃が水滴を撥ね散らすのが見え、と同時に、急流の岸にいた一頭の灰色熊(はいいろぐま)が巨体を重々しく起きあがらせるのも見えた。十数ヤードとは離れていないところだ。熊も水の撥ね音を聞きつけたらしく流れを見やり、一瞬じっとしていたあと、グリムウッドのほうへ向きを変えるや猛然と突進してきた。たちまち迫り寄り、熊の毛が体に触れるのを感じた。と思うと熊は彼をまじまじと観察し――まさにあの大鹿がそうしたのと同様に――匂いまで嗅いだ。太い後ろ肢で半立ちとなり、口をあけて赤い舌ときらめく牙をあらわにした。すぐにまた前肢をおろして四つん這いとなり、怒りの感じられない低い唸り声を洩らしたあと、くるりと向きを変え、速足で流れの岸を引き返していった。

　グリムウッドは熊の息が顔にかかるのを感じはしたが、なぜか恐怖はまったくなかった。獣は不審さこそいだいたようだが敵意は持たなかったと見え、すでに姿を消していた。

「彼らは知らないのだ――」〈人間を〉と言おうとしながらその言葉が記憶から抜けていた。

「――狩人に追われた経験がないからだ」

　その台詞が心を通りすぎたが、なにを意味するかわかっているとは言いがたい。ただ自然と湧きあがっただけだ。言葉自体にどこかで聞いた憶えがあるのと同時に、それとは別に、自分自身が慣れ親しんでいながら忘れ去ってしまった行為を意味するような気もしていた。

　それはなんだ？　どこから来た？　空の星々ほどにも遠いものであるかのようだ。にもかかわらず自分の体のなかに、血のなかに、神経のなかに、細胞のひとつひとつのなかにすらあるものだ。遠い遠い昔……おお、いったいどれほどはるかな過去に？

　考えることが困難になっている。それに引き換え、感じることはたやすく自然にできる。思考をやめて久しいような気がする。代わりに感覚が起(た)ちあがり、考える努力を急速に呑みこんでしまう。

　あの恐るべき大熊と対峙したとき、筋肉ひとつ、神経ひとつ震えもしなかった。獣の臭いが鼻孔を襲い、毛が脚に触れてもなお。どこかに危機があるのは感じたが、少なくともこの場にはなかった。不穏なもくろみを持つなにものかが敵意とともに襲ってきそうな気配があるのはたしかだ――その危険性はうろつきまわるあの大熊も感じていたはずだが、匂いを嗅ぎ、ようすを窺ったすえに、今は安堵したのか去ってしまった。同様のもくろみと敵意と襲撃と危険性をグリムウッドも感じていたが、ここにはなさそうに思えた。ここなら安全で、安逸に、安楽にしていられる。自由に歩きまわることも可能だ。森の深みから覗き見る目があるわけでもない。不審な物音を捉えようと欹てている耳もない。危機を嗅ぎとろうと震わせる鼻もない。こうしたことをグリムウッドは感じたのであり、考えて知ったわけではない。のみならず、空腹と喉の渇きをも感じていた。

なにかに促されるようについに体を動かした。足もとに落ちている小型湯沸かしを拾いあげた。マッチもある――湿気を寄せつけない捩子蓋付きの金属の小匣に仕舞ってある。乾燥した小枝を拾い集め、火を点けようと身をかがめた。が、このとき初めて今まで気づかずにいた恐怖に襲われ、急に身を離した。

火！　火とはなんだ？　その疑問は莫迦げている。ありえないことだ。自分が火を怖がるなんて。猟銃のあとを追うように金属の小匣も投げ捨てた。それは夕日の最後の光線のなかできらめいたあと、小さく撥ねをあげて水の下に沈んだ。小型湯沸かしを見おろし、それももう使えないと覚った。湯に入れて煮立てるつもりだった乾涸び黒ずんだ葉っぱも同様だ。これらのものは莫迦げてもいないし恐れをいだかせるわけでもなく、単にもう使えないというだけだ。もう不要であり、忘れ去ったものだ。そう、文字どおりの意味で忘れ去った。この奇妙な物忘れ癖がグリムウッドのなかで急激に増大し、またたく間にすべての忘却にまでいたりそうだ。だが喉の渇きだけは癒さずにはいられない。

するとつぎの瞬間には、われ知らず急流の岸に立っていた。湯沸かしに水を入れるため、流れに向かってかがみこんだ。が、直後に体を止め、ためらった。すぎゆく水を見すえ、と思うと湯沸かしをその場に置き去りにして、急いで上流のほうへと岸をあがっていった。湯沸かしを扱うことさえ奇妙なほどむずかしかった。不自然なくらい不器用になっていた。それで今はなるべく造作ない動きで体をかがめ、見つけた静かな水溜まりに顔を近づけた。冷たく新鮮な水をたっぷりと飲んだ——が、自分では気づいていなかったが、その挙動は飲むというよりも舐めるに近い仕方だった。

そうやってその場にしゃがんだまま、ポケットから干し肉と砂糖をとりだして食い、さらに水を舐めた。それからまた木陰の乾いた地面までの短い距離を戻った。但しこのたびは立ちあがって歩くのではなく這って戻った。そして体を丸めて楽な姿勢をとり、目を閉じて眠りへと落ちていった……頭には疑問などひとつも浮かばず、ただ安らぎと満足感のみが占め……

やがて身動きし、ひとつ大きく震えると、片方の瞼だけをうっすらとあけ、すでに夢のなかで感じとっていた光景を目に収めた——その場にいるのが自分独りではないという事実を。眼前の原っぱの、背後の森の縁が影を落としているところに、なにかの物音と動きが認められた。物音は忍びやかに進む足音のようで、動きは無数にいる黒々としたなにかの蠢きだった。忍びやかに歩きまわるのは多くの獣であり、蠢くものもまたそれらの同じ数えきれない生き物——あるものはなめらかな表皮の、あるものは毛深い体の——であった。雲のない空の高みを漕ぎゆく半月がその大群を照らしだした。あるいはまた晴れわたる夜気のなかでダイヤモンドのようにきらめく星たちも光を投げかけた。それが絶えず動かされる幾百幾千もの生き物の眼に反射する。大半が地面から数フィートに満たない背丈で、今や谷そのものが生きているかのごとくにざわついている。

　グリムウッドは自らも獣のように上半身を立ててしゃがみこみ、四囲を盛んに見まわした。だがその視線に恐れの色はなく、ただ驚異とともに眺めまわすのみだ。大群のいちばん手前は手をのばせば届くほど近いにもかかわらず。魅入られたように見守るうちにも、群れは絶えず蠢きまわりうろつきまわり、そのさまを照らす月と星の淡い光は今、近づく夜明けとともにゆっくりと褪せゆきつつある。毛の生えた海のごとくに大きく美しく動くこの野生の獣たちが放つ芳香と刺激臭とが綯い交ぜとなった匂いは、今や森そのものの匂いをもうわまわって甘やかと感じられる。無数の肢と体があちらへこちらへ行き交うざわめきもまた、大海の波がただよわす不思議なつぶやきを思わせる。数多（あまた）の星々のきらめきのような獣たちの燐光性の眼の光もまた、安らぎの宿を求めてさまよう故国を失いし放浪の旅人の足もとを照らす角灯（ランプ）の明かりにも増してやさしい親しみにあふれている。ある意味では、この谷全体が持つ深いいたわりが、獣の大群を通じてグリムウッドのなかに注ぎこまれてくるとも言いうる。そのやさしさが宿すものは、謂わば故郷帰還への巧みな誘いでありまた歓迎の意でもある。

　依然として思考はまったく起こらず、もっぱら感覚のみが大波のごとく押し寄せて驚異を受け入れつづける。それが自分の正しい居場所だった。ようやく本分が故郷に還ったのだ。今さらにおぼろながらも意識されるのは、自分に合わない環境のほかの多くの場所を長いあいだ虚しくさまよい、不自然で過酷な思いを強いられてきたすえに、ようやくこうして自分の本来の場所に戻れたということだ。この〈獣の谷〉でこそ安逸と安全と幸福感を見いだせる。本当の自分に返れる——いやすでに返れたのだ。

魔法かと思えるほどの眼前の驚くべき光景を見つめるうちに、神経は最高に緊張し感覚は極限まで鋭敏さにあふれてくる。だがそれにもかかわらず心はまったく落ちついており、不安はまったくその本来の役割を果たさない。時間的にも距離的にも計り知れないほど遠く古いいずこかの、長く忘れていた記憶が、深層海流のように昏く強く流れ寄せている。おだやかで安らかな、自然なままの自分でいられたころの記憶が。なにやら原始的な光景を描いた絵のような残像が一瞬脳裏に激しく閃いたが、その細部が意識にとどまらないうちにすぐ失せた。

今やまわりじゅうをとり囲んでいる獣たちの大群をグリムウッドは眺めつづけた。命あるもののように蠢く森の中心で、依然として自らも獣のように半身を立てたまましゃがんでいる。巨躯の大陸狼（たいりくおおかみ）のむれがあちらへこちらへうろつきまわるのも見えている。体を揺らしながら大股の優雅な歩き方で目の前を通りすぎていく。数百頭もの群れで、みな赤い舌を突きだしている。その後方を占めながら半ば交じりあうように群れているのが、これまた巨体を誇る灰色熊たちだ。その体つきから予想されるぎこちない動きではなく、じつは身軽にしなやかに速やかに歩くが、背を揺らがせる重々しげな足どりがその敏捷さすばやさを隠す。ときに跳（は）ねまわったり上半身を立ちあがらせたりするさまは、その肉体の巨大さ力強さと相俟ってみごとな眺めだ。熊たちがあまりに近くをすぎていくので、その気になれば手を触れられそうだ。黒毛もいれば茶毛もいるし、大熊もいれば小熊もいて、いずれもが数えきれない。その少し後方の広い原っぱをなす動きやすい空間には、大小さまざまな角の群れがまるでそれ自体森の模倣でもあるかのように、銀色の月光のただなかにつらなっている。途方もない数の鹿が星空の下に集まっているのだった。篦鹿もいれば馴鹿もおり、かと思えば強靭な赤鹿もいるしそのほかの小型の鹿たちもいて、それぞれが数千頭もの大群をなす。角がかちあう音が響き、無数の蹄が踏み歩く音もとどろく。より大柄なものたちが場所を横どりするように歩きまわるときには、前肢で地面を掻く音をあげたりもする。狼の一頭が大きな牡篦鹿の傷ついた肩をいたわるように舐めているのが目に入った。獣たちの大群は後ろへしりぞいたと思うとまた前へ進みでたり、それからまたしりぞいたりする。その全容が波のように上下をくりかえすさまはまさに波のごとくで、〈獣の谷〉に棲むものたちがなす生ける海と呼ぶにふさわしい。

　おだやかな月明かりの下、獣たちはグリムウッドの目前で揺らぎ蠢きつづける。獣たちもまた彼を見つめ認識しているのがわかる。彼を歓迎しているのだ。

　小さな獣たちがより低い位置で、謂わば大洋の深海部分をなすこともわかっている。大きな獣たちが後ろ肢で立ちあがると、その隙間をすばやく走りまわる。そのさまははっきりとは見えないが、無数の小動物が大地をおおうように動きまわっているはずで、激しく右往左往するのがときおり見え隠れするのみだ。彼らは腹をすかせた仲間たちのために食料を探しまわるのに忙しく、グリムウッドに関心を払っているひまがないのだ。それでもときどき彼の背中にぶつかったり脇腹を突いたり、しゃがんでいる膝の上をすばやく横切ったりする。そしてたちまち小さな足音とともに離れていき、大群のただなかへと戻る。そんな小さなものたちの世界もまた懐かしく心地よい。

　どれだけの長いあいだしゃがんだまま、幸福感とともに眺めていただろうか。言いがたいほどの安泰と充足と自由を覚えたその時間はあまりに長く、目にしているものたちのなかに自分も交じりたくなるほどだ。近づいて触れあい知りあい、群れに加わりさえして、仲間になりたいとの盲目的な深い欲求を彼らに伝えたい。そう思ったグリムウッドはようやく苔むす地面から体を動かし、獣たちへと向かっていった。但し彼らと同様に、二本足では歩かず這って移動していく。

　はや月は低まり、そびえる杉木立のあちら側へ沈みゆこうとする。木々の稜線が月光を浴びて銀の鋸歯(きょし)状をなす。星も光を薄めつつある。谷の東端に屹立する峰々の彼方にかすかな赤色の筋がかいま見える。

　グリムウッドは移動を止め、あたりを見まわした。獣たちの群れが道を空けているのを見てとると、そちらへ向かってふたたびゆっくりと進みだした。いちばん間近にいる熊が地面に鼻づらを寄せ、その方角なら行きやすいと示してくれているようだ。そのとき突然一匹の大山猫(おおやまねこ)が前を跳びすぎ、栂の低い枝の茂みに紛れこんでいった。そのみごとな姿に思わず目を奪われた。同時に鳥の群れがやってきたのも目にとまった。鷲(わし)や鷹(たか)や禿鷹(はげたか)などの猛禽類で、夜明けの前触れとなるまさに目の覚めるような飛行編隊だ。群れは塊になりあるいは筋になり、勇壮な翼を羽ばたかせて薄らぎゆく星々を隠す。頭上の梢から梟の鳴き声が聞こえた。同じあたりの枝に大山猫がとまり、平素の凶暴そうな相の失せた姿で休んでいる。

　グリムウッドはギクリとした。われ知らず半立ちの姿勢になっていた。なぜそうしたのかはわからない。なぜ驚いたのかもよくわからない。ただ、久しぶりに慣れない姿勢をとったため、つい体をささえようとして片手を脇腹の下方へのばしたとき、腰ベルトから突きだしている硬く細長いなにかに指が触れたのはたしかだった。それを抜きとり、掌全体で握ってみると、小ぶりの杖だとわかった。目に近づけ、速やかに明るみゆく曙光のなかでまじまじと見た。そしてそれがなんであるかをおぼろに思いだし、その場に立ちつくした。

「あの浮彫のある杖だ」

いつの間にか言葉をとり戻したようで、自分がそうつぶやくのが耳に届いた。そしてもうひとつのあることをも——記憶がかすかにきらめきだしたかのように——この谷に入って以来初めて思いだした。

炎のような衝撃が体を駆け抜けた。両手両膝を地面について這いまわりだすよりも前の経緯が思いだされ、思わず背筋をのばした。脳のなかでなにかがはじけ、意識の帳(とばり)があげられ鎧戸があけ放たれたかのようだ。記憶の大きな溝のなかに真実が恐ろしげに顔を覗かせた。

「おれは——おれはグリムウッドだ」息をあえがせながら声を洩らした。「トゥーシャリが逃げてしまった。だから独りきりなのだ……！」

まわりを囲む獣の群れにも急激な変化が起こっていることに気づいた。大きな大陸狼の一頭が三フィートほど先に坐りこんで、彼の顔をじっと睨んでいた。そのわきではこれまた巨体の灰色熊が肢から肢へ体重を移しながら背中を揺らがせている。その肩越しに背後から覗くようにこちらを見ているのはそびえるほど雄々しい大鹿で、しなだれる杉の大枝の影に角が紛れている。だが北の空は夜明けに近く、朝日がすでに地平に近づきつつあり、鹿角の細部までもたちまち見きわめられるようになった。大熊が不意に太い後ろ肢で平衡をとりながら立ちあがり、こちらに向かって一歩を踏みだした。両の前肢を人の腕のように大きく広げている。禍々(まがまが)しい鼻づらが不気味に左右に揺れる。と思うとつぎは大きな牡鹿の一頭が角を低めて突進のかまえをとり、やはり一、二歩踏みだして熊と足並みを揃えた。かようにして大群の全容に昂奮が急速に震え伝わり、どこか整然としていた列が快(こころよ)からぬ乱れ方をしはじめた。幾百幾千の獣の頭がもたげられ、耳が突き立てられ、数多の不穏な鼻づらが風に向かって突きだされた。

　イギリス人の男は不意に激しい恐怖が周囲に立ちこめるのを感じた。目に見える逃げ道はどこにもない。立ちすくんだまま動けなくなった。自分がいる場所の危険さに慄然とした。身じろぎもできず黙然と向かいあっているこの大群は、今や敵意あるものたちだ。その光景に朝日の白い光が新たな不気味さを与える。そのさまはこの場での凄惨な死を予告するかのようだ。

　頭上では大山猫が身がまえ、獲物がもし安全を求めて木立のなかへ逃げようとすれば、その瞬間に跳びかかってきそうだ。上方にはまた幾多の猛禽の鉤爪もある。鉄のように強靭な嘴(くちばし)と、猛然と羽ばたく翼もだ。

　一瞬めまいに襲われた——灰色熊が前肢の片方をのばして体に触れてきたからだ。狼は跳躍にそなえるように身を低めた。つぎの刹那には八つ裂きにされてもおかしくない。圧しつぶされ、貪り食われても。恐怖感がかつてないほどに高まり、喉と舌の筋肉をゆるめさせた。この世で最後になるかもしれない呼吸とともに悲鳴が迸(ほとばし)りでた。狂乱したように叫んだ。それは神に近いなにかへの嘆願であり、助けを求めての天への咆哮だった。

「イシュトトよ、大いなるイシュトトよ、われを救いたまえ！」

己(おの)が声が響きわたるうちにも、グリムウッドの手は忘れられた時代の呪杖(じゅじょう)を握りしめていた。

すると〈赤き神〉は彼の声を聞きつけた。

同じ瞬間、あるなにかの存在に気づいた。それへの畏怖は獣の大群への恐れをも忘れさせるほどだった。赤銅色の肌をした原住民の大男が目の前に立っていたのだ。その男がゆらりと近づいてくると、猛禽たちも野獣たちもそれぞれの位置にかまえたままピクリとも動かなくなった。だが男のいる場所ははるか遠いようでもある。と言うのは、その存在の影響が谷の全域にまで及んでいるかのごとくだからだ。それほど男の力強さと威風はすさまじい。もっと理解しがたいのは、その男の存在の巨大さが谷の全体を物理的に包含しているように思えることだ。すべての木々も、あちこちの急流も、いくつもの原っぱも、数々の岩壁なす崖も、ことごとくをいだいている。あらゆる景色が男の輪郭の一部をなし、ただ一人の超人を形作っている。さらに男は巨大な弓を持ち、頑丈な長い矢を持ち、獣の大軍勢を麾下に従えている。

だが男の姿は、その顔も体も全身の輪郭も、すべてがこの谷そのものなのだった。男が声を放つとき、それは谷自体がとどろかす恐るべき言語をなした。それは森の声となり風の声となり川の声となり滝の声となって、〈獣の谷〉に木霊(こだま)を響かせた。と同時に朝日が尾根の上まで昇りきり、光が谷の全域にあふれた。巨人の輪郭もまたそのまばゆさのなかに紛れた。

「そなたはわが谷に血を流した……余は決して許さぬ！……」

超人の姿は陽光に照らされた森に溶けこんだ。生まれたばかりの朝の大気と混じりあった。それでもグリムウッドは超人に間近まで迫り、その顔を見た。きらめく歯を目に収め、匂い立つ息を頬に浴びた。力が自分の体を包むのを感じた、あたかも巨大な山に体を押し包まれるがごとくに。そして目を閉じ、倒れこんだ。鋭い音がひとつ脳内ではじけたが、しかしそのときにはすでに無意識に陥り、耳はなにも聞きとどけていなかった……


ふたたび瞼が開いたとき、最初に目に飛びこんできたものは——火だった。思わずたじろいだ。

「大丈夫だよ、相棒。おれたちみんなで介抱してるから。もうなにも心配要らん」

アイルデールの顔が見おろしているのが目に入った。その後ろにはトゥーシャリが立っていた。彼は顔が腫れているようだった。グリムウッドは自分が殴ったことを思いだした。するとつい口から泣き声が洩れた。

「まだ痛むのか?」アイルデールがいたわり深げに言う。「それじゃこれをもう少し飲め。すぐ効いてくるはずだ」

グリムウッドはウイスキーを喉へ流しこんだ。そしてなんとか自制を働かせようと努めるが、涙をこらえられるにはいたらない。痛むのは体ではなく心だった。だがなぜなのか、なんのためか、自分でもわからない。

「体がバラバラになりそうだ」平素なら恥ずべきことだが、ためらいもなくそうつぶやいた。「神経がズタズタだ。おれにいったいなにがあったんだ?」記憶がまるでなかった。

「おまえは熊に抱かれちまったのさ、相棒。けど骨は折れていない。トゥーシャリが助けたんだ。間一髪で撃ち殺した——勇敢な一撃だ。獣じゃなくておまえに弾があたってもおかしくないところだったんだからな」

「おれも獣だ」

ウイスキーが効いているのを感じながら、グリムウッドはそう小声を洩らした。記憶がゆっくりと戻ってくる。

「ここはどこだ?」見まわしながら尋ねた。

湖が広がり、岸にカヌーが二艘とも引きあげられているのが見えた。テントがふたつ立ち、人影が動いている。アイルデールは事情を短く話したあと、グリムウッドをもう少し眠らせるために離れていった。このとき聞いたところによれば、トゥーシャリは雇い主を置き去りにしたあと二十四時間にも及んで休みなく歩きつづけ、アイルデールの野営にたどりついたのだった。だがアイルデールとその案内役は狩りに出て不在だったので、仕方なく夜になるまで待ち、二人が戻ってくると、グリムウッドを置いてきたことを原住民流のぶっきらぼうな口調でこのように説明したと言う。

「グリムウッドの旦那にぶたれたので逃げてきました。旦那はイシュトトに呪われた〈獣の谷〉で独りで狩りをしてるはずです。今ごろは死んでるでしょう。それを知らせに来ました」

アイルデールとその案内役はトゥーシャリに導かれてすぐに出発した。グリムウッドは置き去りにされた場所から相当の長距離を離れたあとだったが、行き先をたどっていくのはたやすかった。大鹿の足跡と血痕が残っていたおかげで、三人はそれを頼りに追跡することができた。そしてグリムウッドに追いつこうとしたまさにそのとき——大熊が彼に襲いかかったのだった。

撃ったのはトゥーシャリだった。

現在トゥーシャリは平穏な環境で何不足なく暮らしている。一方グリムウッドはすでに狩りをやめ、トゥーシャリを雇うのもやめたが、その代わり彼の後援者の立場についている。気短ではないおだやかな性格に変わり、ほとんど紳士と呼んでさしつかえない男となった。人々はなぜグリムウッドが結婚しないのかと噂しあった。「きっといい父親になれるだろうに。あれだけやさしくて善良で愛情の深い男になったのだから」と。自宅の暖炉の上に飾ってあるたくさんのパイプのあいだに、浮彫のほどこされた一本の杖をガラス匣に入れて置いていた。自分の魂を救ってくれたものだとグリムウッドは言っていたが、その意味するところについては、決して人に説明することがなかった。

エジプトの奥底へ

A Descent into Egypt

1

ジョージ・イスリーは百般に秀でた多芸多能な男で、一部からは輝かしい才人とまで呼ばれていた。彼の才能発現の根底には経済的豊かさがあり、そのおかげで好みの分野を好きに選んでは極致の高みにまで磨きあげることができるのだった。方面はきわめて多岐にわたり、ひとつの道に専心するのとは事情が異なる。絶えざる好奇心により飽かず行動へと駆り立てられていた。とにかく才能豊かな男だ。外交官としての経歴が短く終わったことにもそれが表われている。旅行と探検にのめりこむあまりそうならざるをえなかったのだが、しかしだれも気の毒とは思わなかった。どういう方向へ進もうが成功する男だと考えられた。謂わば自分にふさわしい道をつねに探しつづけられる男なのだった。

人間とは概して転がる石のごとき裸の存在だが、なかには稀に高い価値のある苔(こけ)を帯びる石もある。そうした者たちは動かずにいるから苔に恵まれるというわけではない。むしろ気軽にどこへでも旅をする。大半の人々が人生という道程においては心地よく小ぢんまりした休み場所を求めがちだが、一部にはそんなささやかな安逸では満足しない者たちがいる。休み場所を得てもすぐまた出ていく者たちが。世間は彼らについて言う、「なんと憐れな、ひとつところにじっとしていられないとは!」と。だが真実はと言えば、彼らは渡り鳥のように倦まず新たな巣を求めているのだ。それは巣の価値が絶えず変わるためだ。その判断を彼らは速やかにくだし、飛ぶ針路を変えていく。「恩給をもらって隠遁したい」などという台詞は決して吐かず、つねに旅をつづける。

　こうした安住を求めぬ探索者型の人間に、ジョージ・イスリーはまちがいなく属していた。おとなしくしていられない気質だった。巣を探す欲求につねに衝き動かされ、巣を見つけたとしても永久に翼（はね）を休めたりはしないかのようであった。だが友人たちが落胆のため息を洩らしたのは、イスリーがついにそんな永久の巣を見いだしたためだった。但し現状のまま見つけたのではなくて、恩給ももらえない身分となって世の中から退き、初めてそれを手に入れたのだった。名誉も称号もない身の上となって。すなわち、現状の生き方から脱し、自分が本来属するところである〈大いなる過去〉へと沈潜したのだ。それはある奇妙な本能に従うことによって成し遂げられた――その本能がいかなるものかはさだかではないが、とにかく現代という場所では安息を見いだせずにいる、深く秘められた内なる生命とでも呼ぶべきもののようであった。そのような本能は二十世紀の言語によって詳（つまび）らかにできるたぐいではなく、それを満たすための旅もまた正確に記述できる種類のものではない。ごく少数の能力者――詩人や予言者や心理学者など――のみが正しく記録できるだけで、多くの場合は〈変わり者〉という博物館式の分類名によって片づけられるにすぎない。

　したがって、そうした体験を記録する力を持つ者もまた、そのような内なる精神の旅がかいま見せるなんらかの外的兆候を捕捉できる者であるわけで、同じ分類名を貼りつけられる栄誉を持ちあわせていなければならない。とは言えそうした体験が驚くべき現実感を伴っているのはたしかであるはずで、それは彼ら記録能力者たちにのみ、なにがしか正確な理解への手がかりが与えられるからに相違ない。また彼らにも比較的消極的ながら旅への誘いがあることをも意味するだろう。いずれにせよ、彼らにのみそうした理解が叶うのは、旅の手段というものは汽車や自動車だけではなくて、それら以外によってこそ現代にはるか先立つ時代への行脚（あんぎゃ）が可能となるのだと知っているがゆえにほかならない。

　かく言うわたしは、ジョージ・イスリーが若かったころから彼をよく知っている。つまり彼の現在のみならず過去についても知悉している。しかし、ともに旅したころの、つまり登山や探検によく一緒に出かけていた時期の非常に個性的な男だった彼は、今はもういない。今の彼は現在にはいないのだ。徐々に過去へと退行していき、そしてジョージ・イスリーはついに消滅した。それは個性ある人格が消えたという意味であり、肉体的な外見上の彼は依然としてそのへんの通りを歩いてはいる。まだ五十歳にも満たない年齢の彼がそんな男になってしまった経緯は、むずかしいとは言え語り聞かせるに足る物語になろう。彼がゆっくりとした沈潜の経過をわたしはこの目で見てきた。事実、非常にゆるやかな成り行きであった。だがわたしと雖（いえど）も、その意味するところのすべてを知っているふりなどはできまい。そこには驚くべき深層があり、疑問視すべき不気味な兆候があることは否めない。人間の精神面を組織的に調査できる機関でもあれば、事態の真意が部分的にもせよ解明されるかもしれないが、しかし教会もこの種のことについてはなにがしかの部門を設置するような動きを見せず、結局のところ、誇大妄想狂の大法螺だとか、頭のおかしい輩(やから)のたわごとだとか称して済ませるしかない。そうした決まりきった形容は、世にあるほかの同例とひとしくほとんど意味をなさない。紳士然とした姿でピカデリー広場を悠然と散策したり、ボート・レースを見物したり食事をしたりしてすごしているときのジョージ・イスリーには、頭のおかしいたわごとをわめくようなようすは微塵もない。憂愁に沈んだ顔をするわけでもなく、目が血走るわけでもなく、物腰はおだやかで話すことにも抑制が働いている。ただ、目が虚ろで顔に表情がないのはたしかだ。それは一見して明らかであり、なにかを示唆すると思わせずにいない。だれしもがおかしいと思うわけではないにしても、世の大半の人々が予想し期待する表情ではない。

より間近で見るならば、なにがしかの疑問が湧くだろう。もちろん――なにも不審に思わないこともあるにせよ。とにかく、予想されるべき表情をなぜ顔に帯びないのかと訝ることは大いにありうる。そしてそこに〈個性〉の証跡を――その人物の全体から当然予期される特質を――探そうとするだろう。だがその結果は落胆に終わる。と言っても、なんらかの精神的異常性の兆候が仄(ほの)見えるというわけでない。あるいはまた神経が参っている気配が窺い知れるわけでもない。ただすぐに感じるにちがいないのは、会話を交わしてもまるで人形を相手にしているようであること、あるいはよく仕込まれた機械ででもあるかのように思えることだ。自律的な生命を持たない無生物であるかのように。そして彼と会ったあとには、その記憶が急速に薄れていくのに気づくだろう、なにひとつ印象が残らないまでに。そう、今の彼はつねにその調子なのだ。だがなんらかの病気のためにそう見えるのではない。彼をめぐる予想と実際とのあまりのくいちがいに、深く関心を覚える向きも一部にはあるだろうが、ほとんどの場合は額面通りに受け止め、こんなふうに評する――「いい男だが中味にとぼしいようだな……」――そして一時間後には彼のことなどまったく忘れ去ってしまうのだ。

　読者諸賢はすでにそうなると予想されたであろう。だれでもない者と一緒にいるような、何者でもない男と顔を合わせ話をしているような気分になるのである。相手から人間らしい反応が返らないため会話による意志疎通ができず、よいのか悪いのかあるいは無関心なのかもわからない。真のジョージ・イスリーは見当たらない。そうらしいと察しがついたとしても、そこに秘められた薄気味悪さに怖気立つこともない。外見は完璧に好ましい人物の姿を呈しているがゆえに。つまりこんにちのジョージ・イスリーは謂わばなんの意味も持たない絵であり、ただ無害な配色がそう悪くもないと思わせる程度にすぎない。生まれ育った狭い社会環境のなかで人目につかずに動きまわり、昔からの習慣によって自然と作られてきた溝に心地よく嵌まりこんでいる。だれにも慮られず、かつての彼を知る者もかぎりなく少ない。彼の放浪癖も人々の記憶を散逸させるのを助けた。だれもが彼のことなど忘れてしまっている。それでいて見目よい紳士然とした男ぶりは完璧であるため、近づいてくる女たちは彼が予想とはまるでちがう種類の男だと察するすべもない。そして彼は書物や自動車やゴルフや賭け事などの話題に追従をまぶし、自家薬籠中のもののごとく語って女たちを魅惑する。謂わば賛嘆すべき完璧な機械だ。生きた人間ではなくその抜け殻、それがジョージ・イスリーなのだ。

2

エジプトのあるホテルでジョージ・イスリーと偶然再会したのは、イギリスの社交界で彼の名が知れわたっていた数年間から相当の懸隔を経たのちのことであった。わたしは静養目的だったが、彼の旅がなんのためであるかは知るところではなかった。が、ほどなくわかった。考古学発掘に夢中になっていたのだ。人知れず静かに没頭していたため、噂にもなっていなかった。わたしとの再会を喜んでいたかは疑わしい。初めて顔を合わせたとき、困惑し尻込みするようなそぶりを見せた。初めはたしかにそのとおりだったようだが、その後は徐々に考えを好転させてくれた。全身を大袈裟に使って歓迎の意を示すところは、わたしがだれだったかも忘れさせるようななにごとかから懸命に逃げだそうとしているふうにも見えた。その態度はどこか哀切でさえあり、同情を求めているようにすら映った。

「ここ三年ばかりは、しょっちゅうこの地に来てはまた逃げだすのをくりかえしているのさ」それ以前にやってきた仕事についてひとしきり打ち明けたあと、イスリーはそうつづけた。「それがこの世でいちばん報われる娯(たの)しみだとわかったのでね。つまり、人類世界から完全に失われてしまったすばらしくも驚くべき文明の再構築へと――もちろん空想上での、という意味だが――導いてくれる趣味なのだ。じつに刺激的で贅沢な娯楽だとわれながら思うよ。まるでとり憑

――」そこであわてたように言葉を変え、「――とにかく興奮させてくれる道楽だ」

わたしは驚きとともにまじまじとイスリーを見返した。彼のなかのなにかが変わっていた。相変わらず熱狂的ではあるが、そこになにかが欠けている。声に色艶（いろつや）がないとでも言うべきか、あるいは物腰にも安定感がないようだった。さまざまな細部が以前のように調和よく混成していない。その点について彼に尋ねたりはしなかったが、微妙な変化に最初から気づかされたのはたしかだった。この男の知られざる一面がおのずとあらわになっているかのようであった。これまでの精力的で活動的だった気質がどこか薄らぎ、心配を誘うような虚ろさがとって代わっている。しかもそれが容貌の変化となっても表われているように思えた――なにかしらが奇妙に減じているような。そこでよりつぶさに観察し、減じているという表現が正しいと気づいた。彼のなかのなにがしかの要素が減衰しているのだ。それは驚かせる発見であり、同時に漠然とながら不快を誘うのであった。

話題はいつもどおりイスリーの得意とする方面へ向かった。数多くの重要人物と知りあってきたこと、趣味と娯楽に自由奔放に資金をつぎこんできたこと、等々。わたしは笑って、いつかきみはエジプトになどまったく興味がないと言っていたじゃないか、と思いださせてやった。こんな組織的に大袈裟に宣伝される観光地には関心がなかったはずだ、と。すると彼は失態に気づいたのか、うろたえをあらわにしてその話題をそそくさときりあげてしまった。彼の態度と応答の仕方にかいま見えるあわてぶりによって、初めに感じた疑念がさらに高まった。声にはなにかを仄めかすような意味深げな響きがある。

「一緒に出かけてみないか」と彼が低い声で誘った。「観光客などとるに足りないと、それどころか発掘作業にしたところで、これまでなされた分など、未踏地帯の広大さに較べれば、未発見の遺跡の膨大さに比べれば――」と仕草で形容詞を強調し、「――まだ些少にすぎるってことを、教えてやろう」

イスリーの頭と肩の動きだけでも、その意味するところの甚大さが伝わってくる。もともと巨体の持ち主で、顔立ちはけわしく、目は彫りが深く、理解の叶わないまなざしが鋭いきらめきを放つ。彼の声がまた謎を深める。中心となる響きの下層のどこかが顫(ふる)えているような声だ。

「けだし古代エジプト文明は――」と妙に重々しく先をつづけた。効果的な言葉をわざと劇的に言っているのだろうと、初めは誤認させられた。「――ほかの多くの文明を吸収して自らの血を肥やしていった。ペルシア、ギリシア、ローマ、サラセン、マムルーク朝、などなど多くの国々を侵犯したり征服したりすることによってな。そんな文明にとって、ただの観光客や平凡な探検家などなんの意味がある？　発掘などと言っても砂漠の表皮を引っ掻く程度で、旅行者に見物させるための木乃伊(ミイラ)を掘りだすだけにすぎない！」そう言って軽蔑するように笑った。「観光客など、エジプトの顔をおおう仮面にいっときとまるだけで、その熱さにすぐ飛び去ってしまう蠅にもひとしい。真のエジプトは暗黒の地下に眠っている。観光する者たちはそこを覗き見ようとして角灯(ランプ)をかざすが、じつはそれによって自分たちこそが見られているのだ。発掘する連中も同じだ！」

そこで間を置くと、侮蔑か哀れみか判然としない笑みを浮かべた。わたしには賛意を示しかねることだ。発掘作業員たちの労を惜しまぬ努力には敬意を感じているから。するとイスリーはそうした者たちを嘆くように、且つまた自分のことは棚にあげてこうつけ加えた。

「連中は木乃伊を掘りだしたり、その骨を組み立てたり、神殿を建てなおしたりして、それでエジプトの眠れる胸の鼓動を読みとれたと思っているが……」

大きな肩をすくめると、そこで言葉を濁した。己が娯しみを守るための本意を述べたかったはずで、なぜそこまでと思わせるほどの真剣さが無言のうちにも滲みでていた。そのあとはこのエジプトの地の奇妙さについて延々と語りだした。この地で植物の繁茂しているところと言えば大河沿いに細長くのびているにすぎないこと、ほかはどこも砂漠や廃墟や炎熱に灼けた死の原野のみであること、それでいていたるところに驚異と力強さとある種心騒がせる悠久の不死性が漲っていること。そのようなこの地には彼にとってある種の格別な神秘があり、古代が今も脈々と生きているのだった。まるで過去が現在を打ち消してしまっているようだとまで言っていた。

イスリーのそんな言葉の背後にあるらしいなにやら謎めいた意味合いのせいで、じつのところは話についていくのもむずかしかった。そのため彼が間を置いた隙に疑問含みの驚きの台詞を挟むのだが、わたしにしてみればそれは当然の反応であった。どうやら彼のなかには人の理解を拒むなにがしか圧倒的な感情が、あるいはある種の強い信仰とでも呼ぶべきものがひそんでいるようだった。それがただよわす濃厚な雰囲気が、理解できぬながらもこちらにまで影響してくるようで……そのあと彼は声を低めて、古代エジプトの神殿について、霊廟について、神々について、そして彼自身による発見とその精神的伝播について述べたが、わたしは耳半ばに聞くのみであった。と言うのは彼の尋常ならざる言葉遣いのなかに、好奇心を掻き立てるだけではないなにやら不安を誘うものがあるのを感じるためだった。

「古代エジプトが持つ人を魅惑する力というのは、だれしも感じるところだが」わたしは二年前に自分がこの地で覚えた感興を思いだしながらそう問い返した。「きみはそこにより大きな力を感じとっていると言うのか?」

イスリーは荒々しくも見目よい顔立ちに一瞬困惑の色を浮かべ、きびしい視線で見返してきた。そしてためらいの間を置いたのち、本当はもっと正確に打ち明けられればどんなによいかとでも言うように、こう答えた。

「もっと若いときにとり憑かれなくてよかったとは思っているよ。文字どおり呑みこまれていたかもしれないからね。ほかのことになどなにも興味が持てなくなってもおかしくなかっただろう。だが今なら――」自らの無力さを訴えるような、嘆願するような気配が彼の目によぎった。「――衰えはじめている今なら……それほどではなかろう、とね」

衰えはじめているとは! 二度と与えられないであろうこんな手がかりを見すごしにするとは、わたしとしたことがなんたる落ち度か。この奇妙なひと言がそのときはさして気にもとまらず、あとになってようやく重要性に思いいたったのだから。考えてみればそんな場合に差し挟むにはふさわしくない台詞だ。ひょっとして、わたしが助けになりうるか、同情してくれるかを試したのではないか。なのにそんな手がかりを逃がしてしまった。そのときもっぱら関心を寄せていたのは、彼の物言いへのより直接的な懸念のほうだった。それほどの才能をただひとつの道にのみ注ぎこみすぎているのが残念でならない、わたしはそう言って肩をすくめたのみだった。すると彼は急にうれしそうな反応を見せた。わたしなら心配してくれそうだ、そんな可能性を見いだしたようだった。

「いやいや、きみは意味をとりちがえているよ」イスリーは語調を強めて言った。「正しく伝わるか考えるべきだったが――ぼくが言いたいのは、ほとんどの国は旅をすれば得られるもののほうが多いが、一部の国では旅をすることによって逆に多くを奪われる、ってことさ。エジプトは人を変えてしまう国だ。ここに住みつづけて、もとのままでいられる者はいない」

これには困惑させられた。またしても驚かされた。彼の口調はいたって真剣そのものだ。

「エジプトはそういう多くを奪われる国のひとつだと言うのか？」わたしは訊き返した。この奇妙な考え方は不安を増大させた。

「初めはただ人から奪うだけだが」とイスリーは答えた。「しまいには人そのものを奪ってしまう」わたしが耳を傾けているのをたしかめると、さらにつづけた。「多くの国は旅人を豊かにするが、一部の国は逆に貧しくする。インドやギリシアやイタリアなどは、いずれも古い国だが、旅をすることによって有益な思い出を作れる国々だ。だがエジプトでは――旅してもなにも残らない。あまりの壮大さに麻痺させられるだけだ。役に立たない旅にしかならない。それどころか、内面の変化を余儀なくされ、心が虚ろになる。それを満たそうと多くを求めるが、欠落を埋め戻すことはできない。失うばかりで代わりを得られない。最後は飢渇に陥るのみだ」

わたしはじっと見返すだけで、あとは黙従のごとくうなずくしかなかった。たしかに繊細な芸術家気質であることを思えば、そうした表現が彼の考え方の実相を衝いているのかもしれない。但し一般の人々に概括的に受け入れられる考え方ではない。大半の人々は、エジプトは人の心を豊かに満たしてくれる国だと思っているだろう。そうしたことの奥底に秘められた真実を、彼は捉えているのだ。その発想には奇妙に惹かれるものがあるのを否めない。

「近代のエジプトは」とイスリーはさらにつづける。「結局のところ西洋文明によって捻じ曲げられたものにすぎない」平静を努めて言っているようだが、かすかな興奮を隠しきれていない。「だがその下層には古代エジプトが隠れて待っているのだ。はるかに滅びたものでありながら、驚異の生命力によって息づいている。その存在が触れてくるのを感じることさえある。古代エジプトの存在こそが、旅人から力を奪うのだ。そして自らの力を強化する。その結果――旅人は前より弱体化してこの地を去るはめになる」

このときわたしに訪れた感慨は、なかなかに言い表わしにくい。彼の言葉が炎をあげながら心のなかをよぎり、なにがしか視覚的な映像を焼きつけていった、とでも言おうか。それは古代ギリシア神話の英雄が神々との華々しい戦いについて語っているさまを想像させた。英雄はその戦いに敗(やぶ)れることを知りながら、しかしそれ自体が勝利だと言っているようだ。なぜなら英雄の魂は戦死ののちに現世を超え、輝かしい神々の仲間に叙せられるから。言ってみれば、彼のなかには諦念と抵抗の意志とがひとしく同居している。勝てるはずのない長い戦いの先には必ず安逸が訪れることをすでに感じているのだ。あるいはまた、自分の力を超えた努力によって激しい急流にあらがうが、そのあとは囂々(ごうごう)と落下する滝に大量の水とともに悠然と身を任せるようなものか。

とは言え、そんな否定しがたい真意をイスリーの言葉自体が鮮やかに表現しているとまでは言えず、ただその背後にひそむ強い信念を感じるというだけであって、わたしの脳内は依然謎と闇に曇ったままではあった。まっすぐに見返す彼の目には輝きが宿り、なべての者がいずれは屈服せざるをえない病魔との戦いについて所見を述べる医師の冷静さ賢明さを思わせた。その比喩を思いついたとき、不意に閃くものがあった。

「そう、たしかに――」わたしはつっかえがちに問いはじめた。「――なにかしらの力の存在が、この国にはあるような気がするよ。きみはそれを人一倍強く感じている、つまりそういう意味だな?」

イスリーはわたしの顔から窓のほうへと視線を移し、ナイル河へと広がるおだやかで美しい空を眺めやった。

「強く感じているとも」と物静かに答えた。「目に見えぬ真のエジプトをね。だがそれにかかわろうとするのはむずかしい。わかるかね?」とわたしのほうへ顔を戻し、遊び疲れた子供のような罪のない笑いを浮かべた。「じつのところは、エジプトのほうがぼくにかかわろうとしているのさ」

「それはつまり――」とわたしが言いかけたが、すぐ彼にさえぎられた。

「――過去に引きこもうとしているのだ」

曰く言いがたい口調で発せられたその短いひと言には、戦いの果てに洪水のように訪れた光栄と安寧と逸楽と酔美がこめられているようであった。これほどに情熱的で魅惑的な意志がなければ、いかなる聖者と雖も天空という盃は満たせまいと思えるほどに。彼は自ら望んで苦闘を長引かせているのであり、それによってこそ達成の歓喜と安堵をより大きくできるようであった。

ふたたび口を開いたときも、自分のなかで苦闘が今もつづいているのを示すかのように話した。どこかで助力を求めている印象があった。すでにおぼろに感じとっていた痛ましい気味もたしかにあるのだった。本来強靭で自立性の高い人格だが、その一部が抜きとられでもしたかのように今はいくらか弱まって見えた。世間では軽い口調で喧伝される古代エジプトの、ほとんど知られることのないその本当の力が、いかにしてかイスリーの血の深層にまで忍びこむように影響を及ぼし、そこから繊細な触手を外側へとのばしているようだった。なにも学んでいない無知なわたしにすらそう感じとれた。それは否定できない真実だ。エジプトという国に説明しがたい不可思議ななにかがあることはだれにでも意識できるのだ。一般のごく凡庸な人々にさえそれは認識可能だ。死せるはずの古代エジプトが、じつは驚くべき命脈を保っているのだと……

イスリーの背後の大窓を見やり、黄色くきらめく無辺の砂漠を目に収めた。ナイル河を挟んでそびえるふたつの巨大ピラミッドに視線が及んだとき、眼前間近にいるはずの友人の巨躯が見えなくなっているのに気づいた。いつの間にか椅子から立ち、わたしのすぐそばに立っていた——近すぎて視界からはずれたようだ。あるいは、影のような吐息のようななにかが立ち昇ってわたしの意識を奪うと同時に、視力をも失わせしめたようにも思えた。自分がだれなのかまでも一瞬忘れていた。自意識が脳から抜けていた。思考、視野、感覚、それらすべてが炎熱に灼けた砂漠の空虚さのなかに吸いとられたかのようだ。あらゆるものが現前から奪われ、誘導され、吸収され、無に帰したような……ふたたびイスリーへ顔を向け、なにか言おうとしたとき、あるいは今し方の不可解な言葉がなにを意味するかを問いなおそうとしたき——彼がいなくなっていた。突然の不在は驚きで——それどころか衝撃的ですらあり——あたりを見まわして探した。去るところなど目にした憶えがない。音もなく、すぐそばから消えてしまった、不思議なまでに。いともたやすく自分独りが唐突にとり残されたことに気づくと、かすかな冷たい震えが背筋を駆けおりた。

　これはひょっとして、わたし自身がイスリーの心理状態の反映をわがものとしてしまったということか？　強く共感しすぎたせいで、彼が体験したことの木霊を自分のなかに響かせてしまったのか——すなわち、彼と同じように今現在の生気を失い、過去へと遡ろうとしているのか？不注意な観光客による侵犯から生ける屍としての古代エジプトを護り隠しているあの広大な砂漠により、生命力を巧みに引き抜かれようとしているとでも……？

　わたしは椅子に腰を落ちつけ、反芻すべく努めた。偶然にも壮麗な日没を眺める姿勢となった。するとイスリーの言ったあることが執拗な力とともに蘇り、心のうちにはるかな鐘の音のように鳴り響いた。彼が語った霊廟や神殿の話は忘れ去られ、その一事だけが残った。奇妙なほど刺激的な記憶だ——彼の話にそのような興奮を覚えるのはよくあることとは言え。すなわち、ほとんどの国では多くを得られるが、一部の国では多くを奪われる、と言ったあの話だ。あれは正確にはなにを意味していたのか？　エジプトが彼からなにを奪ったのだ？　そしてこのときあらためて気づいたのは、たしかに彼のなにかが欠けているということだ。これまでにはそなわっていたある種の要素が、今の彼にはない気がする。わたしの脳内でも彼の存在がすでにおぼろなものとなりつつある。急いでそのなにかの正体を考えたが、無駄に終わった……

しばらくしてわたしは椅子を離れ、最前とは別の窓に近づいた。心のうちには漠然とした不安と懸念が渦巻いていた――イスリーをめぐって。同情を感じる。だがその気持ちの背後には、呑みこもうとするような強い好奇心もある。イスリーが遠い霧の彼方へ失せていくとともに、却ってわたしのなかに強い欲求が湧き起こった。彼の代わりになりたい、いや、彼と一緒に旅をしたいという思いが。彼が見つけた、失われた壮麗な古代エジプトの奥へと。それはこれまでに経験したことのない圧倒的な欲求だった。おそらく――世界が忘れて久しい、名状しがたく壮大な美への憧れを含むがために。そんな憧憬がわたしのなかにもあるのだ。

黄昏がおりるにつれ、心は影を好み求めた。背後に広がるだれもいない室内を闇が占める。砂漠をも闇が薄衣（うすぎぬ）のようにおおい、目鼻のない砂の顔の陰鬱さを深めていく。砂漠ははるか遠いもののように渺々（びょうびょう）と広がる。膨大な砂の膜が夜へとなびき入る。最初の星々が顔を覗かせて明滅し、天空にゆるく懸かる。葡萄鬼灯（ぶどうほおずき）の実のごとくたやすく摘めるものででもあるかのように。太陽はすでにリビア側の地平線の下に沈み、空の金色と緋色が紫を経て青へと褪せゆく。この神秘的なエジプトの黄昏を立ちつくして見守るうちにも、麻痺しつつある感覚のなかである不気味な光が不安にまたたきだし……と思うと率然と真実が心におりてきた。

イスリーの精神と生命にも、あるいは彼の思考と感情にも、同様にある種の暗黒がゆっくりと侵犯していたのだ。彼のなかのなにかが、歳月にもよらずに老いて霞み、そして失せた。謂わば、彼の内なる夜闇が現世を侵し、消し去った。それでも彼は夜明けのほうへ向きつづけた。彼の目はつねに東へ向けられていた――あたかも古代エジプトの建造物さながらに。

彼の失ったものとは現世的な欲求なのだと、それで納得が行く。古代エジプト研究にのめりこんだのが人生の早い時期でなくてよかったと、彼は言っていた。またこんな奇妙な言い方もしていた――「自分が衰えはじめている今なら、それほどのことはなかろう」確信するための根拠としてはやや薄弱かもしれないが、それでもわたしの考えが部分的に正しいとは思わせる。彼はたしかにエジプトに魅せられているが、しかしそれは自分の本意に反しての没入なのだ。現在の彼と過去の彼との戦いだ。戦いは今もつづいているのだ。但し勝つ希望はすでに失っている。変わりたくないという欲求は彼のなかにはもうない……

窓から顔を逸らした、侵犯するがごとくに広がる灰色の砂漠が目に入らないように。今し方の発見により動揺したためだ。壮絶な力を持った生ける存在としてのエジプトが急激に意識されてきた。それがまわりを囲み渦巻いている。こうしている今も。平らかで静かなこの地は動かないようなふりをしているが、じつはいずこかを中心として絶えず無数の蠢きに満たされている。そのせいでイスリーは摩耗を余儀なくされたのだ。すでに人格を形成する布地から最も重要な糸を一本抜きとられている――現世的野心という糸を。わたしの脳がとっさにこの比喩を選んだのだが、しかし心は躊躇に揺れ、もっと別の喩えのほうが事実に近いのではないかと示唆する。〈糸〉よりも〈血管〉がよいと。そう思うと急いで戸口へ向かい、独りきりでいられる自分の部屋へあがっていった。その比喩にはどこか恐ろしいものがあった。

3

しかし夕食の席につくための正装に着替えているあいだに、先ほどまでの懊悩が徐々に萎えていった――とは言え、いまだ活きているからこそ萎えるのだ、とも言いうる。ジョージ・イスリーのなかに今かいま見えているこの大きな疑問符は、かつてはまるで見られなかったものだ。もちろん人はだれしも疑問符を持っており、どこでもそれとともにいるものだが、ほとんどの人のそれは終局にいたるまで目に見えてこない。ところがイスリーの場合は人生の絶頂期であるにもかかわらず、身辺の雰囲気としてはっきり顕われている。さながら頭上に振りかざす大きく反り返った半月刀のごとくに瞭然と。人生でいちばん生命力にあふれているべきときに、自ら望むかのように瀕死となっていることが彼をめぐる疑問符だ。想像力はあらゆる可能な説明を求めようとするが、結局のところある種のよからぬ結論以外のところには行きつかない――つまりなにがしかの力が、それも単に肉体的な意味のみではない活力が、彼のなかから抜きとられているのだ。それは野心のみにとどまらない。目的意識、欲望、自信、そういったものも含んでいる。謂わば生命力それ自体だ。すなわち彼はもはや現世にはいないにひとしい。この場にすら、もういないのだ。

「ほとんどの国では多くを得られるが、一部の国では多くを奪われる……エジプトとかかわることはむずかしい……」――そしてあの単純にして複雑な形容詞「力強さ」。イスリーの記憶と経験値には地球上全土の地図が網羅されていたが、唯一エジプトの地図だけが未完だった。この地が彼に教えたことは新たな驚異となった。但しこんにちのエジプトではなく、失われた過去のこの国だ。それが彼から「力強さ」を奪った。そして古代エジプトは奥底に隠れ、待ち受けているとも言っていた……それを思いだすとまたかすかな身震いを覚えた——心の内奥からなにかが秘かに這いだし、彼の体験を共有しようとしているような気がして。彼への共感がそうなることを望んでいるようだ。他人への共感とはつねに自己を削るものではあるが。事実、彼に共感を覚えるときいつも自分からなにかが減じていくように思える。こんなふうに考えること自体堂々めぐりで、「たしかにそうだ、これで理解できた」という地点にはたどりつかない。ある国では多くを得られるという考え方はたやすく理解できるが、国によってなにかを奪われるとか失うといった考え方には困惑するばかりだ。不たしかな危機感が心を捉えて離さない——彼だけでなくわたし自身も危ないのだ、と。

　夕食ではイスリーのテーブルに誘われた。食事のあいだはさっきまでの不安が薄らぎ、少々女々しすぎる懸念だったのではないかと自分を責めた。だがおたがいにほかの国々で経てきたこれまでの冒険の話題を彼と交わしているうちに、なぜかしら眼前の今現在が失せていくような気分に襲われた。会話では現代というものが無視された。彼の思考はいつもやすやすと過去へ遡る。しかもひとつひとつの冒険がそれ自体の持つ重みと起動力とにより、つねにある一事へと向かっていく——はるかに滅び去った古代文明の輝かしき栄光へと。

　古代エジプトはイスリーにとってある意味での〈故郷〉であり、その地でこそ彼は滅びと戯れる遊興に耽ることができるのだ。彼の特殊な個性がそちらへと向かって下降していき、言うまでもなくわたしもそれに引きずられていった。いずこかのはるか下方へ。あるいは彼の言葉を借りれば――奥底へと。めくるくような、まさに文字どおりの沈潜を体験しているかのような……

　そのうちにふと湧いてきたのは、イスリーはなぜほかでもないこのホテルを選んだのかという疑問だった。わたし自身はと言えば、ある臓器に得た病(やまい)を癒すためにはここヘルワンの清涼な大気が役に立つと医師に勧められたためであった。だがわが友もまたここを偶然にも選んだというのは奇妙なことだ。このホテルは静養目的で使われることが多く、とくにドイツとロシアから来た病弱者が多い。エジプトという国でより一般的な明るく華やかなホテルは病人にはふさわしくないと、旅行斡旋業者が判断するがためだ。その意味でこのホテルは真に静養向きあるいは休養向きであり、人知れず安逸にすごせる。なによりイギリス人が定宿とする例はほとんどない。だからこそこのホテルでなら、たやすく――つぎの言葉は図らずも思いついたものだ――身を隠しうる。

「それじゃ、今はとくになにをしているわけでもないのか？」わたしは尋ねた。「遺跡を見つけだすというような仕事はやっていないんだな？　発掘とか掘削といった意味だが」

「もう充分やったからね」イスリーはどうでもよさそうに答えた。「王家の谷では二年ほど探索をつづけた。もうやりすぎたぐらいだ。今はナイル河の向こう岸でちょっとした作業をやっているだけさ」と言ってサッカラの方角を指さした。ダハシュール・ピラミッド群からギザの大ピラミッド群にいたるあいだに位置するメンフィス遺跡のあたりで、地下に広大な古代霊廟が眠っているとされる。「それだけでも、ちゃんとやろうとすれば百年はかかる仕事だ！」

「これまでに興味深い遺物をすでに大量に集めてきただろうからね。いずれなにかに役立てられるんじゃないかな。たとえば本を――」

イスリーの表情がその先を言うのを思いとどまらせた。彼の目のなかに見えた奇妙な気配に、このとき初めて不安を覚えた。それは瞬間的になにかきびしい思いが湧きあがったような表情だったが、すぐにまた失せてしまった。

「とても利用できるような量ではないよ」物憂げに答えた。「むしろぼくのほうが利用されかねないほどだ」

急いでそう言うと肩越しに後ろを見やった、あたかもだれかが聞き耳を立てていないかたしかめるように。それからまたこちらへ顔を戻し、意味ありげな笑みを浮かべた。わたしはそれでは遠慮深すぎるのではないかと言ったあと、こうつけ加えた。

「もし考古学者がみんなそんなふうに考えて本を書かなくなったら、ぼくら無知な一般人がなにも学べなくなってしまうじゃないか」わたしはそう言って笑ったが、しかしその笑いがイスリーにまで伝播することはなかった。

彼は無関心そうにかぶりを振り、「考古学者たちは彼らなりによくやってるさ。すばらしい仕事をしているよ」なにやら判然としない仕草とともにそう言い返した。その話題はもうきりあげたかったようだが、すぐにはそうはならなかった。「本も数々読んできたからね。執筆専門の考古学者も多くいる――国籍もさまざまだ」そこで間を置き、目を曇らせた。「ぼくが理解に苦しむのは――発掘作業員たちはいかにしたらあのような仕事が可能になるのかってことだ」

「それほどたいへんな作業なのか？　たしかに気象条件などにも大きく左右されるからな」

わたしはわざとそんなふうに問い返したが、イスリーがちがう意味で言っているとは承知していた。だがじっと見つめてくる彼の視線には、動揺をあらわにせざるをえなかった。それで席に座したまままわれ知らず背筋をのばし、護りを固めるようにして彼の答えに耳を傾けた。

「ぼくが言うのは、彼らも尋常ならざる力で抵抗しているはずだってことさ」それだ！　彼が口にした今のひと言こそ、わたし自身のうちに秘めたまま見つけあぐねていた言葉だ。彼はさらにつづけた。「つまり、疑問に思うのは、彼らは発掘などという仕事に従事している点を除けば、ごく普通の人々であるというところだ。特別な才能があるわけではないという意味においてね。だからこそ――彼らには自衛が必要になるはずだ。結局、自分の身は自分で護るしかないから」最後に強調するようにそうつけ加えた。

彼の「抵抗」とか「自衛」といった言葉が、わたしのなかにかすかな悪寒を引き起こした。あとで知ったことだが、彼は過去二年間で驚くべき多くの発見を成し遂げ、まさに古代エジプト文明の隠された聖なる生命にだれよりも――ほかのいかなる先輩探検家や同僚たちより――近づきえたと言っても過言ではないほどだったが、しかしそのあとぴたりと発掘をやめてしまったのだった。但しそれはあとで第三者から聞いたのであり、そのときはただ奇妙に不安を煽られた気分になっただけであった。よくはわからないながらも、彼のうちに秘められたある重要ななにかに触れたような気がした。彼はそこでわたしの反応を待つかのように間を置いた。

「発掘に携わる人々からエジプトがもしなにかを奪うことがあるとすれば」とわたしは思いきって言った。「それは単に機械的にそうなってしまっているだけだろう。奪われる側は、自分たちがどれだけ与えているかも気づかないだろうね。発掘と言っても彼らはただ事実を報告するだけで、その意味まで解釈するわけではないからね。ところがきみの場合は、掘りだしたものが持つ古代の精髄にまで触れている。その内奥まで深く探求し、古きエジプトを感じとり、そのなかできみ自身が生きんとする。そうした先見的な才能こそがきみの独特で不可思議な力だと、いつも思ってきたよ」

イスリーの暗鬱な目にきらめきが宿り、わたしの意見がいいところを衝いていると伝えるかのようだった。不意にわたしたちが座す隅のテーブルにもう一人何者かが忍びやかに加わっているような気がした。二人の会話がその周辺をなぞりながら巧みに避けているある力によっていざなわれたかのように。なにやら黒々とした巨大なもので、じっと見すえてくるもののようだ。まさにエジプトそのものがすべるように接近し、すぐそばに浮かんでいるのだ。エジプトの顔がイスリーの顔と目のなかに映っている。砂漠が壁からあるいは天井から忍びこみ、わたしたちの足下からもせりあがってくる。そして目の前にたたずんでじっと見守り、耳を欹(そばだ)て待ち受けている。この奇怪な妄念は急激に訪れ完遂された。近代的なホテルの食堂室の柱や戸口や窓のあたりにも、途方のない大きさのエジプトがただよう。花崗岩からなる巨大遺跡の、太陽光が決して届かない地下空間の冷気が肌に触れるのを感じる。その背後にはしかしセラペウム古代神殿の、あるいは大ピラミッド群の擁する通廊や巨室の熱い息吹きがある。遠くから無数の足音がさざめくように響く。果てしない歳月を風に吹かれ波打ってきた砂の音も。それらの信じがたいほどの規模の大きさの前では、イスリーの存在さえ急速に矮小化の気を帯びずにはいない。一瞬わたしの目の前にいる彼が歴然と縮んでいくように見えた。しぼんでいくように。体の輪郭が低まり狭まり、霧が流れるようなおぼろな空間に埋(うず)まっていき、ついに腰丈の上背(うわぜい)になった。見えているのは頭から肩にかけての部分のみ。しかもはるか遠いところだ。

それがわたしの脳裏に明瞭な映像となって浮かびあがった。衝撃的な光景だ。イスリーが前に言った「自分が衰えはじめている」という言葉が強烈な不快感とともに頭をよぎった。ある種の精神感応力(テレパシー)でもあるかのように、彼の心理状態が脳裏に映じた。感覚できるほどの圧迫が生じて離れなくなり、成り行きを待つしかなくなった。長い時間がすぎたように思えたところで、彼がようやく口を開いた。その声には抑えがたい震えが感じられた。わたしはなぜかテーブルをじっと見ていたが、耳は鋭く澄ましていた。

「先見的な才能を持っているのはぼくじゃない、きみのほうだ」遠くから聞こえるような奇妙な調子でイスリーが言った。それでいて反響壁のあいだを立ち昇ってくるような朗々たる響きがある。「この地には、詳しく調べられるのを嫌うなにかがあるのだ。いやむしろ――見つけられることさえ拒み、怒りをあらわにするなにかがね」

わたしは驚いて彼の顔へ目を向けたが、すぐ視線を下へ逸らした。現代に生きるイギリス人の口からそのような言葉が吐かれるのが驚きだった。口調は軽いが、表情はそれに反している。真摯な瞳には冗談を言うような気配はなく、ひそめた声には不気味な響きがあって、またもわたしを鳥肌立たせた。当て嵌められる言葉はやはり〈沈潜〉しかない。彼の精神がどこかに沈んでいるのであり、話す声も地下から聞こえるもののようだ。肩から上しか見えていないように思えたのも無理からぬことだ。彼の言葉がわたしの視覚にまで恐ろしい影響を及ぼしているのだ。

「そうした強力な障害が、探検家の行く手を阻んでいる」とイスリーがつづける。「探索の手が秘められた真実に近づきすぎると、障害が実際に物理的に邪魔をしてくる。あるいは——探索する者の理解力を失わせたりもする。そうやって——」声が囁きにまで低められた。「——そうやって結局、見つけだされないようにしてしまうのだ」

そう言うと同時にイスリーは不意に背筋をのばした、さながら墓穴から這いだした者のように。そしてテーブルの上に身を乗りだし、内面にわだかまっているものをなんとか吐露しようと苦闘するかのような挙動を示した。その態度がすでに告白を意味していた。わたしの予測では、彼がテーベでやっていた発掘作業とその突然の中止とについてなにか打ち明けるのではないかと思われた。重大な秘密が洩らされようとしている気配を感じたがゆえに。歓迎されざる罪の所在を吐露されるのではないかと。不安な気持ちをこらえながら、不承不承目をあげて彼の顔を見やった——そしてその予測が誤っていたことを知った。彼はわたしの顔を見てはおらず、背後の閉じられていない窓を見やっているのだった。彼の目にはまたもなにかを待ち受ける表情が浮かんでいた。言葉を発するのも忘れさせるほどの待望の表情が。

わたしは思わず振り返り、イスリーがなにを見ているのかを知ろうとした。遠すぎて細部までは見きわめられないながらも、それをたしかに目に収めた。

完璧に近代的なホテル食堂室の奥の、たくさんのテーブルを越えたところに、ドイツ人観光客たちの見目よからぬ食事風景のその向こうに見えたそれは——月にほかならなかった。現実ではないもののように空に懸かったその赤みがかった円盤は、広大な砂漠の膜を地球の表面からわずかだけ浮かせているように見えた。東へ向いているその大窓の外に広がるのはエジプト東砂漠で、彼方にははるか古代から切り立つ台地や崖や谷が見える。親しみを拒む不気味さと危険さを孕む景色だ。リビア砂漠のおだやかな砂の丘陵とは異なり、数多の影の背後には誘惑と脅威とが同時にひそむ。そして月がそのような光景を強調する。恐ろしいまでの荒涼が、非情なほどの暗澹が、殺意をも感じる敵性にまで変じている。東砂漠には潤いを与える川もない。砂の持つ安寧はなく、代わりに石灰岩の牙が鋭く凶暴にそびえる。月光の下のそんな景色のなかを横切る薄灰色の筋は、遠くスエズにまでつづいている昔ながらの駱駝道(らくだみち)だ。彼が一心に見ているのはそのような光景であった。

まさに絵に描(か)いたような劇的な風景で、人を誘惑してやまないなにかがある。「外に出でよ(い)」と砂漠が囁きかけてくるようだ。「外に出てわれを味わうべし。そして己(おのれ)を失いて死すべし。月に照らされしわが道を昔日へとたどるべし。そこは安らぎと癒しと静けさがあるところなれば。地の底のわが王国は不変なり。いざ砂の廊(みち)を通りてしずしずとくだりくるがよい、その真新しいのみの安宿(やすやど)の地下に広がるわが王国へと。金色(こんじき)のわが古代(いにしえ)へといざ遡るべし」と。

強い欲求が胸をつらぬき、月に照らされた足を動かそうとしている。その求めに逆らうことなくすなおに従おうとする自分に気づく。それほどに外界に広がる景色が急激に誘いを強めていた。

明るすぎる電灯の下で粗野な服装に身を固めた低俗な観光客たちが忙しく食事をむさぼる光景とは、あまりに痛烈な対照をなす。窓の彼方の風景は、まさに〈この世ならぬ〉という語こそがふさわしい雰囲気だ。それは不気味ですらある。古代エジプトが見おろしている。わたしたちへ目を凝らし、耳を澄まし、月光を透かす窓を通じて誘う——外に出でよ、そしてわれを見つけよ、と。心と想像力は喜んで飛びだしていくだろうが、しかしそれが現実か否かを言語では表わしえないまま、止めがたく衝き動かされることとなろう。一方イスリーはと言えば——憑かれたように砂漠の恐ろしい顔を見すえているところだった。

青銅色に光る彼の肌に灰色の影が差す。月光の下へ出ていきたいというわたしの欲求はいや増す。今の自分を脱して、やみくもにでも砂漠をさまよい、銀色に輝く谷を見に行きたいと。涼やかにして爽やかな夜気を味わいたいと。わたしの願望はその程度だが、わが友はより深く大きな誘惑をこの壮麗な風景から感じているようだった。疑いなくそうだ。と言うのは、一瞬にせよテーブルから離れようとしたからだ。椅子から半ば立ちあがりかけた。だがためらい、あらがい、結局巨体をもとに戻した。椅子に深く身をあずけなおした。そのさまは本当に体が縮こまったように見えた。ひとまわり小さくなったような。つい今し方なにかを抜きとられでもしたかのように、実際に輪郭が減じていると思われた。そしてかすかな諦念のこもる声で彼が話しはじめると、その声からも活力が失われているようだった。

「エジプトはいつもそこにいるのだ」と椅子に倒れこむような姿勢で声をひそめる。「そしてこちらを見すえ、聞き耳を立て、待ち受けている。まるで神話の怪物のごとくだ、そうじゃないか？

しかも自らは動かない。あまりに剛殺すぎるがゆえに。ただそこにじっと広がっているのだ、半ば中空に、半ば地上に——巨大な蜘蛛の巣のように。そうやって獲物となる虫を捕まえる。それがエジプトのすべてだ。きみも感じとっているだろう？　これがただの空想上のたわごとだと思えるか？　エジプトは獲物が来るときをじっと待っているのだ。虫はその誘いに乗り、網にかからざるをえなくなる」

「たしかに強い力を感じるね」わたしは急いで冷静さをとり戻してから口を開いた。イスリーの奇怪な比喩のせいで不安が増していた。「人によっては恐怖を覚えるだろう。気の弱い者はただの空想だと片づけるかもしれない」頭が混乱して、ふさわしい言葉を見つけられない。「たとえばこの景色の異常な壮麗さだ」と窓を指さし、「これに人は惹かれるのだ——そして砂漠に出ていくしかないと思うようになる」そう言いながらも、脳裏にはイスリーが口にした〈網にからざるをえなくなる〉という気味悪い言葉がまだ響いている。あれは彼の本音を表わした一語だ。「蠅は必ず引き寄せられる。あるいは火に飛びこむ蛾に喩えてもいい。無意識のうちに生け贄になってしまう、ちがうか？」

イスリーは大きな頭を意味ありげにうなずかせ、「たしかに。だが必ずしも弱い蠅ばかりとはかぎらない。蛾とて誤まって導かれるわけではない。どちらも冒険のしすぎが災いしたとも言えるが、しかしいずれも敬うべき超越的存在の法則（おきて）に従順だからこそ生け贄となるのだ。それに、蠅も蛾も警告を受けてもいる。ただ——蛾がもっと情報が欲しいと思ったときには、すでに火に呑まれているのだ。火にせよあるいは蜘蛛にせよ、獲物たちのそうした性質を理解しているがゆえに、自分たちを肥やすことができる。蠅も蛾も結局のところその法則を満たすまで何度でも蜘蛛の巣に、あるいは火のそばに舞い戻ってくる」

かく言うジョージ・イスリーはしかしまったく正気なのであり、わたしたちが窓のほうばかり気にしていることに食堂室の給仕長が気づいたらしく近寄ってきて、もし風が寒ければ窓をしめましょうかと尋ねたときも、冷静に返答するのみだった。彼はただ感情の高まりがあまりに激しいため、それをどう表現したらよいかと言葉を探しあぐね、ふさわしいものが見つからなくてやむなくそんな比喩を使っているのだ。脳が言葉を考え選択するが、精神までがそれを正しく選べるとはかぎらない。わたしの不安はまたも高まる。健全な生気を維持しつづけるためには、ここまでの成り行きはあまりに尋常さを逸脱している。

「だがね、きみ」と思いきって口を開いた。「愛すべきエジプトについてそんなふうに言うのは、少しひどすぎやしないか？　わたしはただ驚くべき力と美を感じるだけだがね。まあ、きみの本心がどうかはともかく、少なくともそうやって謎めかしつつ仄めかしているエジプトへの悪口については、同意しかねるね」

「そう言うきみも、じつはぼくの言うことを理解しているはずだ」とイスリーは落ちついた口調で言い返し、そしてまたもなにか重要な告白をしそうなようすを見せた。彼はそれで安堵を得られるだろうが、わたしの不安はつのる一方だ。彼がどこかで強く圧迫されているのを感じるがゆえに。「しかも、必要となった場合にはぼくの助けになってくれるはずだ。尤も、きみの共感がすでに大きな助けになっているのだがね」半ば自分に言い聞かせるようにそうつけ加えたときの声は、またも急に低められていた。

「助けだって！」わたしは声をあげた。「共感か！」

「当然さ。ぼくを理解してくれて、且つ――」イスリーはこちらの顔を見ず小声で言った。

「――ぼくの頭がおかしいとも思っていないいきみだからね」

そう言う彼の声には、わたしがすでに積極的に助けになりたがっているはずだとの訴えが感じられた。ふたたび目を合わせたとき、そのとおりだと視線で伝えようとしたが、しかし口に出して言おうとすると、子供のように言葉が巧く出なくなってしまい、そのあとなんと言ったかもよく憶えていなかった。この混乱のせいで、そのつぎに彼が言ったことも終わりのほうがどうには聞きとれただけだった。

「……安堵が得られるなら……だれかが止めなければ……消滅のときが来ると……」

それはまるで夢のなかで聞く声のようで、言われたことのすべてまでは捉えられず、さりとて訊き返す気にもなれなかった。

思いやりのある返答をなんとか口にしただけのようだったが、それさえ記憶が曖昧だ。ただ慎重に言葉を選んだようには思う。するとイスリーは身を乗りだし、大きな手をわたしの手に上から強く押しあててきた。氷のように冷たい手だった。火に灼けた顔に感謝の表情が浮かべ、彼は息をついた。そのあと二人してテーブルを離れ、コーヒーを飲みに喫煙室へと移っていった――

その部屋では窓の外が柱付きのテラスになっており、周囲に広がる砂漠が見えにくくなっている。

そこでの会話はありがたいことに秘密めいたものではなくなり、感情的すぎるものでもなくなった。なにを話したかは忘れてしまったが、楽しい話だったと思う。ただそこには別の面もあり、彼の持ち前の個性と魅力が大いに作用した。彼の人格と才能にいつも感じてきた敬意が、わたしのなかに力強く戻っていた。だが今もいちばん心に残るのは、彼への同情の気持ちだ。彼を見舞う変化がより著しくなったように思えた。話しぶりにも説得力や印象深さや意味深さが褪せているような気がした。知識は相変わらず豊富だが、核心を鋭く衝く精神的高度さが足りない。総じて彼の存在の現実感が薄らいでいる。自分の寝室に戻ってからもわたしの懸念と当惑はつづいた。「あれは年齢のせいじゃない」と独りごちた。「それに、彼はなぜか死を恐れていないようだ。消滅のときが来ると言っていたが、精神的なことだろうか——なにかしら深い意味合いの。信仰にかかわる人々が呼ぶところの、霊魂というものかもしれない。彼の霊魂になにかが起こりつつあるのか?」

4

この霊魂という言葉がわたしのなかに最後まで残った。エジプトがイスリーの霊魂を過去へと奪い去りつつあるのだと感じた。彼のなかの価値ある部分がそのいざないに積極的に応じようとしている。残りの部分、すなわち精神や人格のより些少な要素のみがあらがいつづける。現在にしがみつこうと。それが彼の苦闘なのだ。しかしその部分も徐々に敗北する過程にある。

そのような恐るべき結論にいかにしてたどりつけたのか、わたし自身にも謎だ。だが会話のなかで口に出され耳に届いたなにげない言葉が本来の意味以上のなにがしかをもたらす場合があることもたしかだ。わたしはこうして経過を自然に報告してはいるが、イスリーとのあいだで交わされた言葉や示唆――仕草や表情や沈黙による伝達――はただの手がかりにすぎないとも言える。そうした混沌とした仄めかしが、ある確信的存在として心に残っている。〈それ〉はわたしと一緒にこの寝室にまであがってきて、どこかすぐそばでこちらを注視し聞き耳を立てている。謂わばイスリーとの会話によって生みだされた〈謎の第三者〉であり、わたしと彼のどちらよりも大きい存在だ。それこそが古代エジプトの精霊だと言ってもよく、あるいはより一般的な意味でなら単に〈過去〉でもいい。いずれにせよそんな〈謎の第三者〉がわたしのすぐわきに立ち、なにやら恐るべきことを囁く。寝る前にバルコニーに出てパイプを吹かしながら星空を眺めれば、その第三者もいつの間にか一緒にいる。それはいたるところにいる。どこかで犬が吠え、遠くベドラシエンのほうからは太鼓の音が聞こえ、現地人の小屋や薄明りの灯(とも)る通りからは歌を唄う声がする。

　そうしたどこにでもよくある音の背後すべてに、あの目に見えぬ第三者がいるのを感じる。無数の星が光る美しい夜空もその存在を伝える。冷たい夜風のなかにもそれはいて、家々の外壁に吹きつけては囁きを洩らし、眠ることなき砂漠の上を吹きすぎてはつぶやきを残す。とてもわたし独りきりでいるとは思えないその気分は、イスリーが目の前に立っていてもおかしくないほどだ――と思ったまさにそのとき、窓から眺めおろす眼下に人影がひとつ動くのを認めた。わたしの部屋は六階の高みにありながらも、その人影が見誤りようのない長身で、ホテルのわきをゆっくりと歩いていくのかはっきりわかる。イスリーが砂漠に出て散策しているのだ。

そのようすには一見奇妙なところはない。夜もまだ十時であり、わたし自身医師の勧めもあって同じように散歩してもおかしくはない。だがバルコニーの手すりから身を乗りだして注視するうちに、なにやら冷たいものにでも打たれたように感じ、どこかが不審だと思いはじめていた。あのように歩きまわることになにかの意味があると、ものの本に書いてあるとも思えない。夕食のときイスリーの言ったことが不思議な力を伴って蘇った。エジプトは動かない巨大な灰色の蜘蛛の巣のように広がるというあの言葉だ。今その蜘蛛の巣に彼の足が捕われている。網をなす銀色の糸が震え、この捕獲の報をメンフィスからテーベへと伝える。あるいはナイル河を越え、あるいは地下を経由して、サッカラから王家の谷へと伝達する。震えの波は砂漠の全体にまで及び、そして食堂室で感じたのと同様に、またも砂の蠢くさざめきが聞こえる。今こそイスリーが消滅しようとするさまを目に捉えたのだ。

その瞬間、エジプトそれ自体が不可思議な静寂の気配となって神秘の力を発散するのを感じとった。その荘厳なる古代文明の魔法の力が波のようにこちらにまでおおいかぶさってくる。このときわたしはイスリーと同じものを感じていたにちがいなかった。砂漠の巨大な力がわが身からなにかを抜きとり、遠い古代へと引きこんでいく。名状しがたい砂漠の渇望がわたしの精神から生命力の一部を奪う。はるか失われた燃えるような神秘の栄光がそれを欲しているがゆえに。その痛みと幸福感とは伝えがたいほどに鋭い。現在の自分の人格が――その活力ある部分のどこかしらが――過去からの誘惑の力の前に屈する。

石のように動けず立ちつくし、ただ目を瞠るばかりだ。抵抗は無駄と知りつつも体を動かそうとするが、依然その場に釘づけにされたままだ。そのあいだにもイスリーは半ば地表から浮かぶようにして、スエズそして遠き紅海へと通じる灰色の駱駝道へと向かっていく。イスリーへの共感と同情と憐憫がわたしのなかで混沌と深まり、その深い痛みはまるで夢のなかのもののようだ。彼の凄絶な孤独感がわたしにまで忍び入り、この世のなにものによっても救われることはないと思わせる。彼が現在の自己を奪われつつ、現実ならざる多面獣（キメラ）のごとき過去の自己の霊魂を求めていくのを感じる。美しく静かなエジプトの夜景さえこの夢魔をとり払うことはできない。この地の夜の静寂と平和はすばらしいばかりで、砂漠さえ甘やかな芳香をただよわせるが、それらとてただこの悪夢を強めるのみにすぎない。

このときの感情を説明するのはむずかしいが、とにかく心の痛みは思わずため息が出るほどで、涙さえ遠からずあふれそうな気がした。イスリーを注視しつづけたが、これ以上は見ていられないと思えて、ゆっくりと窓から引きさがりつつも、彼の秘密を覗き見たような罪悪感を否めなかった。引きさがる直前に、ホテルの壁のすぐ外側から広がっている砂がなすおぼろな世界へ彼の輪郭が紛れていくのがかいま見えた。裾が踵に届きそうな緑色の長衣をまとい、その色が暗い海面のような砂漠表面の銀色と混じりあう。砂の幕が彼をおおっていき、ほどなく完全に隠した。神秘の厚衣（あつぎぬ）の襞で包み、あとには縫い目も綴じ目も残さない。広大な帳（とばり）のごとく。砂漠が彼を捕えたのだ、まさに蜘蛛の巣によって。彼は消滅した。

もう眠れそうになかった。イスリーの変化がわたしまで不たしかにしていた。それほど彼を見てしまったことが衝撃的だった。自分が神経を持っているのをあらためて認識させられた気分だ。わたしは長いあいだ窓辺に座して煙草を喫った。体は疲れているが、想像力はひどく研ぎ澄まされていた。ホテルの大きな看板の明かりもいつしか消された。階下の壁の窓がつぎつぎと閉じられていく。街灯はすでに消えている。ヘルワンの廃墟群が育児用絨毯の上に散らばる子供用組み立て玩具のように見える。広い砂漠のなかでは遺跡もその程度の小ささだ。それがまたたくさまさえ、とるに足りぬ蛍の群れのごとくだ。星空を見あげて恐れながら光るものにすぎない。

　ひどく静かな夜だ。いたるところが美しい景色をなすが、どこか不気味でもある。星々の明るさがどうにかそれを和らげる。なにものも眠らない。一面の茶色い世界のそこかしこで、絶えざる保護のもとに荘厳にそびえ立ちつつ見守る群れがある――ピラミッド、スフィンクス、種々の巨像群、無人の神殿、長く棄てられた霊廟。すべてが夜警のごとき眠らぬ意識によって護られている。「これこそがエジプトだ。おまえはまたにそのただなかにいるのだ」と静寂が囁く。「八千年の歴史が窓のすぐ外で羽ばたく。あるいは地下で眠ることなく死することもなく横たわる。あざむかれぬよう気をつけよ！　エジプトはおまえまでも変えようと狙っているぞ！」

　わたしの想像力がこう仄めかす――エジプトを正しく意識するのはむずかしい、と。それは人の思考力の外側にある、半ば幻に彩られた伝説的想念だ。あまりにも多くの要素がありすぎて理解を阻む。心臓が鼓動をやめ、息をつく時間を欲する。感覚が揺らめく。麻痺にも似た震えが脳に忍び入る。ため息とともにあらがいを諦め、精神がエジプトに全面降伏する。抵抗できるのは強固な事実にのみ縛られている発掘家や考古学者だけだ。イスリーが使っていた〈抵抗〉や〈保護〉といった言葉の意味がやっと明確にわかってきた。理屈はすでに働きを止めており、勘だけが影響を阻止できる手がかりだ。イスリーはだれよりもエジプトを深く認識している――少なくともその過去に関するかぎり。

エジプトが初めて自分に影響してきたときのことを思いだす。そしてそのときの記憶にどのようにして対抗してきたかを。途方もなく巨大なものの群れが頭のなかでまばゆい原色とともに渦巻き当惑を誘う。心地よく残るのはより小さな要素のみだ。混沌たる光景が浮かぶ。目も眩む光に染まる砂漠、花崗岩に挟まれた広い通廊、太陽を見すえながらまばたきもせぬ巨像群、果てしなく流れる輝く大河、同様に大空にも似て果てしない昏き砂漠、山脈のごときピラミッド群、巨大な石碑群、獣の肢と人の顔を持つスフィンクス群――すべてが途方もない規模だ。それらのひとつひとつだけでも驚愕させる。全体が及ぼす影響は到底把握しきれない膨大さだ。目の前でまぶしく輝く光景は近すぎて見きわめられず、一方遠いものはおぼろすぎて意識にも上(のぼ)らない。

記憶はさらにその後の数週のことまでもゆっくりと蘇った。それは目にもとどまらないほど多く攻め寄せ、強い力で押さえつけてくる。だが話に語られることもなく、絵に描かれることもなく、記録に残されることもない。ただ予期せざるまま不意に燃えあがる――霧の立ちこめるロンドンの街頭で、あるいはクラブで、あるいは劇場で。街で人の声を聞くだけでエジプトの物売りのかけ声を思いだす。大気が匂うだけで椰子木立を抜ける熱風の芳香が蘇る。エジプトの巨大さ壮麗さかありふれたものまでも変化させる。日常からは近づきえない地の底に深く埋められた文明であるにもかかわらず。そこには説明のつかない不安を誘うなにかが隠されている。冷たい久遠を仄めかすもの、不変にして荘厳ななにか、崇高にして美しくも、はるかな時間と距離にへだてられたこの世ならぬもの。ナイル河畔の憂愁が、あるいは数多の廃神殿の荒涼が心に残す曰く言いがたい美。砂漠の上に淡くきらめく影、鋭い生気を孕む剥きだしの原野。驢馬（ろば）に乗り旅をするアラブ人の姿さえ鮮やかに心に浮かぶ。小さく遠ざかっていくさままでが奇妙なほどにありありとして。緋色の空を背景に駱駝の隊列が影絵をなす。大いなる風、大いなる原野、大いなる暗夜、大いなる白昼。それらがロンドンの舗道の上で、あるいは劇場の特別席にいてさえ目に映る。近代文明の最尖端たるイギリスの地が、急激に意味のない無価値なものへと堕し、代わって失われた文明の無数の生命の復活への渇望が心に生じる。エジプトが暫時心を席巻し——やがて消える。

　そのような幻想的な自らの体験をわたしは脳裏に蘇らせた。結局否定しがたく残る真実は、そんな体験からさえエジプトはなにがしかの価値ある〈現在〉を奪っていくということだ。自分の人格のある重要部分をなす記憶であるにもかかわらず。己（おのれ）のなかのなにかがすばらしくも凄絶な美を求める。ナイルの水を飲みし者はふたたびそれを飲みに還ると言う……わたしにさえそれが起こりうるとしたら、ジョージ・イスリーのような気質の者に起こらないはずがあるだろうか？不意にある理解の光が訪れた。埋め隠されていた古きエジプトが、イスリーの魂に罠の網をかけたのだ。現在においてひっそりと成長してきたイスリーの生命が、再建された金色（こんじき）の過去へと奪い去られた。古きエジプトが現実であった時代へと。ある国は与え、ある国は奪う。イスリーという男は奪うに足る人格だったのだ……

この奇怪な回想に困惑し、窓をしめてそのそばを離れた。だが窓を閉じてもあの〈謎の第三者〉を締めだすにはいたらなかった。冷たい夜気がすでに吹きこんでいた。ベッドのまわりに蚊帳（かや）を吊ったが、明かりは点けたままにした。横たわると、この奇態な記憶を思いだせるかぎり紙片に書き綴りはじめた。だが書き進むうちにも記憶は言葉の隙間からつぎつぎと逃げていく。このような精神的な映像、神秘的な視覚は、言語で表わすには脆すぎるのかもしれない。何年か経ってから読み返したときには、薄い鉛筆で自ら書き留めたその記録にどんな強い意味があったか、どんな不可思議な感情があったか、思いだすのもむずかしくなっていた。文章は安っぽく、内容は誇張のしすぎに見えたが、しかし書いた当時は一語一語に真実が燃えていたのだ。古代エジプトはその歴史がはじまった当初から、あらゆる国々による暴力的な掠奪にさらされてきた。それで今はその復讐を開始し、獲物をひとつずつ仕留めにかかっているのだ。ようやくそのときが来たとばかりに。近代的な仮面の下に素顔を隠して、秘かに蠢きつつ獲物を待ち受け、秘められた力を発揮する。今は死せる多くの帝国にかつて身を売ってきた娼婦のごときエジプトは、そのころと同じ星空の下でおだやかな眠りにつきつつも、その美しさは変わらず、黄金の歳月で宝石のごとく飾り、豊かな胸と四肢を輝く日の下にあらわにしている。そして雪華のごとき白い肩を砂の上に乗りだし、現代の小さな人影の群れを眺め、そのなかから獲物を選ぶのだ……

　その夜わたしは夢も見なかった。それどころかずっと横たわりながらも一睡もできない。暗く長い時のなかで、ある場面がくりかえし脳裏に映じるのを心の目で見ていた——イスリーが月の照らす砂漠へ忍びやかに出ていったときのありさまを。夜が速やかに彼をおおい、過去を閉ざす不変の帳の向こうへと引きこんだ。そして持ちあげた。そこへなにやら黒々とした巨大な手が、花崗岩造りながらも手袋をした手が砂漠の上に現われ、彼を運び去った。かくて彼は消滅した。

砂漠とは不動のものだと人は言う。自ら動くことはないと。だがあの夜わたしはたしかに見た、砂漠がすばやく動くさまを。そしてイスリーにつかみかかったのだ。このように言う意味が人にわかるだろうか？　いやわかるはずもない！　とは言え、興奮のあまり奇妙なものが見えたように思ったのかもしれない。あまりに恐ろしい瞬間には、人はもはや逃れるすべはないと諦め、いっそ恐怖に呑みこまれたいと自ら望むことがある。なるようになれと。イスリーはそれを蜘蛛の巣に喩えた。たしかにそこでは中心にある力が自らを隠している、エジプトの魔法と人が呼ぶ輝かしい表面の陰に。その奥底は目に見えない。はるかな古代であるがゆえに——深き地下であるがために。風もない暑い日盛りの静けさの陰に、あるいは森閑としたおだやかな夜の陰に、あらがいがたく巨大ななにかが人知れずひそむ。わたしの頭脳ではそれはほとんど把握すらしがたい。あたかもわれらが太陽系が惑星群やその衛星群をつれだちながら、何光年もの彼方のヘラクレス座の恒星へと向かっているにもかかわらず、その星座が六千年前の距離からまったく近づいていないようにしか見えないのと同断だ。だが少なくとも手がかりは得られた。イスリーは自らの生命と思考と感覚とともどもに、ヘラクレス座に引かれる太陽系と同様に引きこまれているのだ。そしてごく小さい衛星の一人にすぎないわたしは、その恐るべき引力を感じざるをえない。あまりに強力で……その大波のただなかで眠りに落ちるのを余儀なくされた。

5

それから数日が物憂くすぎ、さらに数週が同様にすぎた。わたしとイスリーは同じ国際ホテルに身を隠すように滞在しつづけ、世間に気づかれない隠遁者のようにすごした。時間は気ままな速さに変わるかのようで、あるときはすばやくあるときはゆっくりと流れ、またあるときは時が止まっているような気がすることもあった。美しい日昇と日没とのあいだで毎日同じような馨しい昼がすぎ、日々の区切りがない長い長い一日が永遠につづくかのようにさえ思えた。時間を計る感覚までがおかしい。日々の流れが逆流したり、日付が忘れ去られたり。月も年も世紀までも区別がつかなくなっていった。

現在が不思議にもどこかへ抜け落ちた。新聞も政治情勢もどうでもよくなり、報道に興味が失せ、故国イギリスの生活など現実ではないかのような遠いものになった。ヨーロッパの出来事すべてがおぼろだ。生きることの流れ自体がこれまでとは別方向に——過去のほうに向かっている。友人知己たちの名前や顔は霧の彼方へ失せた。訪れる旅人たちは空から降ってくるもののようだ。いつの間にか身のまわりにいて、食堂室で顔を合わせる人々も、いつとも知れず外界から——どこかにある現実界から——入ってきた者たちのようだった。もちろん旅行者たちは週に四度の蒸気船でやってきて、五日ほどの滞在期間をすごしていくだけなのだが。そうした事情を知りながらも、なぜか意識することがない。故国は冬だがこの地は夏であることも、現実の距離感が薄らぐ原因だ。わたしたちは砂漠を眺めながら計画を考えた。「こんどはこれをやり、つぎはあれをしよう。あそこに行ってみたり、そのあとはあんなところにも訪れてみよう……」だが考えるだけで実行に移さなかった。いつも明日にまわそうということになり、あるいはいつの間にか昨日になっていた。それはわたしたちが不思議の国でのアリスの冒険を共有していたためとも言え、現実の〈今日〉は存在しないかのようであった。考えるだけで実際に行動した気分になれた。それで充分だった。計画は実行されたのだ。謂わば夢のなかの現実において。エジプトは夢の世界であり、そこでは心は過去へ遡って生きるのだ。

　それからさらに数週がすぎ、わたしは命が薄らいでいくのを見守っているような気がした。このままでは危険でありなんとかしなければと思いながらも、流れに歯止めをかけることができない。イスリーが内面でなにがしかの苦闘をつづけているとさまざまな細かい要素から気づいていたが、わたし自身も似たような境(きょう)に陥っているために助けになってやれない。イスリーの苦闘は大きくて決定的だが、わたしのそれは小さくて一時的ではある。それでも同じような蜘蛛の巣の端に捕えられていることは否めない。それに絡めとられている状態は感覚で理解可能だったが……イスリーの存在が減じていくのを見るのは辛い。彼の人格も存在と運命をともにした。才能が色褪せ、個性が弱まり、魂までがなにがしかよからぬものに侵犯された影響により融解していくようであった。彼はもはや苦闘すらせず身を任せていた。そのようすはなにやらおぞましい寄生虫が宿主となった生き物を麻痺させ、生きたまま思うさま貪りつくしていくさまを思わせた。

彼が体験していることはたしかに驚くべき冒険にはちがいないが、しかしそれが精神的なものであるとき、探偵小説で語られるような物語とはなりえない。したがってこの物語はあくまで個人的な表現であり、ひとつのありうべき観点からの記述であると考えてもらいたい。真のエジプトを知る者は——ダム建設や民族主義の台頭や農民たちの外見上の幸福といった様相がエジプトの真の姿ではないと知る者は——この観点を理解するだろう。古きエジプトからの掠奪は依然つづいているのであり、この国はそれへの復讐のための獲物を求めづけるのだ。

イスリーが自分の内面をかいま見せてしまうことは往々にして起こりがちであった。それで人々は一見落ちついている彼の外見の下でなにかが進行しているらしいと察し、関心を持つのだった。あるときわたしと彼はギザの大ピラミッド群を越えたところで行なわれているある発掘の現場を訪れたあと、メナで昼食をとり、それから大スフィンクスを見学するための道筋を通ってホテルへの帰途についた。すでに夕暮れの帳がおりて、観光客の大半はそれぞれの宿に戻ったあとだった。それでも一部は驢馬牽きの少年や土産物屋が客寄せのかけ声をあげているあたりを散策しつづけていた。堂々たる左右の肩とそれに載る巨大な頭部が不意に姿を現わした——砂の大海に溺れることなく座しつづける大スフィンクスだ。薄れゆく日の光のなかでそれは暗然と物恐ろしくそびえ、人ならざる存在たるを誇示する。どれだけ見慣れてもその威風が減じられることはない。表情の欠落した相貌は大きすぎて焦点を合わせられず、顔として認識できないほどだ。何度訪れてもその力強さは不変だ。どこかつねならざる世界からわれらの地平に侵犯してきたもののようだ。不安を誘うこの異質な存在に注視を迫られ、わたしもイスリーもそちらへ顔を向けざるをえない。二人とも立ち止まりはしなかったが、足どりをゆるめて眺めながら歩きすぎた。そうせずにはいられないなにかがある。だしぬけにイスリーが片手をあげ、わたしを驚かせた。スフィンクスのまわりに立つ観光客たちを指さしたのだった。

「見るがいい」と声を低める。「昼も夜も、いつ来てもあれを眺める人々がいる。だが注意すべきは彼らの態度だ。世界のいかなるほかの廃墟の前でも、人はあのようには振る舞わない」

イスリーが言うのは、観光客の一部が一人ひとりそれぞれちがうところにそろそろと移動して、あの壮大な貌(かんばせ)を自分だけの位置からまじまじと見入っている事実だった。深い砂の窪地にめいめいが別々に立ち、あるいはしゃがみこみ、あるいは寝そべって眺める。そういう者たちは決まって、通訳が偽りの流暢さで得々と語る見どころの説明に聞き入る多数派の人々と一緒にはいない。

「彼らは独りになりたがっている」とイスリーは半ば自分に言い聞かせるようにつぶやき、わたしともども束の間足を止めた。「崇拝の感情が湧くせいで、そうせずにはいられないのだ」

それはたしかに注目すべき事実だった。それらの人々が黙然と見入る表情の読めない岩の怪物が宿す双眸の印象深さは、低俗な観光用広告ごときで薄められるものではない。スフィンクスの大きな耳のなかに英国兵を立たせてみたりしたところで、誇張宣伝の域を出ない。だがわが友イスリーの言葉はこの絶景にある別の効果を与えた。と言っても決して高尚なものではなく、むしろこの砂の窪地のなかにある恐怖を呼びこむ。観光客がこの像に畏敬の念を持つ——ときには意志に反して——のも無理からぬことと思わせる。すなわち、怪物は彼らがまわりで眺めていることに気づいており、あの巨大な頭をゆっくりと振り向かせるのだと言われる。あるいは怪物の肢が動いて砂がこぼれ落ちるとも言う。そして眺める者も変化を余儀なくされるのだと。

「そろそろ戻ろう」とイスリーはわたしの空想を読みとったように低い声で告げた。「もう晩くなる。あの像をじっと見るのは今はあまり好ましくない」そう言ってわたしを急がせるように腕をつかんだあと、こうつけ加えた。「わかっただろう? ほかの見物人がいても問題ではないのだ。あの像のすごさは変わらない。むしろすご味が増すばかりだ——まわりにいる人間を像が利用しているのだ」

イスリーの神経質な言い方に、かすかな悪寒を覚えた。あるいはそんな奇妙なことを大まじめに言っているがゆえに。砂の窪地を離れたあとも、わたしの一部はその場にとどまっているような気がした。古代エジプトを象徴するかのような巨像はそれほどに畏敬の念を覚えさせた。不可思議な欲求が一瞬わたしを捕えた。このような恐るべき存在がなぜここに造られたのか、太陽を待ち受けていると言われるこの存在が持つ真の意味はなんなのか、本当の役割はどこにあるのか、この像の内部に息づく魂とはどのようなものなのか、依然として畏怖され信仰される滅びざる象徴としての意義は那辺にあるのか、知りたいと思った。この存在が持つ、過去へと引きずりこむ神秘的な力をまざまざと感じる。その力にこそ、わが友イスリーは本来の健全で現代的な気質にも反して、嬉々としてとり憑かれるにまでいたったのだ。おそらくこの像が過去をすばらしく望ましいものと思わせるからであり、人の魂を現在に留めている鋲(びょう)をゆるめる力を持っているのだ。具体的には、古代エジプトが秘める三種の深い魔法を体現している——規模の巨大さと、神秘的な不可思議さと、久遠の不動性とを。

だが幸いなるかな、わたしの場合にはまだ安っぽく宣伝される華美なエジプトへの憧憬が残っており、そのせいで冷静さが保てていた。一方イスリーは逆にそんなありきたりな神秘性には動かされない。彼は木乃伊(ミイラ)の話などしないし、より多くの人々に訴えかけやすい超自然的な話もしない。遊びでやっているのではないのだ。深刻で実体ある影響のみを受けている。また古代の死者の眠りを妨げることについては強い懐疑の念を持っているようだが、だからと言って古代の霊魂の怒りに代わって仕返しするといった考えを持っているわけでもない。現代において語られるそうした伝説のたぐいを彼は信じてはいない。子供じみた迷信程度としか見なしていない。彼を求めている古代の神格があるとすれば、それはもっと高尚な神だ。彼が生きているところは──もしこう表現することができるとすれば──彼の心がすでに自己のなかに再建したかあるいは蘇らせた世界なのだ。それは既成の世界観とは別の方向へ彼を引きこむ。現代的煽情的な神秘性の観点に彼の心が進むことはもはやない。あくまで過去へと戻るのみだ。おごそかに砂のなかへと消えていく彼の姿を見たときも、しかしそこに感傷的な雰囲気はなく、ただ再建された過去の広大な輝く空間へと呑みこまれていくのみだった。砂に埋められしエジプトの甚大な霊魂が彼を引き入れたのだ。彼の肉体上の外観が薄れていくように見えたのは、もちろんわたし自身が受けている心理的な影響のせいにすぎない。だがそれと並行してより神秘的な現象が顕われているのもたしかだ──恐ろしくも驚異的な顕現が。

それはイスリーの現代的あるいは現在上の外観が縮小していく一方で、彼の内面が成長していっていることだ──それも途方もない大きさにまで。古代エジプトの規模そのものが彼のなかに侵入しているがためだ。わたしの心の目に映じる彼の人格表現が急激に巨大化しはじめている。そびえ立つほどに高く。この地のふたつの側面が彼に憑依している――大規模さと不動性とが。

現代では無視され侮蔑さえされるそんな驚異の感覚がわたしのなかで覚醒している。ときに彼の存在のせいで恐怖すら呼び起こされる。古代エジプトの魔法が持つ途方もない規模と質量を実感して。現代文明のあらゆる高速性には軽蔑しか湧かず、心が真に畏怖を覚えるのは規模の大きさでこそあるのだ。あらゆる細部が全力でそれを心に印象づける。もはや現在は追放される。砂漠の広大さは数値で理解できるものではなく、ナイル河の水源もまたあまりに遠くて、地図上ではなく空想のなかにしかなさそうにすら思える。理解しようと努めてもめまいに襲われるだけだ。月か土星の風景であってもおかしくないほどだ。砂漠の装飾なき壮麗さに人の理解は及ばない。同様にピラミッドや神殿や塔門や巨人像の壮大さも人の心の端にまで近づいていながら、そのなかには入ってこない。心のすぐ外側で止まり、時の流れの巨影をまとってたたずむのみだ。これほどのものを生んだ古代の信仰はわれわれの意識に影響を与えるだけにはとどまらず、さらに先の段階へと進む。あらゆるものの尺度が不安を誘うほどに桁はずれであるため、人々の多くは安堵を得ようとして、計測可能な尺度の世界に引き返してくる。特急列車、飛行機、大西洋連絡船――これらはカルナック塔門や大ピラミッド群やセラペウムの遺跡内部などの大規模さに比べればはるかに理解可能で、不安を覚えることもない。

こうした甚大さの背後には、さらにある種の恐ろしさがひそんでいる。それは砂や岩石に映じる光と影の効果のみならず、まばゆい夕光や魔的な黄昏、さらには鳥や獣などあらゆる生命体の相貌にまで及ぶ。巨大な頭の野牛はもとより、禿鷹や鳶や終始口を動かしている駱駝など珍奇な動物が目白押しだ。もちろん景色のすばらしさはどこにでも偏在している。熱量にあふれた蜃気楼のごときこの地の風景には詩的という言葉すら当て嵌まらない。人間の微小な美観ではこのものすごさは表わしきれない。ここでは毎日が黄金の壮麗な波のごとくすぎていく。そんな美の洪水のなかで人はあてもなくさまようしかない。しかもそれはつねに過去へと、そして地下へと押し流していく大水だ。色彩豊かな衣装をまとった原住民たちが幕の前を静かに歩きすぎていくときも、古代エジプトの魂はつねに幕の背後にひそむ。それこそこの国の真の現実だとイスリーは言う――永遠に眠ることなく見すえつづける灰色の無辺の広がりこそが。ときとしてその幕が蠢いてめくれあがり、目に見えぬ手がのびてくる。手は人の魂に触れ、その存在を消滅せしめる。

6

崩壊の過程が発動したのは、わたしがジョージ・イスリーの前に立ち現われるよりもずっと前なのだった。変化はそのときから急激に起こってきたらしかった。

それはイスリーがエジプトに滞在して三年めで、そのときから彼はテーベ付近で出会ったモールソンという名のエジプト学者とかかわりはじめていた。すぐにわかったのはテーベがイスリーの最も関心を寄せている地であることで、彼の言に従えばそこが蜘蛛の巣の中心になる。と言ってもルクソール地域全体ではなく、また再建された遺跡という印象の強いカルナックは含まない。人の立ち入らぬ峨々たる山並みがつづき、遺跡に眠るいにしえの死者たちに永遠の安寧を与えんとする原始の神秘性に満ちた一帯こそが該当する。この絶対的な荒涼たる環境により、古代の崇高なる神官たちや偉大なる王たちの魂は不浄な外界から永らく護られてきた。この地の地下洞窟において、忠実なる久遠の時の流れに仕えられ、あるいは荘厳なる闇と静寂に傅(かしず)かれてきた。そして果てなき眠りのなかですぎゆく歳月とのみ会話しつつ、いつの日か慈悲深き太陽神ラーがいにしえよりの夢の成就へと招くときを待ちつづけてきた。だが王家の谷において予言に裏切られ夢が破れた——好奇心のためにのみ神聖な墓所を侵す邪(よこしま)な発掘者たちのために、死者の栄誉が傷つけられた。

イスリーとその協力者モールソンは時間をかけてこれに挑んだ。単に掘削や碑文解読に精を出すのみのほかの同行者たちとはちがい、失われたものの回復と再建のためになにがしか精妙な試験的作業を行なったとおぼしい。ところがそれが同行者たちのあいだで噂となり、さらに二人の現地人によって途方もない尾鰭がつけられた。わたしはあとで聞いたかぎりだが、じつに驚くべき話になっていた——曰く、月に照らされるのみの荒涼たる岩だらけの谷で、地下洞窟のなかに人影がかいま見え、火を焚いているらしく煙が大地の頂の上にまで立ち昇り、しかもなにやら遠く忘れ去られた原始信仰めく祭儀がその火のもとで行われているというものであった。おごそかながらも奇妙に蠱惑的な呪文を唱える声が洩れ聞こえ、それが切り立つ谷の絶壁に木霊(こだま)するのだと言う。当然ひどく誇張された話であり、おそらくは放浪のベドウィン族あたりが聞きつけて噂に広めたものででもあろう。それが案内人や通訳たちによってさらに潤色され、くりかえし語られもしただろう。そして最後は多くのホテルの現地人従業員たちの口を通じて、大袈裟ながらもまことしやかな目撃談として観光客たちの耳にまで入るようになった。のみならず官憲当局にも洩れ伝えられた。しかしわたしが得たたしかな情報によれば、その異常事はいつの間にか突然に終息したとのことであった。そのときイスリーとモールソンはすでに別れていた。またくだんの試験的作業の発案者はモールソンのほうであるらしかった。当時この男はわたしには未知の人物であり、その著わせる『古代エジプト太陽崇拝の現代における再建』なる興味深い書物が男の尋常ならざる頭脳を示唆する唯一の手がかりだった。その書によれば太陽崇拝は将来において体系的な信仰に発展しうるものであり、現代のさまざまな未発達の擬人化神信仰にとって代わるだろうとされていた。また占星術上のいわゆる星座というものは、なにがしか宇宙知性に類するものが実在する可能性を仄めかしているとも述べていた。すべてのページで古代信仰が燃えあがっていた。曰く人間の生命とは太陽のみから生じうる熱の謂であり、したがってキリスト教徒にとっても太陽はある意味での個人的な神として信仰の対象になりうると言う。そして最終的には太陽崇拝がキリスト教を併呑する。この信仰における儀式に関する記述は驚くばかりの現実性と美観を伝えている。ヘルワンにいるわたしとイスリーのもとにモールソンが訪ねてきたとき、この人物の著作のなかでこれまでに唯一読んでいたのがその書物だった。だがそれだけでもイスリーの変化にこの男が決定的な影響を与えているのが容易に見てとれた。

その後はテーベで発掘をともにし、そしてその地こそがイスリーを現代文明から引き離すほどの強い影響性の中心地となった。その場に人が近づきすぎないようにするための〈障害物〉を設置したのもこの男にほかならないとたやすく察せられた。人跡稀な威圧的な谷にただよう原始的且つ神秘的な雰囲気は魅惑にあふれ、現代人の心を強く惹きつけずにはいない。それがしかし想像力に欠けた単純な好奇の目を呼び、ためにエジプトにとってひそかな敵を生んでいることは観光客にさえ容易に察せられるところだ。そしてどこからでも出入り可能ないちばん近い都市テーベがその調和しがたい〈敵〉の謂わば本拠と化してしまっている。それでイスリーは歳月を費やしていにしえの魔法の再建に執念を燃やし、さらには生涯最大の影響を受けるかの人物にその地で出会うことになったのだった。

苦闘の真意が会話のなかでじかに洩らされはしなかったが、それでもイスリーが〈現在〉を捨て去る意志を固くしているのは言葉の端々から感じとられた。一度彼と〈恐怖〉というものについて議論した——それもまた問題の直接的な関連性を避けてのことだったが。わたしはなにかしら予兆さえ得られるならば人の心は恐怖を乗り越え、危機が起こらないようにできると主張した。

「だからと言って危機を完全に現実から切り離すわけにはいかないさ」と彼は反論した。

「精神で否定すればいいのだ」とわたしは言いつのった。「そうすれば現実ではなくなる」

イスリーはかぶりを振り、「初めから現実ではないものを否定はできまい。起こると予期していることを、単に厭(いや)だと打ち消すだけでは、子供じみた自己防衛であるにすぎない」束の間わたしの目を鋭く見すえた。「恐れを否定するだけではね。恐怖は否が応にも人を呼びこむものなのだ」と不安げな笑みを浮かべ、「そして最後には人を呑みこむ」

二人とも自分たちの会話がなにを意味しているかをひそかに承知していた。それは不遜にして不適当な態度だとも言える。わたしたちの議論の真の意味は、イスリーの〈消滅〉を心理学的に解明することだったのだから。それは嫌悪すべき事態でありながらも、抗しがたい魅力を持つ議論でもあり……

「ひとたび恐怖に囚われたら」と彼がつけ加えるように言った。「人の自信は崩れ、命の基幹が脅かされる。そして人は――喜んで破滅するようになるのだ。あらゆる行為の基本は自己を信じる心に懸かっており、自信こそ人であるとすら言える。ところがエジプトでは、ほかの場所では考えもしないようなことまで信じなければならなくなる。それは本質を覆(くつがえ)される事態だ」

イスリーはそこでため息をついたが、奇妙に嬉しそうな吐息でもあった。けわしい顔立ちに諦念と救済を表わすような笑みが一瞬浮かんですぐに失せた。屈折した破滅願望にとり憑かれているかのようであった。

「しかし、自信はなにかしらの実体験なしには築かれないものだろう」

わたしはまたそう言い返した。彼の遠まわしな言い方の背後に隠された精神の〈病み〉は、口にするだけでも恐ろしい。だがそれを敢えて言うのは、明らかに彼自身が話題にしたがっているのがわかるからだ。事実彼はすぐに同意した。

「そうした体験はつねにあるさ」とイスリーは暗鬱に応えた。「だれであれこの地に住みついているヨーロッパ人に尋ねてみたらいい。考える力と鋭い想像力を持っている者ならば、返ってくる答えはつねにただ一種類のはずだ。観光客でさえ、あるいは小物の外交官ですらも同じことを感じている。但しそれはこの地の天候でもなければ雰囲気でもなく、これだとはっきり指さして示しうるものではない。単に東方的な気分になるのともちがう。とにかく西洋人をそれまでのありきたりの生活から救いだしてくれるなにかだ。そしてそのあとには普通の生き方を完全に失わせさえする。無益な〈現在〉から積極的に脱却しようとするようになる。しかもそれは中途半端では済まない——ひとたび門があけられたならば」

彼の言うことには否定しがたい真実があり、どうにか強い調子で反論しようとしてもしきれるものではない。事実わたしの異論の試みはすべて無駄に終わった。彼は本気で深みに赴くつもりだ。それを言葉では止められない。そして彼は同行者を求めている——やはり独りで行くのは怖いのだ。が同時に邪魔されたくないのもたしかのはずだ。彼もわたし同様に心理面頭脳面双方で動揺し、矛盾に陥っているのだ。この驚くべき国では不可思議な気配さえ日ごとに増減を変化させ、信じがたい世界をかいま見せんとする神秘の地平の彼方への誘惑を思いとどまることはない。

7

わたしたちがヘルワンに来ていると知ったくだんのエジプト学者モールソンが急ぎ駆けつけてきたのは、風もなくよく晴れた十二月のある日だった。かの人物がこの国のあちらこちらをめぐっているのはもちろん仕事のためだが、このたびにかぎっては自分の自由にできる時間が多そうだった。それですぐには去らずヘルワンにとどまった。この男の来訪は予測困難な新たな影響をわたしたちに与えた。この人物が身近にいるだけで、わが友イスリーの変化が増強されるようだった。少なくとも変化が強調され、その点に目を惹かれやすくなった。この新たな訪問者は必ずしも歓迎すべき客とはならなかった。

「ここにあなたがいらっしゃるとは思いませんでしたよ」

モールソンはイスリーと顔を合わるなりそう言って笑った。〈ここ〉というのがヘルワンの地を意味するのかそれともこのホテルのことか判然としなかったが、あるいは両方を指しているのかもしれない。身をひそめるにはいいホテルだとわたし自身前に思ったのを憶えている。お茶の時間にモールソンの名刺が届けられたとき、イスリーはかすかながらも驚きをあらわにしていた。かつて一緒に仕事をしたこの男との再会は、できれば避けたいと思っていたらしかった。だが結局見つかってしまったというわけだ。

「ご同好の士と行をともにしていらっしゃるとは、噂に聞いていました。新たな発――お仕事に乗りだすお考えだという話もね」

〈発掘〉と言おうとしたが、思いなおして曖昧に言い換えたのはまちがいなかった。

「同好者がいるとの噂は本当ですが、もうひとつのほうは事実とは言いかねますな」

わが友は冷静な面持ちでそう言い返したが、しかし彼の態度にあからさまな反抗心が表われているとは言いがたく、むしろ逆の気味すらかいま見えた。その奇妙に親しそうなようすには、古くからの密な関係が窺えた。彼ら二人の話すことも、ともに見せる態度までもが、うわべとは異なるわたしには知りえない秘密を隠しているようだった。これまで共同でなにごとかをしてきたのであり、これからもするのかもしれないと思わせる。だがイスリーが本当に関係を断ちたいと思っているのであれば、決してできないはずはない！

　モールソンは野心的で且つまた精力的な気質と見え、仕事には深く没入する性格であるようだった。その仕事すなわち考古学に関しては、実際的な価値のみならず詩的な面のすばらしさをも見いだしているようで、その点において最初のうちわたしにもよい印象を与えたのを否めない。その分野における天分的な眼識により、早くから成功を収め名声を得ていた。知識は正確にして学識的であり、失われた古代文明の神話や伝説で頭のなかはつねにいっぱいになっているのだった。外見はおだやかで茫洋とさえしていながら、内面には情熱的で複雑な本性を秘めている。観察しつづけるうちにとくに関心を惹かれたのは、いにしえの太陽崇拝が有する非科学的な理念にもある種の真実性と美質を見いだしているらしいところだった。モールソンが著わした書物には以前は大いに当惑させられる面が多かったが、今著者をまのあたりにするとその先見性があらためて認識された。この奇妙な感慨はなかなか正確には説明できない。この人物が持っているなにかがそのような見なおしをさせるのだ。現代的な考え方のできる人物であり、最先端の情報にも通じているにもかかわらず、その裏側には別の人格を隠し持ち、そちらでは近代的な知性や教育が説く合理性からはかけ離れた思想を持つことをも可能としているようであった。謂わば博物館の展示物に貼られたラベルの下にひそむ秘密を読む能力を持つ男なのだ。あるいはまた古代王（ファラオ）の統べし御世（みよ）より蘇ってきたようなところがあり、そのゆえにか、知りあったごく初期の段階で早くも、この男こそ常人にはない強い抵抗力と自衛力をそなえる者だと認識させられ、と同時にその専門とする分野においてもきわめて例外的な存在にちがいないと思い知らされたのだった。物腰は軽やかにして華やかでユーモアに長け、あらゆる話題に笑いを伴わせて、それこそが世の中のあるべき姿だと言わんばかりだ。だがその笑いの裏には――知られざる面が隠されてもいるようだった。会話や挙動やあるいは沈黙や、この男のあらゆる部分から察するに、なにやら深く秘密めいたものを持つ人物であるにちがいなかった。エジプトの地であらゆる体験を経たうえに、そこでみごとに生きのびてきた傑物でもある。しかもその人間性には二面――いやそれどころか多面性すら認められるのだった。

外見は長身痩躯で贅肉がほとんどなく、肌はさながら木乃伊を思わせるほどに粗く乾き、己が仕事こそまさに天与のものだと冗談めかしつつも自慢する。事実砂だらけの霊廟の狭い地下道や、日の射さぬ窒息しそうな洞穴内でも、なにほどの苦もないかのように好んで這い進む。この男の精神はまるで液状ででもあるかのように柔軟で適応力に富み、しかもその特質が肉体上でも表出しているのだった。あたかもどんな方角へもいつの間にやらたやすく進んでいるようなところがあり、あるいはまた前進も後退も同時に、いやそれどころかあらゆる方角へいちどきに進むことができるかとさえ思わせる。

初めて会ったとき与えられた印象が、その後日を経ずして強められた。それはどこかしら責任感が欠如しているように思われること、あるいは誠意が足りないと感じられるところ、もっと言えば人としての心に欠落があるという気がするのだ。持てる倫理観がこんにちにふさわしいものではなく、その精神性に信頼が置けない。どうやら現代世界そのものになじめず、困惑やいらだちのみ覚えているようだ。どこかに不安定で危なっかしいところがある。イスリーに対する態度にも、心理学的に興味深い症例としてのみ関心を持っているような節が見受けられた。モールソンの著わした書物のなかで憶えているのは、古代の太陽崇拝において宗教的役割を与えうる人々の例を挙げる記述があったことで、それを思いだしたときある奇妙な閃きを覚えた——ひょっとするとイスリーはさる古代の力を再生させるのにふさわしい人材と見なされているのではないかと。モールソンはとにかく人を観察する能力にすぐれており、しかも視覚によるだけではなく、人の心理や感情まで読みとる——それらが挙動や行動となって表に出てくるよりも前に——力があるように思われた。わたし自身この男によって見抜かれている気がしてさえいた。生来的に持つ心理観察力によってすべてを読みとられているかのような。

モールソンは同じホテルに宿泊はしなかった。より社交性の高い別のホテルをすでに選んでいた。その代わり昼食と夕食のときには頻繁にわれわれのところに訪れ、ときには夜更けまでイスリーの部屋にとどまって、ピアノの腕前を披露したりアラブの民謡を唄ったりしてわたしたちを楽しませた。古代エジプト流の魔術儀式のための呪文に自分なりの韻を付して唱えてみせたりもした。彼の聴かせるエジプト古謡はその旋律といい和音といい想像以上に発達を遂げたもので、とくに儀式において非常な重要性を持つ音楽であるらしかった。とくに彼が唱える呪文はきわめて効果的で、それが腹の底から絞りだすような持ち前の深みのある発声によるのか、あるいはなにかもっと秘められた原因があるのか計りかねるほどであった。いずれにせよその効果はすばらしいもので、埋もれたいにしえのエジプトが浮上してくるかのような感慨を与えた。途方もなく巨大な〈なにか〉が室内に忍び入ってくるような気分を覚えさせた。彼が唱(うた)いだすと同時に、なにかしら壮大なものが心にのしかかってきた。核心には畏怖すべき圧倒性があり、また永遠の安らぎもあるようで、その旋律を聴きはじめて間もなく、脳裏に王家の谷が浮かび、神殿の廃墟や大きな石造りの顔やたくさんの星座の図が刻まれた碑(いしぶみ)なども浮かんできた。さらには――対をなすふたつの巨人像が。

わたしはとくにその巨人像についてモールソンに語り聞かせた。

「あなたがそれを感じたというのは興味深いですね――しかも、それを話さなければならないと思われたこともです」と彼は応えた。だがわたしの目も見ずにそう言ったときの態度には、じつは予期していたのではないかと思わせるものがあった。「メムノンのふたつの巨人像は、ほかのすべての遺跡を合わせたよりもエジプトという国を能(よ)く表現しています。あの像には顔がなく、そのさまはまさに砂漠のようです。つまりこの国を象徴しているわけですが、それでいて、そのメッセージを像たち自らは言い表わせません。なにしろ口を持たないのですから」と言って喉の奥から笑い声を放った。「のみならず目も鼻もありません。すべて剥げ落ちてしまって」

「それでも彼らは秘密を洩らします――真剣に耳を傾ける者にのみ」とイスリーが聞こえるか聞こえないかの細い声で割りこんできた。「それは彼らが言葉を持たないからこそ告げられるものです。こんにちでもあの像は夜明けとともに唄っています」

最後につけ加えたひと言だけは挑むような大きな声で驚かせた。モールソンはイスリーへ顔を向け、口を開いてなにか言いかけたが、ためらってやめ、そのまま束の間黙りこんだ。二人のあいだで鋭い視線が交わされ、危機感さえ覚えさせたが、その正体がなんなのかはよくわからない。どこかから冷たい空気が吹きこんできたような気がして、わたしはかすかに身震いした。モールソンがこちらへ向かい、やっと声を発した。

「いつも思うのですよ」彼の音楽をわたしが褒めたのに対し、笑いながらそう応じた。「自分の前世は、古代に信仰された太陽神アトン＝ラーに仕える神官ではなかったかとね。まるで生まれながらに知っていたかのように、指先がひとりでに旋律を奏でるのですから。ご存じかもしれませんが、三世紀の哲学者プロティノスはアレクサンドリアから数マイル離れたところに住んでいるとき、知は記憶なりとの偉大な悟りを啓きました」と冷笑的に楽しむような言い方をしてから、「とにかくその時代には、信仰とはより現実的なものであり」と真摯な口調に戻ってつけ加えた。「儀式は大いなる悟りを表現し教えるためのものでした。悟りにはそうするに足る力があったのです」

モールソンはそんな自己矛盾するかのような口調を同居させていた。そのときイスリーが座したままひそかに不安をかかえているような物腰を見せていると気づいた。いっとき両手で顔をおおってため息をつきさえした。なにかしら訪れつつあるものを除けようとするかのような奇妙な動き方をした。モールソンもそれに気づいたようだが、話題を変えはしなかった。ただ声の調子がかすかに変わった。このようにして二人とも起こっていることを避けて通るようすを幾度となく見せた。じつのところモールソンはそのなにかを再開したがっているようだが、イスリーはそれを先のばしてしようと努めているふうだ。

わたしはわれ知らずモールソンという男の人格を見きわめようとしたが、あるところから先はどうしても読みきれない。じつは知性的というよりも霊感的なところがあり、且つどこかに皮肉と冷笑を湛えている。そこでわたしは――どう言い表わすべきかよくわからないながらも――ふたつのことに思いいたった。ひとつは、彼のそんな皮肉の気味と、そして人間性の欠如とは、常時そうであるわけではないこと。もうひとつは、彼が社交界に出入りするのにはなにか秘められたつねならざる目的があるためらしいこと。ひとつめのほうはおそらく彼にそなわるエジプトの刻印が発動したときにのみそうなるのであり、ふたつめはその発動に抵抗し自らを護るためであるようだった。

「もしそうした陽気な楽しみをまるでしていなかったら」モールソンはあるとき、それとなく真意を隠すような軽い調子でそう言った。「エジプトに住みはじめた西洋人は一年と経たずに神経が参ってしまうでしょう。それで社交の場に行き、家にじっとしていては――大袈裟に言えばですが――夢にも思わない遊興をせずにはいられなくなるのです。あなたもお気づきでしょうが」と不意にわたしのほうを見てつけ加えた。「人々はカイロなどの大都市でなにかに駆られたように社交の場に跳びこみ、往々にして度をすごしたことをやっています」わたしはうなずいたが、モールソンはいくらかの不快感とともそう言っているのが窺えた。「いわば一種の解毒剤ですな」とかすかな辛辣さを声にこめ、「わたしも以前はそうした場をむしろ嫌っていましたが、今はたまに華やかな人付き合いをするのも――はめをはずした遊びさえ――大切だと思うようになりました。それがないと、エジプトというところは人の心に障ってきます。倫理観を揺らがせます。意志を薄弱にさせます」そう言ってイスリーのほうをちらりと見やった——それとなく真意を強調するかのように。「そうさせようとする蠱惑的な過去に対し、醜悪な現代文明が挑むように衝突している、エジプトとはそういう土地だというわけですな」そこで促すように笑みを浮かべた。

だがイスリーは反論するでもなく、ただ肩をすくめただけだった。するとモールソンはさらにつづけて、エジプトに悪影響を受けた友人知人の例を挙げていった。オックスフォード大学出身の教師バートンは砂漠でテント生活をしつづけ、最後は政府当局に救出される騒ぎを起こしたと言う。現代社会での普通の暮らしができなくなり、テントに寝泊まりしては砂漠を放浪しつづけたが、なぜそんな欲求にとり憑かれたのか自分でもよくわからないまま、ついには精神の平衡を失うことになったのだった。

「今はもう健全に恢復しています」とモールソンは言った。「今年ロンドンで会ったばかりです。なぜそんなふうになったのか説明できないと言っていました。ただ自分が変わってしまったのだとしか言えないと」

さらにジョン・ラテンという男は北エジプトでひどい性的暴行恐怖症に陥ったと言う。ナイル河での入水自殺の誘惑に駆られたマラハイドの例、砂漠の真ん中で突然きわめて異常な型の誇大妄想症を起こしたジム・モールソンの例（モールソンの従弟で、彼とイスリーの三人でテーベに野営を張っていたときのことだと言う）も話した。それら全員がエジプトを離れるとすぐ症状が癒えたが、その代わり以後はすっかり人格が変わってしまったかのようになったのだった。

それらをモールソンは思いつくままに語ったふうだが、話しぶりは非常に魅力的であり印象的だった。それはどうやら話しながら自身が感情を高めていくためであるように思えた。

「エジプトの遺跡が人の心を動かすのは」と彼は言った。「ただ巨大だからというわけではなく、きわめてすぐれた造形美があるがゆえなのです。どんな例でも思いだしてみてください——たとえばギザの大ピラミッド群でもいいでしょう。あれ以外の形状は考えられないと気づくはずです。半球形、方形、尖塔形、いずれも不適当としか言えません。基盤部がどっしりと大きく、頂上が尖った楔形、どう見てもこれが最も適切な輪郭です。自らが偉大さをそなえた人格のみがこのような形状を選びうる、とは思いませんか？　精神の平衡を失わない者だけが、あのような壮麗且つ調和のとれた神殿を建設できるのです。そのような心を持つ人々は生まれながらにして十全な真実と智を擁する、このうえなく立派な人格の持ち主でしょう。彼らが持てるかぎりの想像力によって行なった、永遠に本質的な美の表現が、あのような建造物であるわけです」

わたしとイスリーは黙したまま聞き入っていた。モールソンは思いの赴くままに好きなことを自在に語っているふうであった。ときどき笑いながらの問いかけも挟まれるその自由な語り口の背後には、しかしなにやら不安を誘う不穏な熱気が孕まれていた。その語りが向かう先には、モールソン自身とイスリーの生死にかかわるなにかが待ち受けているような気がしてならなかった。だがそれがなにかは計り知れない。わずかに共感できる部分がないわけではないものの、完全に理解可能とは言いがたい。イスリーも不安を覚えているようだったが、そのわけもまたわたしには知りえないものだ。

「古代のエジプトが湛えていた気配のようなものが」とモールソンがつづける。「今も依然としてこの地にただよっているとは、だれしもが容易に感じるところでしょう」半ば瞼を閉じているにもかかわらず、その瞳のきらめきは見逃しようもない。「人は己の想像力を通じて、その気配に影響されざるをえません。ある者はものの見方が変わるのを余儀なくされるかもしれません。心が時間を遡って、現在とはちがう状態になり、まったく異なった意識を持つことさえありうるでしょう」

そこで一度間を置き、わたしとイスリーの目を見た。

「古代の人々の信仰はそれは強力なもので」挑発的な言辞をわたしたちが受け入れていないのを見てとったかのように、話を再開した。「こんにちの世界では到底考えられないほどの確信に満ちた考え方でした。単なる理論思考ではなく、きわめて肯定的であり積極的なものでした。たとえば――季候の予想ひとつ採ってみても、星辰の配置や地平と太陽との位置関係などについて、人間と物象とをへだてる壁を薄らがせるほどの考察を働かせました。彼らが信じた神々にしても、単に鳥や獣やあるいは怪物を偶像化したわけではなく、自分たちの日常生活に影響する自然の神秘的な力を形象化したものでした。そして最も重要なのは――彼らがただ信じていたのではなく知っていたことなのです。人々は愚昧な迷信を無条件に吸収していたわけではなく、多分に科学的思念に基づいていました。たとえば六千年も空気にさらしつづけても褪せない色彩を作りだしました。あるいはまた、道具なしでも驚くべき複雑な数値計算を行ない、それゆえに春分の日や秋分の日を正確に知りえました。デンデラに行ったことはおありですかな?」と不意にまたわたしへ目を向けた。「まだですか！　あそこにはこんにち信じがたい黄道帯の浮彫(うきぼり)が遺(のこ)っているのです。また、ハトホル神が鴉(からす)の姿で表わされています！」

　イスリーが咳払いをしてなにか言いそうになったが、彼が言葉を見つける前にモールソンがもう話を再開していた。口調には新たな響きが加わり、物腰にも力強さが増していた。その変化はなにかを仄めかしているようで、秘かな狙いを胸に持っているのを感じさせた。ある大きな目的をわざと迂回しているように見受けられ、しかもイスリーもそれを知っているのだ。どうやらわたしにどれだけつけ入る隙があるか——言い換えれば、どの程度彼らに共感を覚えているかを見きわめるつもりとおぼしい。そしてそれは彼らがやった例の試験的行ないに基づくにちがいない。

「アメンホテプ四世の偉大な教えについて考えてみましょう。かの若き王(ファラオ)はエジプト全土の政情を刷新し、豊饒な繁栄へと導きました。また太陽神信仰を説きましたが、目に見えるお日さまを崇拝するのではなく、太陽神を姿も形も持たない神格と考えました。但し空に浮かぶ巨大な輝く円盤をその顕現と見なし、そこから放たれる慈悲ぶかき光線のひとつひとつが地上世界を祝福する御手(みて)をそなえるとしたのです。それは永久に果てない資(し)と愛と力の神であり、しかも民草(たみくさ)が日々の暮らしのなかでじかに感じられる存在で、それゆえに日の出と日の入りに心をこめて祈るべしと教えました。そこには擬人化された神の偶像などが入りこむ余地はなかったのです」

　そう述べきったとき、モールソンのまわりに神々しい光輝が浮かんだように思えた。と同時に声が低められ、その響きが心で知覚できるような気がした。半ば閉じた瞼の下からわたしをじっと見すえているのがわかる。

「さらに驚くべきは」ほとんど囁き声になっていた。「太陽神による春と秋の変化を演出する過程において、人の世に新たな力がもたらされると、当時の民が考えていたことです。ひとつひとつの黄道宮が個別の力を持つと見なされ、ただちにそれぞれに獣の像が付与されたため、それらがこんにちの博物館のラベル式のわかりやすく退屈な概念付けのもとともなりました。ともあれ、これらの黄道宮は二千年ごとに交代し、そのあいだにそれぞれの宮が人間精神の変化にかかわってきます。つまり人の心と天の動きのあいだには相関関係があり、古代エジプトの人々はすでにそれを知悉していたわけです。太陽が金牛宮にさしかかると、人々は牡牛を崇めました。白羊宮にあるときは花崗岩に仔羊(こひつじ)の図を刻んで崇拝の徴(しるし)としました。そのつぎは大いなる新たな訪れを意味する双魚宮で、古代エジプトはすでにその最盛期からくだりつつあり、のちには魚がイエス・キリストの持つ変化の力を体現するものとされました。これらは人間の魂がその根源たる神格の長い黄道での旅のなかで変化していくことを表わしており、〈上なる如(ごと)く下も然(しか)り〉の法則がすべての顕現せる生命の鍵となります。そして現在は太陽がちょうど宝瓶(ほうへい)宮に入ったときであり、新たな力が世界にくだりつつあるところです。これまで二千年にわたってつづいていた古い力が崩れ、滅びようとしています。新たな力が、新たな意識が、われらの扉を敲(たた)いています。今こそ変化のときなのです。そして――」モールソンが身を乗りだし、その目がわたしの眼前に迫った。「――変化を創りだすべきときです。魂はそれ自身が己にふさわしい容態を選びます。そして――」

突然のガタンッ、という音でそのあとの台詞は消え入った。絨毯から逸れて木の床があらわになっているところに、イスリーの椅子が倒れたのだった。立ちあがろうとした彼は自分のその椅子によろけかかった。わざとそうしたのかどうかはわからない。とにかく不意に席を立とうとしたためだが、すぐにまた坐りなおした。なぜか前以ってくわだてられていたことであるかのような奇妙な感じに打たれた。唐突さが却ってそう思わせた。そのあと彼が発した声もわざとらしいものに聞こえた。

「あなたのおっしゃることはわかりますがね、モールソンさん」とイスリーは鋭く言い放った。「そうした助けなしでも可能だと思いますよ。われわれにはある種の調和の力がありますから」

8

それは夕食のあとイスリーの部屋に集まっていたときの出来事で、突然のその発言まで彼は隅の席でじっとおとなしくしていたのだった。モールソンはなにも言わず静かに立ちあがると、ピアノへ近づいていった。そのとき目に入ったのは――それともそんな気がしただけだったのか？――皺の刻まれた顔にすべりこんできた新たな表情だった。幾分気を悪くしているように見えた。

そのときから――つまりモールソンが立ちあがって分厚い絨毯の上を歩いていったときから――わたしは新たに惹かれるものを覚えた。それまでの話しぶりや語った意味が依然身辺に空気のようにただよっているなかで、しなやかな指が鍵盤の上を走り、人気音楽喜劇からの心地よい曲の何小節かをまず奏でてみせた。だが人に傾聴を強いるふうでもない。わたしは聴くともなく聞くのみで、頭では別のことを考えていた——モールソンの歩き方についてだ。絨毯の上を何フィートか歩いていったときの足どりに、妙な力があるのを感じたのだ。それまでとちがって見えた。別の男になったかのような。たしかに変わっていた。おかしな話だが——そしてこれはイスリーについてもときどき思うのだが——大きくなったように見えた。それは心を魅すると同時にどこか威圧的でもあり、そのとき以後モールソンのまわりになにやら権威的な雰囲気がまとわりついてくるように思えてきたのだった。

わたしは奥の席から立ち、窓辺の椅子のひとつに腰をおろした。よりピアノに近いところだ。そのとき気づいたが、イスリーもまたモールソンへ顔を向けてじっと見すえていた。だがそこでのイスリーは現在の状態とはまるでちがう男だった。彼にも変化が訪れているのが察せられた——視覚よりもむしろ直感によって。つまり両人ともそれ以前と変わっていた。身の丈がのび、体の輪郭までがふくらんだように思えた。

イスリーは緊迫した気配をただよわせつつ、ピアノを弾くモールソンを見つめていた。若いころを思いだしながら——表情がそう告げていた——奏でられる軽音楽の旋律をたどっているが、しかしそうするにはある種の苦闘が伴うようだった。

「もう一度弾いてはくれませんか?」

イスリーがくりかえしそう囁いているのが耳に入った。同じ音楽をつづけさせ、それによって自分を現在につなぎとめようとしているかのようだ。失われつつある心の平衡をとり戻そうとしているような、そしてそれをしっかりつかんで放すまいとするような――だが旋律の記憶は薄らぎ、すでにほとんど忘れかけているらしかった。もはや持ちこたえられないようだ。それが見てとれた。イスリーの心のなかまで読みとれた。自分はかつてと変わらないのだと己に言い聞かせているが、無駄なようだ。彼の座す隅の席はわたしの向かい側にあたり、ようすを観察できた。あいだに黒く大きなブリュートナー・ピアノが挟まれてはいるが。ピアノの上には演奏しつづけるモールソンの半ば影におおわれた輪郭が見える。どこからともなく細い囁き声が室内をただよってくる――「この場こそがエジプト」と。ほかの場所では考えられないその奇妙な予感と期待が、すでにあたりに忍び入っている。三人のあいだに緊迫の気が漲(みなぎ)るのを感じる。ここではもはや現在を思いだすことさえ醜い。わたし自身、いずこかに失われたいにしえの壮麗な美を切望していた。

　この場の光景に全神経の集中を余儀なくされていた。すべてがモールソンによって入念に計算されくわだてられたものだと感じる。この男の頭脳で考え抜かれたその目的は、半ばしか隠されてはいない。あの音楽で彼が伝えようとしているものこそ、じつはエジプトそれ自体なのだ。彼のなかで最大の真実であるそのことを、音楽を通じて表現し、効果を見きわめ、イスリーとわたしを巧みに誘導していく――過去の世界へと。初めは現在を装い、徐々に説得力と浸透力と執拗さで真意を伝えていく。最初現代的と思わせていた雰囲気がいつしか真の意味を紡ぎだしている。ロンドンの街を思わせる音楽喜劇の陽気なリズムや、繊細なラグタイムや情熱的なタンゴや、果ては演奏会や文化的集会での高級な楽典を思わせる旋律へと移っていった。だがいずれのときも急激に変化させはしない。きわめて器用に階層を変えていき、聞き手の感情を自然に移動させていく。さまざまな作曲家の音調を諧謔的に改変する超現代的な試みまで認められた。リヒャルト・シュトラウスの騒擾、ドビュッシーの原始的甘美、スクリャービンの形而上学的歓喜と奇態。現代音楽のそんな最先端までも、この砂漠のホテルの一客室のなかに現出させた。イスリーはじっと座して耳を傾けつつも、いつしか落ちつきを失っているのが見てとれた。

「『牧神の午後』です」なんという曲かと問われたモールソンが、夢のなかにいるような口調で答えた。「お気づきかもしれませんが、ドビュッシーの曲です。そのひとつ前に弾いたのは、『ティル・オイレンシュピーゲルの愉快ないたずら』です——もちろんリヒャルト・シュトラウスの」口調までリズムに合わせるようにゆっくりと揺らぐ。一語一語に間が差し挟まれる。聴き手に意識を向けきっているわけではないかのようで、声には不安と恐れを増幅させるなにかがこめられる。イスリーのことが心配になってきた。なにごとかが近づきつつある気がする。モールソンがそれをもたらそうとしている。歩くときは無意識のようだったが、音楽を奏でる今ははっきりと意識しているようだ。そのなにかはモールソンの存在の深層にあるものだ。なにかの兆しが、かすかな変化が、室内に忍びこむ。わたしの心にまで侵入する。ものを理解する力が体から離れていくようだ。頭脳が退行し、基礎的な思考力までが失われていく気がする。

「これが現代音楽というものです。そうじゃありませんか?」モールソンがゆっくりと言う。「この表面的なだけの知性と賢明さには、深みや永遠性が欠如しています——まさに現代的な、単に煽情的なだけの聡明さです」わたしへ顔を向け、一瞬強い視線で見つめた。「永続的なものはなにもありません」と強調するようにつけ加えた。「現代の知性は知識のすべてを吐露します——乏しいからこそそうできるのです」

モールソンがそう言うとともに、部屋が狭くなったように思えた。より大きな影が四囲の壁を曇らせていた。あけられたままの窓から偽りの永遠が忍び入る。部屋の空気がふくらむ。モールソンはスクリャービン作曲の『プロメテウス——火の詩』の美しい旋律を奏でている。だがその響きはどこか薄く浅い。それが現代音楽だと言う。とるに足りない、ふさわしからざる音が。ほとんど荒唐無稽ですらある。わたしたちの精神がより深いものへ、辞書的な名前のないものへと変わろうとしている。異なる時代の精神へと。窓を見やると、広大な砂漠の彼方に石柱群が見える。外界へ耳を澄ます。月はない。空には星が懸かりきらめくのみ。遠く失われた民があの星々をめぐって智識としていた神秘を思い慄然とする。そしてはるか黄道を旅する太陽を思い……

星空を背景にして、夢のような唐突さである絵画的光景が浮かびあがった。天と地のあいだに速やかにすべりこんできたのは、壮大な神殿群の行列だった。デンデラ、エドフ、アブ・シンベル。行列は進みでては止まり、ただよい、ふたたび消えた。計りがたいおごそかさを中空に残して失せ去った。巨大な建造物群が目にもとまらぬほどのすばやさではないながらもするすると移動していくさまは、わたしのなかの理性を乱す。もちろんはそれは音楽によって呼び起こされた記憶の残像だとはわかっているが、エジプトそのものが自分のなかに流れこんできたような気分を否めない。とり戻しえない古代の最盛期にあるエジプトが。現代的なピアノの音色の背後に、無数の足が踏み歩く砂のさざめきが聞こえる……奇妙なほどにはっきりと。普通ならすぐ忘れてしまいそうななにかが心にわだかまる……この風変わりな体験をだれかに知らせたくて室内へ顔を戻すと、モールソンと目が合った。わたしをじっと見ていた。瞳の光に囚われるようだ。不意に理解した、今し方の幻はこの男によって喚起されたものだと。同じときイスリーも椅子から立ちあがった。漠然と予期されたものが近づきつつある。とそのとき、モールソンが急に曲調を変えた。

「こちらの方が好ましいでしょう」半ば自らに言い聞かせるようなその声には、なぜか木霊めいた響きがある。「この場によりふさわしい旋律です」地下の空洞から聞こえてくるような深みのある声だ。「今までのものはいささか不浄でした——ここで弾く曲にしては」

その語尾は自らの鳴らすゆっくりとした旋律のなかに消え入った。演奏そのものがくぐもってきた。ピアノを奏でているというより、音楽がおのずから響きだしてくるかのようだ。

「この場とは、どこです?」

そう鋭く問いを発したのはイスリーだった。同時に顔もすばやくモールソンへ向けていた。だが声はどこか遠くからのもののようで、それがわたしを身震いさせた。

モールソンは独り笑い、「このホテルはわたしの弾く曲には合わなかったという意味です」そうつぶやきながらも、鍵盤に身を寄りかからせるようにして巧みに弾きつづける。「言ってみれば——ここは存在の希薄な、偽りの場所にすぎません。わたしたちは本当は砂漠のただなかにいるのです。すぐ外には巨像が立ち、神殿の廃墟が並んでいます。少なくともそう考えるべきです」

そう言うと、不意にわたしへ顔を向けながら音階を吊りあげた。それから背筋をのばして、イスリーの肩越しに窓の外の星空を眺めやった。

「あの場所こそが――」と熱情的に声をあげる。「――わたしたちがいるべき場であり、音楽を捧げるべきところです！」声が急激に高まり唸る。「あれこそがわたしたちの精神を奪うのです！」

声の大きさは驚くばかりだ。だがどこか単調でもあり、そうと気づくと、皮肉と笑いの陰に隠された人間性の欠如が急にあらわになってくる気がした。モールソンの秘められた生命の流れがわかるように思えた。彼の魂と肉体もまた過去に生きるものなのだ。そこから言語で表現できる以上のことが明らかになる。彼の心は神殿内の通廊のなかに住み、彼の頭脳は忘れられた智識を掘り起こし、彼の魂はいにしえの魅惑的な栄光を新たにまとう。急激な魔力の伸長とともに、ほとんどが廃墟と化した古代の壮麗さを再現させんとする。彼とイスリーとが力を合わせ、自分たちを過去へと誘う力を再興させんと。ただイスリーは依然として迷いのなかにあり、一方彼はすでにこの地を永久の住み処とさだめている。

あの神殿群の流れを自分に視(み)させたわたしの能力が、今また新たな幻視を目に映じさせた。モールソンが裸でピアノの前の椅子に坐っていた。その姿がはっきりと見えた。もはや皮肉と笑いの仮面に隠れてはいなかった。じつのところはとうに過去に降参し、本当の自分を捨て去って、今己(おの)が魂の住む場所からイスリーを見つめるのだった――自分のところに導かれてくるのを待ち受けるように。モールソン自身が住む、地下なるいにしえのエジプトに。この大きなホテルもじつは砂漠の表層に不安定に建っているにすぎない。すぐ外には千もの霊廟が、百もの神殿が並ぶ。わたしたちの声さえ届くほどの近い範囲に。モールソンが〈それら〉と混じりあう。

そんな光景が絵のように空に浮かぶ。そのすべてが真実だ。

モールソンは依然として言い知れぬ力の漲る旋律を奏でつづける。荘厳にして勇壮な曲を。伝えられてくる力はあの足どりの力と同じものだ。そこには懸隔があるが、しかし空間のみの距離を意味しない。時間軸上の遠さもあり、その膨大な空隙を奇妙な悲哀と憂愁が埋める。音楽が行軍してくるが、とても遠い。幾星霜を沈黙しつづけてきたリズムを帯びて反復される。歌も聴こえるが、地下に流れるさらさらとした砂に埋もれてくぐもる。どこからともなく風がため息とともにただよいきて鳴りわたる。安手の現代音楽のあとでその対照性は心を乱す。但し変化はきわめて自然な効果のもとになされた。

「余所(よそ)では虚ろで単調な音楽に聞こえるでしょう——たとえばロンドンでなら」体を揺らがせながらモールソンがゆったりと言う。「しかし本当は雄大で美しい旋律です。お聴きになっておわかりでしょう」重々しくつけ加える。「そうは思いませんか?」

「これはなんだったか?」わたしがなにか答える前に、イスリーがぼんやりとそう言った。「曲名を忘れました。涙を孕んだ曲ですね——耐えがたいまでに」その声の最後は彼の喉の奥に消えた。

モールソンはイスリーの顔も見ず、わたしのほうへ向いたまま答えた。

「ご存じのはずです」リズムを勢いづけるように声が上下している。「前にすっかりお聴きになっています。わたしたちが行なったあの儀式の呪——」

その先は突然立ちあがったイスリーにさえぎられた。最後まで言われることはなかった。代わりに聞こえてきたのは、モールソンとイスリーの声とも言いきれない奇妙な唱和だった。ありえないことたが——砂漠に立つふたつの巨像がたがいに向かって唱(うた)いあっているさまが浮かんだ。

脳内に途方もない想像が飛びこんでくる。それらの像は古代に発見され崇拝された宇宙の偉大な象徴の似姿なのだと。それが人々の苦難の生を活かしたのだと。この認識がすべてを押し包んだ。はるかな時間がこの場から崩れ去り、自分をつれ去るような不安に襲われた。古代が心を支配しつつある。洪水のごとく押し寄せて足もとを攫い、過去へと引き戻していく。わたしも変わりつつあるのだ——すでに変わっている。

「思いだした」

そう言ったイスリーの畏怖が滲む物静かな声には、しかしひそかな激情も感じられた。そして悲哀も。今彼から現在が完全に去りやられた。声の最後は苦痛とともに断ち切られた。彼の魂が泣きながら遠ざかっていくさまが浮かんだ——どこか下方はるかへと。

「唱えて進ぜましょう」モールソンが小声で告げた。「この際、声が必要です。音とリズムだけでは神聖にすぎるゆえに！」

9

モールソンの声が長い抑揚を引いて唱いはじめると、それはあらゆる言語の根源でもあるかのように深く響いた。呪文が放つ魔法が蝕知できるほどに迫る。蜘蛛の巣がまわりを囲む。腕も脚も絡めとられる。細い糸の帳が目の前をふさぐ。唱えられるリズムのおおいかぶさるような力が魂のなかにまで入りこみ、魔力のごとく蠢く。体のまわりじゅうに生命が漲るのを感じる。遠く近く。死者の廟（みたまや）でも、あるいは固き山の廊（わたどの）でも。テーベがそびえ立ち、メンフィスが大河の岸をおおう。現代世界が揺らぎ崩れ、過去がふたたび起（た）ちあがり、その過去においてわたしの面前にいる二人の男たちは生きそして存在を有（たも）つ。現在の命の群れが頭上を嵐のようにすぎゆくうちにも、二人は地下へともぐりこみ棲みつく。音声（おんじょう）の波のなかを、再建されし王国へと。

わたしは戦慄し、のみならず激しく震え、半ば立ちあがる。と思うとすぐまた坐りこんだ、救いなき諦念とともに。彼らに近づきすぎたせいで、奇怪なその網に囚われてしまった。思考も、感情も、視界も、すべてが焦点を移動させられた。別の中心点へと。自分のなかで認識が変転するのを感じる。あらゆるものがちがう視点から見える――いにしえから。

現在は忘れられ、過去が至高となった。現実は失われた。室内は水滴のなかに視る細密画のごとき極小な景色となり、代わって地下世界が膨大に広がった。かつて悠然とこの世を闊歩していた巨大な足に運ばれて心が動いていく。すべてが伸長し、その規模に驚愕する。あらゆるものが途轍もなくふくらみ、ささいな計測など無意味となる。金色の日の光が手のごとくわたしを捕え、震える蜘蛛の巣のなかにいるほかの二人のそばに移す。砂を分けて進む足音が聞こえる。死者の廟（みたまや）に囁く声が聞こえる。聖なる音楽の単調な響きの背後に、薄暗い廟内で唱う死者の声が聞こえる。古代の廊（わたどの）が目覚める。記憶もさだかならぬ時代の命がわたしのまわりで幾重にも渦巻く。

現実界でのあふれるような異国語の波のなかでの新奇な体験が失せ去っていく。わずかに残るのは――現在の最も深く重要な知識さえも、簒奪せる過去の偉大なる頑強さの前ではとるに足りぬものと変じたという事実のみだ。一台のピアノとふたつの人影が見えるこの部屋も、透明な広いカーテンにピンで留められたささやかな細密画に変わった。前面の砂漠には神殿やスフィンクスやピラミッドが紋様のごとく広がり、後方では灰色の空がすべり落ちていき、そこから死者の統べる諸都市が砂を掻き分けてそそり立ち、究極の地平へと群れつどう……空では星々が、あるいは宇宙のすべてが息づき揺らめきつつそこへと加わる。古代の秘める膨大な内実が廃墟のなかから立ち現われ……燃えあがるがごとくに命を再生させる。

ついにはすべてが耐えがたくなってきた。眠りを誘うような音声がやむことを願った。そのリズムはすでに雄々しい勢いを失っている。わたしの心は砂漠を照らす金の日差しを求めて叫ぶ。河岸の爽やかな大気を求めて、あるいは夜明けの丘陵の上に立ち昇る紫の曙光を求めて。そのためにあらがい、引き返そうと苦闘した。

「そんな呪文は恐ろしすぎる！　頼むからアラブ民謡にでも換えてくれ――でなければまた現代音楽でもいいから！」

しかし苦闘は実らなかった。わたしはそれらの言葉をたしかに発し、自分の声もたしかに聞いた――ほかの二人がどうかはいざ知らず。広大な空間がささいな声など呑みこみ、たしかなはずの声量も小鳥か虫のかすかな鳴き声程度のものに変えてしまった。返事も反応もなく、ただモールソンであるはずの人影が急速に大きくなっていくのが認められただけだった――お伽話かなにかのように。本当かどうかはわからない。わたしは逆に縮こまっていきながら、この不思議な現象が自然に起こったもののように感じるのみだった――モールソンが驚くほど巨大化していくことも。

　魔法のすべてが一瞬のうちに発動した。究極の放埒感の歓喜も、なにもかもを捨て去る恐怖も、同じ現実感を伴っていた。モールソンの偽りの笑いの意味を理解した。イスリーの諦観の意味をも。変化しゆく意識のなかで恐るべき想念が鳥のごとく飛びすぎていった――この古代の再建は、彼らの求める精霊の再生は、それぞれに古き象徴を帯びる彼ら自身に降りかかり巻きこんでいるのだと。胎児が変化の段階を経て成人に近い姿を獲得していくように、この二人の冒険家たちもさまざまな象徴を経て古代エジプトという強力な信仰を帯びる。熱烈な帰依によりその崇める神格自体の特質を獲得する。いにしえのすべての神々の相貌をまとっていく二人の姿が見える。彼らによる神々の具現化さえ感覚できるようだ。現在は両人とも誕生前の段階にすぎない。そこを経て過去へと再生していくのだ。

　この凄まじい変化を司るのは独りモールソンの似姿ばかりではない。イスリーの顔もまた古代エジプトの規模にふさわしい大きさに変わり、現代世界に属していたこの狭い室内を恐ろしいまでに拡大させていく。ゆがんだ鏡は相似を示唆しない。ものの形態の秩序は崩しえないものだから。二人ともそれぞれの人としての相貌を失っている。見えるのは彼らの思考であり、感覚であり、膨張し変化した心であり、古代エジプトが彼らから奪った現代への愛の代わりに与えたなにものかだ。石のごとく不動で巨大で神秘的な昂然たる輪郭が膨張する。

　モールソンの痩せた顔が鷹のごとき威厳ある神格ホルスの貌(かお)に変わった。巨大化した体はピアノを玩具のような小ささに見せる。獲物を追う鷹の鋭さ狡猾さ恐ろしさをそなえ、きらめく瞳からは日の出のごとき光が速やかに広がる。イスリーの輪郭も同様に拡張されているが、その威厳の甚大さはモールソン以上で、スフィンクスのごとき広い肩幅をなし、顔立ちに宿る計りがたい力は静寂に満ちた神殿の厳格さを想像させる。それが最初の憑依であり、そのあとにつづいて映写画像のように矢継ぎ早に変化していった。いにしえの象徴群が増幅されたふたつの人間の顔の表面に閃きながらつぎつぎと通過していく。もつれることなき整然たるありさまは信じがたいほどだ。すばやく移り変わる象徴群は連続写真のように自然な速やかさで、ひとつひとつが認識されきらないうちにに消えてはつぎがまた現われる。そのあいだにもわたしは知るかぎりの知識でそれらの内なる意味を読みとっていった。このようにして古代エジプトは彼ら二人に憑りつくことにより、その肉体を借りて、且つ自らの強い再生力をもちいて、驚異的に己を表現していく……

あまりに急速な連続変幻を半分も把握しきれずにいるうちに――その過程は最後に残って彼らに固着することになるただひとつのものへと収斂する。すべてが一体となって。その壮麗な姿はほかのことごとくを呑みこみ、驚くべき巨大な像としてそびえる。古代エジプトの精霊がこの唯一の偉大な象徴へと調和し、二人の男たちを吸収し去った。それはひとつのおごそかな座する巨像で、夜のなかで砂に半ばうずくまって夜明けを待ち……

10

わたしは自己主張しようと努める者のように、現在に心の焦点を合わせるべく激しく苦闘した。そしてイスリーとモールソンを仔細に探そうとしたが、二人ともたやすくは見つからないと覚った。彼らの見慣れた姿はいつしか目につかないものとなっていた。

その代わりあの滑稽なほど小さくなったピアノは一瞬だけ見えた。但しその刹那のなかに古代エジプトの永遠性が残存した。ふたつの巨像はそれぞれに肩をかがめ、大きな頭を低めていた——つまり彼らは今また室内に戻っていたがゆえに。二人の小さな人間の崇拝者の体を通じて、いにしえの永続性の力を想像しあっているのだった。壁も天井も、部屋そのものが退いていく。砂漠と大空がそれらにとって代わった。

二人は凝視するわたしの目の前に並んで立った。だがどこを見ればいいのかわからない。育児部屋で巨人と出会った子供の気分だ。石になったように動くこともも考えることもできず、ただ目を凝らすばかり。見慣れているはずの男たちの姿が視界になく、ただ象徴の幻像が目に入るのみ。それさえはっきりとは把握できない。彼らの顔はあまりに大きく広がりすぎ、顔立ちもつねならざる規模へと失せている。肩も首も腕も中空へのび広がる。砂漠にも相があるようにそれぞれに顔は認められるが、しかし人の貌(かんばせ)ではない。人間の目鼻立ちは崩れた石の残骸のなかに消えた。

頬も口も顎も見あたらず、目と唇らしき花崗岩のかけらが認められるだけだ。壮大で不動で神秘的なエジプトが二人を説き伏せ引きこんでいる。彼らとわたしとのあいだには偽りの視界があり、現在のささやかな象徴たるブリュートナー・ピアノが見える。その光景は恐ろしい。心からの戦慄を呼ぶ。おびえが広がる。熱と冷気が同時に体内を流れる。力が失せて動くことも話すこともままならず、束の間完全な麻痺に陥った。

魔力の縛りは室内のみにはとどまらなかった。外界のいたるところにまで及んだ。過去がホテルの外壁のすぐそばまで押し寄せている。空間と時間の遠い懸隔がともに身近まで迫る。あの呪文がいにしえの魁偉な霊力を呼び寄せたのだ。周囲の砂漠に影が群れをなし、その大軍勢が音もなく忍びこんでくる。ピラミッド群が傲然とそびえ立ち、神々の石像が居並び、神殿群が新たな美列を編み、まわりの夜そのもののごとく鬱然とかまえる。大スフィンクスは不動にもかかわらず勢いを帯び、おぼろな輪郭を空間にそびやかす。巨大さに巨大さが応え……時間は広い間隙を置きつつ反復し、空間は長大な距離をのばし、しかもそれらが一瞬のうちに、且つごく狭い場所で起こった。すなわち今この場で。永遠が砂のひと粒ひと粒のなかで刹那ごとに囁きをくりかえす。あらゆる驚くべき細部をいちどきに認識しつつも、真に強く認識しているのは唯一のこと――すなわち、ここにいるふたつの大いなる像とともに、自分が今古代エジプトの精霊と相対しているという事実だ。そしてわたしの意識は苦痛とともに、しかし栄光とともに伸長し、すべてを包摂していく。と同時に古代エジプトがふたつの像を――そしてわたし自身をも包含する。

それはわたしもまた二人の仲間たちと同じものを共有したがためだ。彼らのそれよりは小さめながらもよく似た象徴がわたしにも憑りついた。動こうとするが、足が石に固着している。両腕も拘束された。体全体が岩に浅く嵌めこまれている。砂が体表を鋭く打ち、かすかな冷風の渦巻くなかで起ちあがるように促す。感覚はなにもない。固く動かない体の上に砂の散る音が聞こえるのみで……

三人で夜明けを待った。その時こそが、淵源たる不変の神の再生するときなるがゆえに。われらみなの輝ける生の発現たる神の……空気が張りつめ肌を刺す。遠い空で筋なす桃色の光が紫色と金色に変わりゆく。繊細な薔薇色が砂漠にきらめく。いくつかの蒼白な星が頭上に淡く懸かる。日の出をもたらした風が早くも渦巻いている。見わたすかぎりの原野が大いなる神の到来を待ち受けて静まる……

やがて待ちかねていたある耳を惹く音が立ち昇る。予期していたとおりの、慣れ親しんでいるかのような音声で、初めて聴いたときから察せられた――イスリーがモールソンに応えて唱う声だと。背後で鳴る伴奏もモールソンのときと同じ豊かな音量の旋律とリズムで、あの呪文のあとをたどるように高らかに響く。但しこちらはそれからは独立した別のものだ。殷々(いんいん)ととどろく歌声は古代エジプトの眠るところへと下降していく。ふたつの呪文がそこで出会う。エジプトが語りかける。千の太鼓が鳴るかのような深みのあるつぶやきは、砂漠そのものが発する聖なる声のごとくだ。わたしは石と化した心臓までも止めて聴き入る。ふたつの声が空へ舞いあがる。夜明けの長い声と声とがおびただしい会話を交わす。

「われらは依然この地を統べるものでありつづけん……幾世紀がすぎ去ろうとも」

おだやかながらも力漲る声が地下洞窟からのもののように深く響く。

「静寂は乱されたり。大軍とともに東へ向かうべし……いまだ夜明けに旧き世の智慧を唱(うた)いたれば……軍勢われらが訴えを必ずや聴かん。たとえ彼らの肉身の耳には届かずとも。日が昇るとともに、われらが言(げん)も進みいで、日の照る砂と時の遠きを探索せん……日暮れには鷹の翼(はね)に乗りて帰還し、わが石なる口に入らん……百年に一語ずつなれば、いまだ全語成らず。わが口は発語のごとに毀(こぼ)たれ……」

長い時間がすぎ、幾星霜が去り、わたしは砂の褥(しとね)で耳を澄ましつづけた。切れぎれの声は遠く消え入ったと思うと、ほどなくふたたび近くから聞こえる。さながら山々の頂が雲の上でたがいに語りあっているような風情だ。くぐもったとどろきを風が捉えては引き戻し……やがて虚ろに響きやむと、何年もの沈黙を経て、全言は驚くべき永きに及んで伝えられる。よりはっきりと聴こえるようになり、豊かな声が洪水のように滔々(とうとう)と流れくる。

「われら孤独のうちに待ち耳を傾けん。月と星が漕ぎゆき、河は海を見いだす。汝(なんじ)の毀たれし生に永遠を与えん……薄く白き煙のあちらでわれらの領を横切り汝の細き鉄の稜線が引かれるを見る。汝の鉄の遣いのものら空を啼き飛ぶを聴く。国々起(た)ちてはすぎる。帝国西へ飛びゆきついには消える。日は老い星は白み……風は地平を揺らがせ河は己が褥を移りゆく。されど永遠にして不変なるわれらはとどまらん。水と砂と火はわれらの本質にして、全宇宙空間に創られ……生に休みなく、死にもまた憩いなし。変化に終わりなし。日は還り……久遠の再生ぞ成されん……されどわれらが王国は地下の闇にありて、汝の愛しむべき日を知らず……いざ来たれ！　神殿には信徒つどい、われらが砂漠汝を祝福せん。われらが河、汝の足を攫わん。砂が清めるうちにも火は汝を焼きて智慧へと変じさせしめん……いざ来たれ、そして祈れ、時ぞ近づきたれば。いよいよ迫りたれば……」

声は往古の砂の深みへとくぐもり失せ、東では曙光が空へとあがる。果てなき生命の再来の偉大な象徴たる日の出が迫る。わたしのまわりでは広くしかし暗い道に古代エジプトの全身が立ち、息すら止めて展開の瞬間を待つ。像たちは長い忘却のときを経て今やけわしさもきびしさも失せ、大いなる石塔の森のごとく輝かしく立ち並ぶ。像たちの御影石の唇が開き、いにしえの目が大きく見開く。みな一様に東を向く。耳を欹(そばだ)てる砂漠の縁に朝日が昇りくる。

11

感情と言えるものはなく、あるとすればむしろ感覚と呼ぶべきものだった。ふたつの最も原始的な刺激の秘密がわかった気がした——歓喜と恐怖の……夜明けは急速に明るんでいく。風景が金色に染まる、あたかもヌビア砂漠の砂がひと粒ひと粒に分かれてそれぞれが輝いているかのように。退きゆく星々が光を地上に分け与えていったかのように。あたりに熱情が沸き立つ、あたかも全時代の信仰が放埓に湧き返ってくるかのように——太陽へと。エジプトの全廃墟がただひとつの広大な神殿へと溶けこんでいく。なにもない砂漠が神殿の床(ゆか)となり、壁は星の高みにまでのびあがる。

するとと突然呪文も伴奏もやんだ。不意に響きが沈んだ。砂が音を消した。そのあと太陽が古代世界から見おろし……

輝きと熱がわたしのなかに注ぎこまれた。ふたたび手足を動かせるようになった。石のように固まっていた体に生命の勝利感が走り抜けた。細かな粒子が束の間雨霰と体に浴びせられるのを感じた。突風に吹きあげられた砂の粒だ。このたびはそれが肌を刺すのを感じることができた。砂嵐はたちまちすぎ去った。灼熱が頭から足まで浸す。無感覚だった体に肉と血の意識が戻ってきた。日が昇り……わたしは生き返ったが、同時に――変化してもいた。

ゆっくり目をあける。大きな安堵が訪れる。室内へ向きなおり、深呼吸して肺を清める。分厚い緑の絨毯の上で片方の脚をのばす。なにかが自分から失せたのを感じる。代わりに得られたものもある。座したまま背筋をのばし、歓迎すべき解放を思う。脱出を、自由を思う。

一方で激しい混乱もある。そのなかで自分を見つけ、モールソンとイスリーも見つけた。気づかずにいるうちにイスリーの姿勢が変わっていた。立ちあがっている。風のようにすばやく近づいてくる。両腕を動かすのが見えた。手の下でなにかが光る。電灯を点けたのだとわかった。光は壁のさまざまなところから放たれた。のみならず壁龕からも、天井からも、書き物机のわきからも。ひとつがちょうど頭上の笠の下から光り、目を射た。いつの間にかふたたび現在に還り、現代的な品々に囲まれていた。

わたしの感覚が回復して現在の状況が明らかになるかたわらで、イスリーも急激な速度で遠方から帰還していた――心を打つ拳のように強烈に。途方もない長身と巨体から急速に縮こまっていた。その激しさはわたしめがけて駆け寄ってきたように見えるほどだ。モールソンのほうはと言えば、変わらずそこにいるだけだった。イスリーとちがって急激な変化などなにもない。ピアノの前の席から動かず、両手は鍵盤に載せたままだが、今はもう弾いていない。稲妻のごとく室内に帰還したイスリーは依然としてけわしい顔立ちに緊迫を湛えている。あらがいたい気持ちと崇めたい気持ちとが深く穿たれた目の奥で混じりあう。口は引き結んでいるものの、かすかに笑みが浮かぶ。痩せたように見えるその顔は高い崖が落とす影を思わせ、身震いを覚えさせる。イスリーの存在をふくらませていた大きな力が急速にしぼんでいく。存在が崩れつつある。日に焼けた頬にひと筋の涙が見えた。

一瞬激しい厭悪に襲われた。現在が壊れている。尺度の急変は見ているのが苦痛なほどだ。消え失せた壮大さがまた恋しくなってきた。手をのばせばまだとり戻せそうな気がする、奇妙なことにも。このホテルの部屋の安っぽさ、金ぴかの悪趣味な装飾、審美眼の代わりに利便性を重んじる考え方、信仰による落ちつきより欲得を優先する生活……それらの悪印象と、二人の男たちの操り人形のように縮んでしまった印象とが重なり、耐えがたいまでに辛さが昂じる。まばゆい明かりの下で、暖炉の上の置き時計の丸い文字盤が十一時半を指しているのが目にとまった。モールソンは二時間ピアノを弾いていたことになる。それを計算する力が戻ったところで、幻影が完全に失われた。真の意味で現実のただなかに還った。〈今日この日〉の物理的な意味が意識に焼きつけられた。

かなり長いあいだ三人とも動かず口も開かなかった。急激な変転のせいでみんな気持ちが混乱していた。だれもが高みから跳びおりたのだ、ピラミッドの頂から。あるいは天の星から。そして地上に激突し、精神が砕けた。イスリーをちらりと見やり、そもそもなぜ彼はここにこうしていられるのかとひそかに訝った。顔には諦念の代わりに力が表われている。涙はすでにぬぐわれ、もはやあらがいもせず苦しみもないようだ。ただ解放だけがある、心の空虚だけが。本当のジョージ・イスリーはどこかへ行ってしまった。真の彼は結局戻っていなかったのだ。

そのような屈折した過程を経て、われわれ三人は不意に常態をとり戻した。いつしかまるで日ごろのごとく会話を交わしていた。問いかけたり答えたり、煙草に火を点けたりと、普通のことをしはじめた。モールソンは物憂げに背を椅子に深く寄りかからせ、なにやらよくある平凡な和音を弾きはじめた。そうしながらときどきわたしとイスリーのどちらにともなくさりげなく話しかけた。イスリーがゆっくりとわたしに近づいてきたと思うと、紙巻き煙草をさしだした。彼の茶色い顔が煙草に影を落とす。とても疲れた顔に見える、戦いに敗れた兵士のような。

「どうだ、興（きょう）はあったかね？」

イスリーは細い声でそう問いかけた。関心のなさそうな無表情の顔だ。声を出したのは本物のイスリーではない。戻ってきた彼のごく一部にすぎない。微笑みさえよくできた人形のそれのようだ。

わたしはさしだされた煙草を機械的に手にとりながら、どう答えたものかと迷った。

「抗しがたいね」とつぶやいた。「すなおについていきそうになったよ」

「そうするのが心地よくもあるのさ」ため息とともにイスリーが言った。「しかも、じつにすばらしい！」

12

煙草に火を点けてくれる手が震えているのが目にとまった。なにかしなければという強烈な欲求が突然自分のなかに湧き起こった——邪なものを能動的にとり除かねばという強い意志が。「あれはいったいなんだったのだ？」わたしは半ば挑むようにそう声をあげて問い質した。すなわちピアノの前にいる男がやったことについて。「聴き手の許しもなくあんな演奏をするとは。しかも到底許しがたいもので——」

それに対して答えたのはモールソンだった。問いが終わらないうちに、まるで聞いていないかのように口を開いた。不意にわたしたちのそばにやってくると、煙草を一本とり、それを細長い指で和らげるように揉んだ。

「よくぞお尋ねくださいました」それがモールソンの物静かな返答の言葉だった。「しかしお答えするのはたやすくはありません。つまり、わたしたち二人が発見したものなのです」とイスリーへうなずきながら、「二年前に、王家の谷でね。「ある神官の木乃伊のわきに置かれていました。非常な高僧とおぼしく、それを太陽崇拝の儀式の一部として使っていたと考えられます。現在はブーラーク博物館に納められ、『ラー神の讃歌』という題が付されて、いつでも閲覧できるようになっています。時期としてはアクナトン王のころのものと思われます」

「そう、それがあの呪文の正体だ」間近で聞いていたイスリーがそう口を出した。

「呪文ですと?」モールソンが不審げな声で鸚鵡返しにした。「原典には言葉はまったくありません。あるのはただ母音の羅列のみです。旋律とリズムを考えたのはわたし自身です——それを呪文と呼びたければ呼んでもかまいませんがね。とにかく古代エジプト人が作曲したわけではありません、ご承知でしょうがね」とさぐるような目でわたしの顔を見た。「ここに言葉を聞いたとしても、あるいは聞いたと思ったとしても、それは聞いた人自身の解釈による言葉にすぎません」

わたしはなんの反応もせず、ただじっと見返した。

「古代エジプト人は儀式において〈根本言語〉と呼ばれるものをもちいていました」とモールソンはつづける。「それはすべて母音のみからなるもので、子音はまったくありません。母音ははじまりも終わりもなく永遠に唱えつづけることができますが、子音はその自然な流れを中断させ阻害します。子音自体には音(おん)がありませんからね。しかし根本言語には継続性が求められるのです」

三人とも束の間立って黙然と煙草を喫った。モールソンの演奏がたしかな知識に基づいたものだったらしいとはなんとなくわかった。イスリーとともに発見したなにがしか古代儀式の原典を頼りに演奏したのだ。そしてその効果をイスリーに及ぼし、ついでにわたしにまで伝播させた。そうでなければこれほどまでにひどくあの呪文に影響されはしなかっただろう。概して一国の魂と命はその国の信仰と詩性に根ざすものだが、あの長く単調な呪文の律動の背後では古代エジプトの大いなる信仰が燃え輝いていたようだ。そこには血があり心臓があり神経まであった。無数の民があの歌を聴いて泣き、祈り、求めてきた。太陽神を愛したすばらしき文明の熱情によってあの歌に魂がこめられ、その魂が今は身をひそめつつも生きのび、地の下でひそかに待ち受けている。古代エジプトの大いなる信仰がそれとともに蘇る――あの宇宙的な時代の核心であった壮麗に燃えあがるがごとき永劫の死後生への信仰が。幾世紀にもわたって数多の民が忠実なる神官たちに導かれ、まさにあの儀式を行ないあの呪文を唱え――且つそれを信じ、それを生き、それを感じてきた。昇る太陽の栄光は今も継続している。その霊的な力は大いなる廃墟の象徴群に依然として固着している。埋もれた文明の信仰が燃え盛りつつ現在に蘇り、われわれの胸にまで注ぎこまれてきたのだ。

するとふ不思議にも、二人の現代的精神の持ち主にこれだけの影響を与えられる人物に対して敬意の念が湧いてくる。但しそこには厭悪の感情も混じっている。乾ききり皺の刻まれたその人物の顔立ちをひそかに注視した。そこには先ほどのひとときと同じおぼろな翳りがまとわりついていた。光沢のない頬には石のような趣がある。幾分小さくなったようだ。実際に体が縮んでいる。つい先ほどまで囚われていた巨大な石の檻のなかに今も嵌まりこんでいるのではないかとさえ……

「ものすごい力を感じました――恐ろしいまでに」この人物と話したいというよりも、気まずい沈黙を破るためにぎこちなく言葉を発した。「古代エジプトがなにかとんでもない形で蘇ってきた気がします。それも、まるで――わたしの心にまで」

言葉が勝手に湧きでてくるようだった。われ知らず間を置いていた。自分自身に驚く。イスリーはいつしか窓のほうへ遠ざかり、わたしだけがその場に残された――別の時代から蘇ったかのような奇異な人物と相対したまま。

「そのはずです」そう口を開いたモールソンの目にはいまだ深みある光が宿る。「古代の魂がこめられている旋律ですから。あれを聴いて変わらずにいられる者はいません。かの神聖なる信仰が持つ本質的な美と情熱が表現された音楽です。太陽を崇める理と智に富んだすばらしい信仰の。人類世界で史上唯一の科学的信仰と呼んでも過言ではありません。もちろん一般の民草のあいだでは迷信的解釈も流布していましたが、神聖階層においては――すなわち、色彩や音響や象徴と信仰との関係を知悉する神官たちにとっては――」

不意に言いよどんだ。あたかも独り言を思いとどまるときのように。そして腰をおろした。一方イスリーはこちらに背を向けて窓から身を乗りだし、月のない夜の砂漠を見つめている。

「あなたは――前にも人にこの効果を試したことがあるのですか?」わたしは夢中で尋ねた。

「自分に試しました」とモールソンは短く答えた。

「他人に対しては?」とたたみかける。

一瞬のためらい。

「ええ――試しました」と認めた。

「つまり意図的にそうやったと?」問ううちに自分のなかのなにかが震えた。

モールソンはかすかに肩をすくめ、「わたしは一介の思索好きな考古学者であり――」と笑みを浮かべた。「――空想好きなエジプト学者です。過去を再構築し、人々にとって活きたものとする務めを本分とする者です」

この男の喉首を押さえつけてやりたい衝動が湧きあがった。

「魔法の効果というものが実在する場合があると、あなたはよく承知していたはずだ」と言い放ってやった。「事実、たしかにあるんですからね!」

モールソンは紫煙越しに見返した。この人物のなにがこうも戦慄を覚えさせたのか、今にいたるも確とはわからない。

「なにを承知しているわけでもありません」と、こともなげに言い返してきた。「ただ、それを試すことはきわめて正当な行為だと思っているだけです。魔法、とあなたは言われたが、そういうものはわたしにはなんの意味もありません。仮にありうることだとしても、それもまた単に科学的な現象だと言えるばかりです――未発見ないしは忘れ去られている智識にすぎないとね」話すにつれ、尊大なほどの強気な光が目に帯びられた。ほとんど無慈悲とも映る態度だ。「あなたが問題とされているのは、ご自身のことというより――われらが友イスリーさんへのご心配であるようですが?」

わたしは当惑とともに鋭い視線と対峙した。この男の総身から依然として禁断なるなにかが、且つ圧倒的な支配力を持つなにかが、放射されつづけているようだった。それはあの目に見えぬ蜘蛛の巣を呼び覚ます。あの薄布からなる膜の中心に微動もせずうずくまって、幾世紀も抜かりなく目を光らせて獲物を待ちつづける神秘的で怪物的な存在を。

「つまり」とモールソンが低い声でつけ加えた。「彼の人格が変化したのは——古代へと消えゆく前触れではないかと?」

今にしてほかでもないその言葉を聞かされ、わたしは不意打ちの悪寒に襲われた。降りかかってきた恐怖をぬぐえず答えられずにいるうちに、相手はさらに低い声で先をつづけた。またしてもわたしに対してというより独り言をつぶやくような調子で。

「古代の魂は、それ自身の状態や環境に応じて選択する権利を持っています。それによってほかの場へと変換されていき、決して消滅することはありません」

そのあといっとき黙りこんで煙草を吹かしたのち、これまでにない真剣な面持ちでわたしの顔を覗きこむと、新たな興味深い話題を口にした。なにやら心底からの感情が冷笑的な外観にとって代わったようだ。

「古代の魂は永遠であり、いかなる場をも支配することができます。永続的であるか否かにかかわらず。あらゆるよきものを排外して低俗で表層的なもののみを頑なに護るこの現代に、いったいなんの価値がありますか? この現代に崇拝や信仰や美意識といった人の世のいちばん大切なものを見いだせますか? けばけばしいばかりでなんでもすぐに流れすぎ散り去る時代に、そのようなものが生みだせるでしょうか? それら価値あるものは乾燥しきった骨の埋もれる廟墓の谷でのみ永久に蠢きつづけるしかないとでも? 活きている古代が愛と力と栄えとともに息づき、復活のときを待ち受けているというのに?」モールソンはさらに近寄り、わたしの腕に手を触れた。息が顔にかかる。「あなたも一緒に来なさい」物恐ろしく囁く。「わたしたちとともに還るのです！　この醜くとるに足りぬ塵芥(ちりあくた)のごとき時代から退きましょう！　そしてともに古代の精霊を崇拝するのです。壮麗なるいにしえの栄光と、大いなる思想と、すばらしい真理と、またとない本質的智識とを。それは今もいたるところにひそんでいます。呼びながら、求めながら。すぐそこまで近づいています。夜となく昼となくあなたを引き寄せ、呼びつづけ、求めつづけ……」

モールソンの声は彼方へと去るように不可思議に消え入った。だがこんにちにいたるまであのときの声が耳に響く気がする。柔らかく尾を引きながら薄れゆき、それでいて強く訴える「呼びつづけ、求めつづけ」と囁く声が。だが彼の目は邪悪だった。この男の持つ不吉な力が感じとれた。その精神と頭脳にはたしかに狂気が巣食っている。彼が栄光を求めんとしている過去もわたしには暗黒に見え、昏い禁断の悪疫のごときものとしか思えない。呼びつづけ求めつづける声も、わたしの耳には美ではなく死の声とのみ聴こえる。

「これは現実です」モールソンはわたしが縮みあがっていることにも気づかないかのようにつづけた。「夢ではありません。廃墟の象徴群も古代と同じように活きています。六千年前と同様に力を漲らせて。その背後ではあの時代の驚くべき生命があふれんばかりに沸き返っています。廃墟は単なる威圧的な石の塊ではありません。今も存在する大いなる力の目に見える表出なのです――今も識(し)りうる力の」

そこまで言うと顔をさげてきて、わたしの顔をまっすぐに覗き見た。そしてその目に秘密めいた光を走らせ、さらに囁きつづけた。

「あなたにも変化は認められます」息の下から声が届く。「あなたがわたしたちに変化を認めているのと同様にね。しかし真の変化は信仰によってのみなされるものです。人の霊魂はそれ自体が信仰する神格と同じ特質を帯びます。神格の持つ力が霊魂にとり憑き、己とよく似たものに変えるのです。あなた自身それを感じているでしょう。すでに憑依されているのです。あなたの顔に重なって、神格の石像の貌が見えます」

わたしは犬が体に付着した水をはじこうとするときのように身を震わせた。思わず立ちあがった。モールソンを押しやろうとして両腕を前へ突きだしたのを憶えている。侵犯してくる影響力を心から退けようとするように。しかし現実に起こった結果は、今にいたるまで頭に残っているイスリーの消滅――現在に属する彼が消えたという意味で――の現実での様相と同じく、笑い話で済ませられる程度のものであるにすぎなかった。人が本当に消えると考えるなど喜劇以外のものではあるまい。だがそこに恐ろしい面があるのも事実だ。荒唐無稽さの下層に恐怖が忍び入り、真実を滑稽さで隠す。それこそが実相であることが戦慄を呼ぶ。

背後にある大鏡を振り返る見ると、室内のようすとともにわたしとモールソンが映っていた。遠景には開いた窓のところに立つイスリーも見える。三者の姿はさながら象形文字が命を得たもののようだ。わたしは身を護るため両腕をまっすぐのばしたつもりでいたが、そうではなかった――不自然な形にのばされていた。古代の花崗岩に刻まれた浮彫の像のように前腕が奇妙にも鈍角に曲がっていた。さらに両手の掌を上向けにして、頭を反り返らせ、足は片方を踏みだす姿勢にして、体は忘れられたいにしえの精神を表現するかのように固く不動を保っていた。しかも三人がなす形がまた変わっていたが、その挙動の奇妙さもまた敬意の念と真実性の表われなのだった。

なにかが肉体を触発して形態を変形させたのだ。わたしたちの挙措が埋もれた時代の渇望と感情と傾向——ほかのどういう言葉で呼ぶにせよ——を表現し、古代の精霊を召喚せんとしていた。

そんな鏡の反映に束の間目を奪われた。その滑稽な立ち姿勢にようやく気づき、両腕をおろした。するとモールソンは長い脚を大きく踏みだしてさらに近づき、と同時にイスリーも窓のそばから急いでわたしたちのところに戻ってきた。三人とも言葉もないままおたがいの顔を見あっていた。その時間はせいぜい十秒ほどだろうか。だがそのわずかなあいだに世界のすべてがすぐわきをすべりすぎていくような気がした。幾世紀もの歳月が途方もない高速で流れていく音まで聞こえた。現在が崩れ去った。存在の地平が二方向へまっすぐのびる直線ではなくなった。地平が輪形（りんけい）となり、その中心でわたしたちは過去と未来とともに立ちつくした。輪形のため世界の細部のすべてに均等にしかもいちどきに手が届く。そして三人とも過去へ過去へと落ちていった……

「来たれ！」そう呼ぶモールソンの声はおごそかだが、期待に歓喜する子供のようなにこやかさも孕んでいる。「来たれ、ともに往（ゆ）かん！　ラー神の船が今地下世界を漕ぎゆくなれば！　暗黒は覆されたり。ともに往きて夜明けをば見いださん。聞け！　呼ぶ声を、求める声を……」

13

落ちていくのがわかった——但し落ちていくのはわたしの魂だった。筆舌に尽くせない転変がめまいを覚えさせる。千もの感情が激しく打ち変わりながら身のうちに注ぎこまれては流れ抜け、そのひとつひとつが強く意識されながらも、名づけられぬうちに流れすぎる。幾世紀の歳月の命もともに真っ逆さまに落ちゆく。そして墜落に溺れながら、過去が苦闘のすえに築きあげた急斜面をかの存在の墓碑銘がわずか数秒で飛びすぎる。変化が明滅のごとく駆け抜ける。わたしは泣きながら祈り崇めた。愛し傷ついた。戦い敗れそして勝利した。途轍もない規模の星霜が刹那のうちに万華鏡のごとくきらめきくだる。それにつれてわが魂も不動に静まる過去へとすべり落ちていく。

壮烈な下降にいたるまでの経過を滑稽なほど詳細に記憶していた——まずコートを着て帽子をかぶり、そして深夜に目覚める鳥の歌のような声でだれかが語りかけるのを聴いた——「裏口から出ましょう、正面はすでに施錠されていますから」——それからかすかに憶えているのは、大きなホテルの輪郭がそれに付属する柱廊やテラスとともども後方の中空へと失せていくさまだ。だがそれらの細部はいずれもまたたきながらたちまち消え去るのみだった。そのあいだもわたしは星から落ちる者のように地下へとくだりゆき、鳥の羽根や茶色い枯れ葉がその道すがらにわきをすぎていく。魂が時間のなかを遡り落ちていくあいだも摩擦はまったくない。墜落は夢のように静かでたやすい。時の巨大な淵に自分が呑みこまれていくのを感じ、その空無には阻むものとてなく……やがて信じがたいほどの速度がおのずとゆるまっていき、めまいのする落下がおだやかな浮遊へと移った。そして感知する間もなく角度が変わったと思うと、ゆるやかに滑空しはじめた。両足がごく自然に地表につき、さらさらとした柔らかで細かいものを付着させながらそのなかを進んでいく。

見あげれば空には星の群れが明るく光る。前方には頂の平らかな昏い尾根が見える。その左右には見慣れた広い原野がのびる。そしてわたしの両隣には人影がひとつずつ立ち、ともどもに進む。まわりは一面の砂漠だが、数千年もつづく砂だ。二人の同行者はどこか見憶えがあるものの、半ば見知らぬ者たちだった。名前を思いだそうとするが無駄に終わった。モースリーだったかイルソンだったか、そんな響きが頭のなかで綯い交ぜになって残るのみだ。二人のほうを見やると、目に入ったのは中味のない黒っぽい人形めいた輪郭だった。それらが生きた象形文字のごとき奇怪な挙動をする。一瞬見えたように思ったのは、二人の両腕が背中へまわされ、ありえない状態で縛られているさまだった。頭はまっすぐな肩の上で鋭く曲げられていた。

だがそれらの瞥見はほんの一瞬だった。ふたたび見なおしたときには二人ともしっかりとした姿に戻っていた。名前もようやく思いだされた。歩きながらたがいに腕をつなぎあった。すでにかなりの距離を進み、足が痛みだし息も切れてきた。大気は冷たく、あたりはまったき静寂。薄明りのなか、足の下で砂漠が流れ動いているように見えた――わたしたちが歩行しているというよりはむしろ。おおいかぶさるような高い崖をなす岩山がわきをすぎていく。岩棚や砂塚もすべりすぎる。ふと左から声が聞こえたと思うと、モールソンが喋っているのだった。

「めざすところはエネトです」唄うようなつぶやき。「正しくはエネト・テ・ントレ。そこには〈生誕の宮殿〉があり、わたしたちは心を捧げて命を新たにします」

それらの言葉と音楽のような抑揚とがわたしをうっとりさせた。デンデラのことを言っているのだとわかった。その地の荘厳な神殿では近年、十二宮との宇宙的関係をなす象徴図が永続性の高い色材で塗りなおされたと言う。またデンデラはエジプトでのアフロディテとされる愛と喜びをもたらす女神ハトホルの大いなる玉座の地でもある。ハトホルの夫は鷹の頭部を持つホルスであり、その故郷エドフにおいてわたしたちは速やかに吸収できる力を得た。また新年の時期でもあり、生ける大地の力の健全なる生育を祝す大宴(だいえん)が催された。

砂漠を徒歩でデンデラへと向かうあいだも、踏みしめる砂はすべて数千年を経たものだ。その時間と距離の途方もなさが精神の歓喜と昂揚を誘う。魂が法悦に浸る。自分が星々からいまだ分かれず、まわりを囲む砂漠からも分離していないことを感じる。妨げるもののない風が肌と神経を爽やかに撫でゆき、左手にはナイルの大河が幽(かそ)けくきらめき、水面(みなも)の漣(さざなみ)がわたしの両手を濡らす。エジプトの命を感じる。それこそがわたしの内部に、頭上に、まわりにあふれる。自分もその一部となる。行軍は喜ばしく、朝日と出会う鳥の気分だ。信仰の邪魔になる長時間の休息は挟まれない。流れるように歩きつづけるが、但しときどきは休む。三人とも尽きせぬ活力を保ち、現在にも未来にもまったく見向きもせず、ひたすら過去の王国においてのみ生きる。

大ピラミッド群はさながらひとつの建造物であり、オベリスクの列がその周囲を警護しつつ自らの均整美を誇る。テーベが数多の門を世界に向けてあけ放つ。輝くごとき新都市メンフィスはイシスの涙に清められた水に映ってきらめく。アブ・シンベル神殿を囲む崖はいまだ遺跡の全容をあらわにしてはいない。ただスフィンクスだけが計り知れぬ悠久の往古とつながり、真意を読むことも知ることも許さぬまま異世界を沈思しつづけている。その古代のただなかをわたしたちはデンデラへと向かって進軍する……

　どれだけ長く歩きつづけたか、どれほどの速さでいかに遠くまで来たか、二人の同行者が旅の途上で交わしていた驚くべき会話と同等にはとても思いだせない。憶えているのはただ、浮き立つほどの幸福感を乱す苦痛の波が急に襲ってきたときのことのみになってしまった。いかにしても破られないと思っていた心の平穏までが崩されてしまった。そのとき彼らの声に突然戦慄が滲みはじめたのだ。恐怖と喪失と悪夢のごとき狼狽とが冷たい風のように吹き寄せた。ほかの二人が衷心から真実と見なしていることが、わたしには一時的な共感の手段にすぎなかった。しかも、もはや自分の力の及ばない段階にまで来ている。消耗感に襲われた。気分もしぼむ。他人からの影響によって意識が過去へと引っぱられていく非日常的緊張が途切れ、崩れた。二人の男たちの話し声がかすかでいながらおぞましいものに聞こえる。歓喜が消え去り、代わって恐怖が砂漠から睨みすえ、星までが邪悪なものに見えてきた。安全と健全な現在が急に激しく渇望され、過去を手に入れんとしていた狂った欲求を凌駕した。足が前へ進むのを拒む。砂漠のうねりも止まった。つなぎあっていた腕さえ忌まわしくなる。三人ともついに足を止めた。

　どの地点でそれが起こったか、今ではよく承知している。あとになって知ったことだが。そこを写真にも撮った。じつのところヘルワンからそう遠くない——大王椰子園からせいぜい数マイル程度だ。ゲラウィ涸川（ワジ）と呼ばれる奇妙に蠱惑的な谷の入口に位置する起伏の多い砂漠が斜面をなすあたりだ。蠱惑的というのは、促がすような呼びこむような風情のある谷だからだ。石灰岩からなる荒涼たる谷のただなかで、突然黄色い砂が流れて人の足を前へ進ませようとするところ、それがこの場所だ。ここではいともたやすく地すべりが起こる。そしいつもつぎの尾根と窪地が見えてくる。それがつねに少しずつ先へ移動する。やめておけ、この流れる砂は人を誘うがゆえに——と崖が呼びかける。砂が金色に流れるそのさまこそが人を魅する。

そしてこの谷の入口で一同立ち止った。足どりのリズムが崩れ、ひとつに寄せあっていた心ももはやひとつではない。わたしの一時的な歓喜も失せた。それどころか恐れを覚えはじめていた。現在が襲いかかるように降り注ぎ、精神が発狂の縁にまで追い立てられるのを覚えた。脳のなかを曇らせていたなにかが晴れゆくようだ。

人の魂はたしかに自らの住む場所を選ぶ権利を持っているかもしれない。だが現実世界以外の場所で生きるのは正気の沙汰ではない。しかも、現在のあらゆる健全な事象から切り離されてそこからの脱出に巻きこまれることは、狂気をも超える災厄だ。それは死を意味する。心がジョージ・イスリーを案じて燃えあがるのを感じる。彼の頬をつたった涙を思いだす。その苦悶が急激に分かちあえてくる気がした。だが彼の苦悩は実際の身の上であり、わたしのそれは共感による反映にすぎない。苦悩と戦うには、彼はすでに深入りしすぎている……

早暁の星空の下で見る荒涼たる奇怪な風景は終生忘れられないだろう。砂漠がわたしたちを見すえている。裂けた尾根の縁に立ち、金色の砂に埋まる谷間を見おろす。二十フィートほど下方で、星空の明るさのなか砂が柔らかにみごとにきらめく。そこへとくだるのはたやすい——が、わたしは動かなかった。つぎの一歩を踏みだすのを拒んだ。すぐわきでは二人の仲間たちが神秘的な薄明りのなかにいて、谷の縁から覗きおろしている。モールソンのほうが少し前に出る。

わたしはイスリーのほうへ顔を向けた。自分が負うべき役割を確信していた。が、力のなさも意識せざるをえない。目前の洪水を止めようとしても、急流に呑まれてまわりながら沈む藁にも似た徒労に終わるだけかもしれない。いっときの沈黙が息を呑む葛藤を孕む。大波に巻きこまれる寸前の小さな渦のように静止した。だがついには口を開いた。ああ、このとき感じた自分の声の頼りなさ、ちっぽけな人格の弱々しさを思うと恥入るばかりだ。

「モールソンさん、わたしとイスリーはこれ以上は一緒に行けません。いささか遠くまで来すぎたようです。もはや引き返すべきときです」

わたしの言葉の背後にはたかだか三十年の半生があるのみで、一方それに言い返すモールソンの言葉には六千年の歴史があった。その声が眼下の黄色い砂をゆるやかに動かす風の声そのままに囁いた。

「われらの足はすでにエネト・テ・ントレへ向かっているのです。戻ることはありえません。聴きなさい、あの呼ぶ声を、求める声を！」

「もう故国に帰る！」わたしは困難を承知で決然たる口調に努めつつ怒鳴り返した。

「故国はこの地なり」とモールソンは唱(うた)い、細長い腕をのばしてまぶしく明るむ東のほうを指さした。「大神殿が呼び、大河がわれらの足を導きたれば。〈生誕の宮殿〉に入りて暁(あかつき)と出会うべし――」

「嘘だ！」わたしはわめいた。「あなたは狂気に憑かれて、でたらめを言っているだけだ。求めている過去も〈死の宮殿〉にすぎない。そこは地下に穿たれた死の王国なのだ」

言葉がおのずとあふれるように出てきた。それとともにイスリーの腕をつかんだ。

「ジョージ、一緒に帰ってくれ!」名状しがたいほどの懸念に胸の痛む思いで懇願した。「来た道を引き返すんだ。故郷に帰ろう。聞こえるか、現在がいたわりとともに呼んでいるのが!」

きつくつかんでいたつもりの腕が、強く引き離された。モールソンはすでに黄色い砂のほうへとくだりはじめ、どんどん遠く小さくなっていく。不自然なほどの速やかさですべるようにおりていく。その姿の急激な縮まり方は唖然とさせる。すでに人形のようにしか見えない。へだてられた距離と空間を超えてかすかな声が響きあがる。

「呼んでいる……求めている……聞こえるはずだ、久遠に呼びつづけるあの声が……」

砂の谷に吹く風とともに声は消え入り、明るみゆく空に過去が怒涛のごとく押し寄せる。わたしは嵐に背中を押される者のように激しく揺らがされ、めまいを覚えた。つい導かれそうになった——崩れがちな谷の縁を越えて、砂のなかへと。

「戻れ! ぼくと一緒に帰るんだ!」またも呼んだが、声は弱まる。「現実にあるのは現在だけだ。そこには仕事もあり、希望もあり、責務もある。美もある——健やかに生きることの美しさが。そして愛もある。さらには女たちも……呼んでいる、求めているぞ!」

モールソンの声がまたも下方から響く。それはくりかえし唱うように砂の壁を這いあがってくる。その調子には抗しがたい魅惑がある。

「われら、はやエネト・テ・ントレに踏み入りたり。呼び、求めたればなり……!」

その声がわたしの声を呑みこんだ。イスリーは眼下をくだりゆき、その姿は茶色い砂へと向かって小さくなっていく。砂が動き、砂漠がふたたび活性化してきた。ふたつの人影は急速に過去へと引かれゆき、魂を新たなものに再生させんとしている。

わたしは脆い石灰岩がなす崖の縁に独り立ち、なすすべもなく見守る。その光景に愕然とするうちにも、空には緋色の夜明けが立ち昇ってきた。広大な砂漠が地平線へと向かって生き返り、金と銀と青に染まる。紫の影が灰色へと溶けこむ。平らかな頂の尾根が照り輝く。曙光の筋が大いなる使徒たちのごとくいたるところへ同時に到達する。暁の光輝のまばゆさが視界を霞ませる。

だがたとえまぶしさに目が眩もうとも、わたしの内面の視力はつづいて起こる事態を注視しつづけていた。イスリーの姿が消えゆこうとするのを見逃しはしなかった。その様相は恐るべき魔法のごとくだった。ふたつの影は今や眼下の砂のなかへ小さく遠く失せつつあるが、そのさまは細密画のようにくっきりと見えていた。人影の輪郭は壮大な風景に恐ろしくも豁然と嵌めこまれた。空間的な距離はじつはそう遠くないにもかかわらず、時間のほうは幾世紀の懸隔を挟まんとしている。大きくおぼろな影が二人を包んでいくが、それはただ崖の影のみではない。影は砂の上を這って二人を囲み、消し去ろうとしている。影のなかの二人は琥珀に固められた虫のようで、目に見えながらも囚われの身となった。大きさもまたに虫のままに、深みへと吸いこまれていく。

そのあともまだ人影の輪郭は認められた。だがすでに生気はなく、砂漠の表面に描かれた平面図のように見えるのみだ。あたかも妖しい意味を持つふたつの象徴図のごとく。早暁の世界に古代エジプトの精霊がうずくまる。夜明けが精霊を呼び覚ましたのだ。大いなる神の前にいにしえの世がひれ伏す。そびえる巨像群の影もまた額（ぬか）づくかのようだ。小さな人間たちは神に心を支配されて崇拝し、それらの影に深く囚われている。

イスリーの姿がはっきりと見えた。その瞭然さと現実感は驚くばかりだ。イスリーは身ぐるみ剥がされ裸になっていた。あるいはむしろ、酸に浸けられて溶かされたあとに残った骸骨のようでもある。彼の生命は大いなる過去の躯体のなかに隠された。エジプトが吸収し去ったのだ。彼は消滅した……

わたしは目を閉じたが、長くは閉じていられなかった。瞼がひとりでに開くと、三人ともいつの間にかあの大きなホテルの近くまで戻っていた。しめきられた窓の並ぶ黄色い壁の建物が早朝の光のなかにそびえ建つ。一陣の爽やかな風が北のほうからモカタム丘陵を越えて吹きつけた。空には柔らかな丸い雲の群れが散らばり、ナイル河の向こうの朝霧が白い筋をなすあたりには、大ピラミッド群の頂が山脈の峰々のように金色に輝き浮かぶ。背に白い石を積んだ駱駝の一隊がわたしたちのわきをすぎていった。ヘルワンの街路から物売りたちの客寄せの声が響く。ホテルへの石段をあがろうとしたころ、荷運び屋に牽かれた驢馬の一群がやってきて砂埃の路上で止まり、観光客を待ちはじめた。

「旦那方、おはようございます」荷運び屋の男アブドゥラーが声をかけてきた。「今日はサッカラ行きですか、それともメンフィスへ？　こういう陽気のいい日には驢馬が役に立ちますぜ！」

モールソンはひと言も発せず自分のホテルに戻っていった。イスリーは自室にあがった。廊下の角を折れて姿が失せようとする寸前、彼が一瞬よろけたように見えた。顔はおだやかとも呼びうるような虚ろな表情を湛えていた。そこには光輝さえ窺え、なぜか身震いを覚えさせた。わたしは体にも心にも痛みがあってものも言えず、ただ彼らと同様にするしかなかった。階上の自分の部屋に入るとすぐベッドに横たわり、日没がすぎるまで夢も見ぬまま眠りつづけた……

14

体の岸辺から潮が退(ひ)いていくような愉快ならざる気分のうちに、独り暗然と目覚めた。最初に意識に浮かんだのはわが友ジョージ・イスリーのことだった。すると、彼の手書き文字でわたしの名前が記された白い封筒が目にとまった。

なかに収められた手紙に並んでいた言葉は、封をあける前から予想できたとおりのことであった。「ぼくとモールソンは今夜の汽車に乗ってテーベに向かう。来たければきみも来たまえ」そう簡潔に記されていたが、後半の文はかすれがちなせいか二度書きされていた。とは言えぼやけて読めないほどではない。つぎにはモールソンの住み処の所番地とイスリーの署名とがしっかりした筆跡でしたためられていた――「親愛なる友へ、ジョージ・イスリーより」

懐中時計を見ると、午後七時をすぎたところだった。夜行列車の発つ時間は六時半のはずだ。彼らはすでに去ったあとか……

とり残されたという孤絶感は強く苦く、心の痛みを深めた。だが古くからの友人とその同伴者への懸念はより強く、絶望にも近い。恐れと心配の気持ちが、あるありうべからざる可能性への門の手前で自分を制止していた——その門の先は、意識から現在が消されて過去に支配されている世界だ。時間から逸脱し、永遠を体験する場だ。その誘惑から、わたしの貧弱な精神はどうにかあらがって逃れることができた。だがわが友人はなにがしかへの到達のために敢えて屈服し、その恐るべき報奨を得た——おお、それはまさに絵の裏面であり、言いがたく強い憐憫を呼ぶ。イスリーは心底からの沈滞に身を任せ、その褒美として偽りの至福を手に入れた。現在のあらゆるものから脱して美を見いださんとする夢想を得た。その夢から目覚めるのは不可能に近い。消えゆく星をつかもうとして、代わりにつかんだのは世界で最も古い幻だった。彼は自らの虚ろな生に裏切られたのだ。わたしのなかで哀れみが炎のように燃えあがった。

だが結局友人とその同行者を追いはしなかった。ヘルワンで帰還を待つことにして、自分への虚しい言い訳とともに虚しい日々をすごした。自らの愛するものが深く澄んだ水の底へ沈んでいくのをただ見守るしかないときのような気分だった。それは目に見え手も届きそうな範囲にありながら、なぜか捉まえられない。モールソンはイスリーをテーベにつれ去った。恐るべき過去の具現物たる古代エジプトがついに獲物をわがものとしたのだ。

そこから先は語るのもたやすい。モールソンには二度と出遭うことがなかった。こんにちにいたるまでふたたび顔を見てはいない。だがその後もあの人物の著わした書物が刊行されていることは知っており、新たな教理を啓いて進取的な宗派の開祖となったとの芳しからざる噂も耳にした。一部の狂信的な配下を従えて悪名を獲得し、やがては——忘れ去られようとしているのだった。

しかしわがジョージ・イスリーはと言えば、二週間ほどの間を置いてヘルワンに帰還した。ようやくにしてふたたび顔を合わせることができ、ともに食事をして語りあった。二人して軽い探査にも出かけた。再会した彼はまるで女性のようにやさしくにこやかで、愛する理想を手に入れてそれを深く記憶にとどめている者のように見えた。荒々しいところが失せ、映すに足るものと見ればただちに反映させるクリスタルのごときなめらかな気質となっていた。それでいて彼の外見には曰く言いがたい衝撃を与えられた。内面がなにもなくなり——まったくの虚無と化していた。それはまさに、如何にもテーベの地から帰還した者そのままの状態だった。謂わば機械人形のごとくだ。ロンドンの街をこんにちも歩く人間の抜け殻だ。かつて知る彼はかけらもない。ジョージ・イスリーはたしかに消滅したのだ。

わたしはこの不思議な人形人間と、つづくひと月のあいだ一緒に暮らした。イスリーは国際的に活躍する発掘家としてあのホテルを拠点にエジプト社交界を闊歩したが、心配ゆえにつねに同行せずにはいられなかった。彼は謂わば幽霊にもひとしく、日の盛りにはこの世に訪れるが、それ以外のときは別のところにひそんでいるのも同然であった。

こうして空虚な像のごとき友人とともに三月の初めまでヘルワンのホテルで住み暮らした。やがて春の風が虚ろな肉体に心地よからぬ時期の到来を告げ、ほかの場所に移ったほうがよいと教えた——すなわち北のほうへ。

そしてイスリーはホテルを立ち去った——還ってきたときと同じすなおさで。

彼の脳は神経と筋肉が慣れ親しんできた単純な刺激に従順に反応するのだった。そう表現すると愚かなだけのようだが、しかし彼は謂わば自動的に切符を手に入れることができるのだった

――つまりその自動性が自然且つ妥当なものであるかぎりにおいて。そして船とその寄港地とを普通の旅人たちが選ぶのと同じようにして選び、普通の人々が友人知己と別れるときと同然にさよならを告げ、そしてふたたび会えるようにと望みを口にさえするのだ。そのような意味で彼はまったく自らの脳のなかに住んでいると言える。心理や感情や気質や人格など、偉大にして同情的な神経構造が作動するかぎりにおけるほかに名付けようのない心的活動のすべて――すなわち魂は、どこかへ失せ去ってしまった。かつては精力的で能力にも富んでいたこの男が、ありきたりなほどに気がいいだけの、だれにでもたやすく理解されうる匿名的なまでに普通の男に変わってしまった。世間が期待する人物像と寸分たがわない、善良でありふれたどこにでもいる人間の一人になった。それゆえに愉快な男でもあるが、しかし半面、そうした常識的な日常性を表面に反映させるだけで、自身がそれに参画するわけではない。大半の人々は気づかないことだが、彼の〈愉快さ〉はごく表層的な一面にすぎない。野心や多忙癖や熱中性といったものは失せ、倦むことのない専心によって邁進せんとする気力もどこかへ行ってしまった。あとに残ったのは、精神的欲望の欠けた肉体的活性のみだ。彼の霊魂は新たな巣を見つけ、そこへ飛び立っていった。あとは平穏と無関心と空虚とそして過去とからなる多面獣（キメラ）として生きるのみだ。目に見える体躯は大きく堂々としているが――そこには真の意味の動性がない！　変化することが叶わないからこその平穏で満足している。彼という存在を囚（とら）えている大きな体、謎めき方、不動性といったものは、見るだに恐ろしい。その内部をあばいて覗き見ようという気持ちにすらなれない。かくてわたしと彼とのあいだには親密さというものがなくなった。テーベで彼がなにを体験したのかについては、まったく問わなかった——問える力もなく、問い方もわからない。彼のほうからもその点はなにひとつ説明してくれない——現在に生きる者には伝達不可能だとでも思っているかのように。おたがいのあいだのそんな障壁を、どちらも敢えて崩そうとはしなかった。彼のほうは現代生活というものに対し、薄い幕の向こう側から興味なさそうに無感動に覗き見るだけだった。つねに幕の陰に隠れて。

　周囲の人々はサッカラや大ピラミッド群に赴いては大スフィンクス像を眺めたり、エドフやデンデラで夢想に耽ったりしていた。あるいはアスワンやハルツームやアブ・シンベルへの探訪について盛んに話し、砂漠での野営のようすなどについてこと細かに自慢する者たちもいた。そして風、風、また風！　エジプトの風は吹きつけるのみならず、ため息をつき、あるいは唄いもする。白ナイルから旅行者たちが訪れ、青ナイルから発掘家たちが帰還する。あるいはファユムからも、あるいはほかの数多の遺跡からも。そして探検話に花を咲かせたり、著述を執筆したりする。みなおしゃべり好きな現代の知識人たちだ。大なり小なりエジプト学者であると言え、遺跡で石壁の文言を読んだり、パピルスの象形文字文献を現代語訳したりもする。だがそれらの真の秘密を知る者は、独りジョージ・イスリーのみだ。彼だけがそれらとともに生きているがゆえに。

　且つまた、この虱(しらみ)はびこる野生の地に息づく魔法であるところの、気高き美と麗と魅と、そして熱をも孕む尊き静けさとは、わたし自身の魂にも侵入しているのであり——そのせいでイスリーの精神状態を理解できていた。それゆえに独りでは去れなかった——尤も、一度去りかけながらも長くは離れていられなかったと言うのが正しいのだが。イスリーが知るエジプトをわたしも知りたかった。但しそれを口には出さない。言葉にして叶えられるものではない。ただ一緒にナイル河の岸辺を散策し、かつてメンフィスの一部であった椰子と雑木の林を探索した。あるいはまた大ピラミッド群の彼方の砂漠地帯にも足跡を刻み、モカタム丘陵の紫色の夕暮れと金色の朝焼けを眺め、黙然と歩みつつそれぞれの場に影を残した。イスリーが部屋にこもったまま朝を迎えたことは一度としてなく、わたしもそれに付きあう習慣となり――それによっても彼の魂の信仰心が豊かなものであることが確認できた。エジプトの大いなる静かな空が、あるいはそこに懸かる星々が、膨大な蒼き広間たる宇宙が、二人を見守った。燃えるような南風をともに感じ、あるいは北風のなかナイル河を大型船で上流へと昇り、そのたびに太陽の黄金の愛がわたしたちの血のなかに注がれるのを感じた。この地はどこもかしこもが壮大であり、そしてそのすべてに太陽が黄金の魔法をかけ……

しかし太陽と風とだけが鳴らしうる時の流れからの警報をかすかに聴く場所としては、砂漠が最もふさわしかった。そこでの空間は分割できないがゆえに無にひとしく、また世界が〈今日〉と呼ぶところのものの詳細を心に思いださせることもできない。わたしたち二人をへだてる幕が懸かる場所も砂漠にほかならない。イスリーをそちら側に、わたしをこちら側に分けるが、但しその幕は透明だ。イスリーは数えきれない多層の様態を帯びる。月に向かってそびえ立ちつつ、その一方で自らの燃える命に向かって広がりつつ退き、あるいは太陽に惹かれ、あるいは澄んだ大気に惹かれて、なにかしら内なる巨大存在のなかへと侵入する。そして彼の精霊はつねにわたしのそばにあって離れず、ともに古き世の霧のなかへとくだり入る。

イスリーはときどき身動きし、わたしは決まってそれに気づく。彼は顔をあげて耳を澄ましつつ、けわしい峰々の波の上へ片方の腕を昏く振りあげる。するとはるか彼方で砂が筋をなしてゆっくりと浮きあがる。さらさらと音をさせて。もう一方の腕も——より巨大なほう——のばされて、別の腕と出会い、ふたつの途方もなく大きな人影がひとつところに引きあわされる。時の上方へ引きあげられ、幾世紀を睥睨する玉座に坐る。彼らは永遠を知る者たちだ。安逸のうちに二人してこの地の支配者の座にとどまるだろう。そして東へ向かい夜明けを待つ。彼らの唱う忘れられしすばらしき詩(うた)が世界へと響きわたる……

解説

『ウェンディゴ』(ナイトランド叢書)に続くアルジャーノン・ブラックウッドの傑作集『いにしえの魔術』をお届けします。前集同様、「自然への畏怖」や「神秘への希求」を描く物語を選び、代表作の新訳と、本邦初訳作を併せ収録しました。

ブラックウッドはイギリスの怪奇幻想作家の中では、日本でもかなり早い時期から知られた作家で、多くの作品が邦訳されています。さらに近年は、『秘書綺譚』『人間和声』(共に南條竹則訳　光文社古典新訳文庫)、電子書籍『木の葉を奏でる男』など(Books 桜鈴堂)があいついで刊行され、ホラー・ファンに限らない広い読者層から、あらためて注目されています。

ブラックウッドの知名度が同時代の他の怪奇幻想作家より高い理由の一つは、江戸川乱歩が彼の作品を好み、しばしば紹介したことにあるでしょう。特によく取り上げられたのは本書の表題作で、たとえば「猫町」というエッセイでは、同作(乱歩の表記では「古き魔術」)と萩原朔太郎の「猫町」の相似に目を向け、次のように称賛しています。

「萩原朔太郎の『猫町』を敷衍するとブラックウッドの『古き魔術』になる。『古き魔術』を一篇の詩に抄略すると『猫町』になる。私はこの長短二つの物語を、なぜか非常に愛するものである。」(平凡社『怪談入門』より)

この相似はどこから来たのか、推理したくなるところでしょう。たとえば久世光彦の小説『一九三四年冬――乱歩』では、乱歩自身が「いにしえの魔術」の筋を朔太郎に語って聞かせる場面を描いています。実際には乱歩が海外の怪奇小説に興味を持ったのは後年からなのですが、想像力の展開には興味深いものがあります。

朔太郎と親交のあった芥川龍之介から、と考えるのが、より順当でしょう。実際、芥川は英米の怪奇小説を愛読しており、日本近代文学館所蔵の彼の蔵書「芥川文庫」の洋書の中には、『ドラキュラ』『フランケンシュタイン』、M・R・ジェイムズやアンブローズ・ビアスらの怪談集と共に、「いにしえの魔術」を収めた『ジョン・サイレンス』を始めとするブラックウッドの作品集も数冊ある由。そして、他の洋書同様、余白に芥川の読後感が(それも、比較的好意的なものが）書き込まれているとのこと。面白い怪奇小説を読むと人に語りたくなるものですが、もしも……と想像すると、楽しくなってはきませんか。

その「いにしえの魔術」は、旅人がふと迷い込んだ異類の棲む町を描く傑作。E・F・ベンスンやH・P・ラヴクラフト、本邦では日影丈吉にも影響を与え、さらには村上春樹『1Q84』の作中作「猫の町」とも、「猫町」のような相似を見せています。

もう一作の新訳「獣の谷」は、北米の森林を舞台に、自然に対する畏怖を描いています。

初訳三篇のうち、最長の「エジプトの奥底へ」は、かの地の神秘にとらえられた英国人たちを描き、『ウェンディゴ』所収の「砂」の姉妹篇ともいえる傑作。同作では砂そのものが神秘の象徴でしたが、こちらでは音楽がそれに近い役割を果たしています。

「秘法伝授」は、タイトルから、作者が所属した魔術結社「黄金の暁（ゴールデン・ドーン）」を連想するところですが、ウォール街の為替仲買人がスイスの自然の中で伝授されるものは、オカルト的なものではありません。しかし、大いなる神秘に触れたときの高揚が如実に伝わる作品です。

「神の狼」は、カナダを舞台に未知の存在の襲来を描いた、謎の深さでは『ウェンディゴ』を上回る恐怖譚。本書の中ではもっともホラー味の濃いものでしょう。

いずれもブラックウッドの自然観や思想がうかがえる、深みのある作品です。ゆっくり時間をかけてお楽しみいただければ幸いです。

（植草昌実）

【収録作品・原題と初出】

「いにしえの魔術」Ancient Sorceries
John Silence, Physician Extraordinary (Eveleigh Nash, 1908)

「秘法伝授」Initiation
Day and Night Stories (E.P.Dutton, 1917)

「神の狼」The Wolves of God (with W.Wilson)
The Wolves of God and Other Fey Stories (E.P.Dutton, 1921)

「獣の谷」The Valley of the Beasts (with W.Wilson)
同右

「エジプトの奥底へ」A Descent into Egypt
Incredible Adventures (Macmillan and Co., 1914)

アルジャーノン・ブラックウッド邦訳作品リスト

ナイトランド叢書編集部・編

【長篇】

『ケンタウルス』The Centaur（1911）
八十島薫訳　月刊ペン社（妖精文庫5）一九七六

『ジンボー』Jimbo, A Fantasy（1909）
北村太郎訳　月刊ペン社（妖精文庫23）一九七九

『妖精郷の囚われ人』上下
A Prisoner in Fairyland -The Book That Uncle Paul Wrote（1913）
高橋邦彦訳　月刊ペン社（妖精文庫32、33）一九八三

『王様オウムと野良ネコの大冒険』
Dudley and Gilderoy（1929）
相沢次子訳　ハヤカワ文庫ＦＴ91}　一九八六

『人間和声』The Human Chord（1910）
南條竹則訳　光文社古典新訳文庫　二〇一三

【短篇集】

『魔法医師ニコラ／犬のキャンプ』
西条八十訳　生活百科刊行会／小山書店（世界大衆小説全集　第七巻）一九五五
収録作品：「古い魔術」Ancient Sorceries／「憑かれた島」A Haunted Island／「犬のキャンプ」The Camp of the Dog
＊ガイ・ブースビー『魔法医師ニコラ』併録

『幽霊島』
平井呈一訳　東京創元社（世界恐怖小説全集2）
一九五八
収録作品：「幽霊島」A Haunted Island／「人形」The Doll／「部屋の主」Occupant of the Room／「猫町」Ancient Sorceries／「片袖」Empty Sleeve／「約束」Keeping His Promise／「迷いの谷」The Lost Valley

『ブラックウッド傑作集』
紀田順一郎訳　創土社（ブックス・メタモルファス）

一九七二
収録作品:「いにしえの魔術」Ancient Sorceries／「黄金の蝿」The Golden Fly／「ウェンディゴ」Wendigo／「移植」The Transfer／「邪悪なる祈り」Secret Worship／「牧神の祝福」A Touch of Pan／「囮」The Decoy／「雪女」The Glamour of the Snow／「屋根裏」The Attic／「ホーラスの翼」The Wings of Horus／「炎の舌」Tongues of Fire／「犬のキャンプ」The Camp of the Dog

『妖怪博士ジョン・サイレンス』
John Silence: Physician Extraordinary (1908)
紀田順一郎・桂千穂訳　国書刊行会（ドラキュラ叢書3）一九七六→角川ホラー文庫　一九九四
収録作品:「いにしえの魔術」Ancient Sorceries（紀田訳）／「霊魂の侵略者」A Psychical Invasion（桂訳）／「炎魔」The Nemesis of Fire（桂訳）／「邪悪なる祈り」Secret Worship（紀田訳）／「犬のキャンプ」The Camp of the Dog（紀田訳）／「四次元空間の囚」A Victim of Higher Space（桂訳）

『ブラックウッド傑作選』
紀田順一郎訳　創元推理文庫 一九七八
収録作品:「いにしえの魔術」Ancient Sorceries／「黄金の蝿」The Golden Fly／「ウェンディゴ」The Wendigo／「移植」The Transfer／「邪悪なる祈り」Secret Worship／「囮」The Decoy／「屋根裏」The Attic／「炎の舌」Tongues of Fire／「犬のキャンプ」The Camp of the Dog

『ブラックウッド怪談集』
中西秀男訳　講談社文庫 一九七八
収録作品:「アーサー・ヴェジンの奇怪な経験」Ancient Sorceries／「打ち明け話」Confession／「客室の先客」The Occupant of the Room／「約束した再会」The Tryst／「もとミリガンといった男」The Man Who Was Milligan／「ドナウ河のヤナギ原」The Willows／「まぼろしの我が子」The Little Beggar／「死人の森」The Wood of the Dead／「水で死んだ男」By Water

『死を告げる白馬』
樋口志津子訳　朝日ソノラマ文庫海外シリーズ28
一九八六
収録作品：「死を告げる白馬」The Tradition／「宿敵」First Hate／「幻の下宿人」The Listener／「双生児の恐怖」The Terror of the Twins／「幻影の人」The Old Man of Visions／「幽霊の館」The Woman's Ghost Story／「樅の木陰に」Entrance and Exit／「告別に来た友」The Return／「牧神のたわむれ」The Touch of Pan／「悲運の末路」The Destruction of Smith／「千里眼」Clairvoyance／「毒殺魔マックス・ヘンシッグ」Max Hensig

『心霊博士ジョン・サイレンスの事件簿』
John Silence: Physician Extraordinary (1908)
植松靖夫訳　創元推理文庫　二〇〇九
収録作品：「霊魂の侵略者」A Psychical Invasion／「古えの妖術」Ancient Sorceries／「炎魔」The Nemesis of Fire／「秘密の崇拝」Secret Worship／「犬のキャンプ」The Camp of the Dog／「四次元空間の虜」A Victim of Higher Space

『秘書綺譚　ブラックウッド幻想怪奇傑作集』
南條竹則訳　光文社古典新訳文庫　二〇一二
収録作品：「空家」The Empty House／「壁に耳あり」A Case of Eavesdropping／「スミス――下宿屋の出来事」Smith: An Episode in a Lodging-house／「約束」Keeping His Promise／「秘書綺譚」Strange Adventure of a Private Secretary／「窃盗の意図をもって」With Intent to Steal／「炎の舌」Tongues of Fire／「小鬼のコレクション」The Goblin's Collection／「野火」The Heath Fire／「スミスの滅亡」The Destruction of Smith／「転移」Transition

『ウェンディゴ』
夏来健次訳　アトリエサード（ナイトランド叢書）
二〇一六
収録作品：「ウェンディゴ」The Wendigo／「アーニィ卿の再生」The Regeneration of Lord Ernie／「砂」Sand

『木の葉を奏でる男：アルジャーノン・ブラックウッド幻想怪奇傑作選』
遠山直樹訳　BOOKS桜鈴堂　二〇一七　＊電子書籍
収録作品：「柳」The Willows*／「転生の池」The Tarn of Sacrifice／「雪のきらめき」The Glamour of the Snow／「微睡みの街」Ancient Sorceries*／「砂漠にて」A Desert Episode／「死人の森」The Wood of the Dead／「オリーブの実」The Olive／「ウェンディゴ」The Wendigo*／「木の葉を奏でる男」The Man Who Played upon the Leaf（「*」印の作品は単独でのリリースもあり）

『いにしえの魔術』
夏来健次訳　アトリエサード（ナイトランド叢書）
二〇一八　＊本書
収録作品：「いにしえの魔術」Ancient Sorceries／「秘法伝授」Initiation／「神の狼」The Wolves of God／「獣の谷」The Valley of the Beasts／「エジプトの奥底へ」A Descent into Egypt

【雑誌掲載／アンソロジー収録作】（原題アルファベット順）

A Haunted Island
「呪われた島」本戸淳子訳
中田耕治編『恐怖の1ダース』出帆社　一九七五　↓
講談社文庫　一九八〇

Ancient Sorceries
「古代の魔法」仁賀克雄訳
仁賀克雄編訳『猫に関する恐怖小説』徳間書店
一九八〇↓　徳間文庫　一九八四
デニス・ホイートリー編『真夜中の黒ミサ（恐怖の一世紀1）』朝日ソノラマ文庫海外シリーズ17　一九八五

Chemical
「嫌悪の幻影」長井裕美子訳
シンシア・アスキス編『恐怖の分身』朝日ソノラマ文庫海外シリーズ31　一九八六

Chinese Magic
「中国魔術」南條竹則訳
《小説幻妖》壱　一九八六
南條竹則編『怪談の悦び』創元推理文庫　一九九二
南條竹則編『英国怪談珠玉集』国書刊行会　二〇一八

Entrance and Exit
「とびら」紀田順一郎訳
紀田順一郎『幻想怪奇譚の世界』松籟社　二〇一一
＊同人誌《THE HORROR》第三号（一九六四）からの再録

Old Clothes
「古い衣」小宮卓訳
紀田順一郎・荒俣宏編『怪奇幻想の文学7　幻影の領域』新人物往来社　一九七八

Running Wolf
「ランニング・ウルフ」野口迪子訳
日本ユニエージェンシー編『恐怖と幻想3』月刊ペン社　一九七一
「メディシン湖の狼」岡達子訳
岡達子編訳『イギリス怪奇幻想集』社会思想社（現代教養文庫）一九九八

Secret Worship
「秘密礼拝式」森郁夫訳
《別冊宝石「世界怪談傑作集」》No.108　一九六一・九
「邪悪なる祈り」紀田順一郎訳
平井呈一・中島河太郎・紀田順一郎編『怪奇幻想の文学2　暗黒の祭祀』新人物往来社　一九六九

Special Delivery
「僥倖」赤井敏夫訳
由良君美編『イギリス怪談集』河出文庫　一九九〇

Strange Adventure of a Private Secretary
「秘書綺譚」平井呈一訳
江戸川乱歩編『怪奇小説傑作集1』（世界大ロマン全集24）東京創元社　一九五七

『怪奇小説傑作集1』創元推理文庫　一九六九

The Damned
「地獄」南條竹則・坂本あおい訳
南條竹則編『地獄――英国怪談中篇傑作集――』メディアファクトリー（幽books／幽classics）二〇〇八

The Dance of Death
「死の舞踏」牧原勝志訳
《ナイトランド・クォータリー》Vol.03　二〇一五・一一

The Empty House
「空き家」伊藤欣二訳
由良君美編『イギリス怪談集』河出文庫　一九九〇
「空き家」小山太一訳
エドワード・ゴーリー編『憑かれた鏡　エドワード・ゴーリーが愛する12の怪談』河出書房新社　二〇〇六
↓ 河出文庫　二〇一二

The Heath Fire
「焔の丘」竹下昭訳《幻想と怪奇》No.1　一九七三・四

The Little Beggar
「まぼろしの少年」
金原瑞人編訳『南から来た男　ホラー短編集2』岩波少年文庫　二〇一二

The Man Whom the Trees Loved
「木に愛された男」青田勝訳
平井呈一・中島河太郎・紀田順一郎編『怪奇幻想の文学4　恐怖の探究』新人物往来社　一九七〇

The Other Wing
「別棟」隅田たけ子訳
《幻想と怪奇》No.11　一九七四・九

The Parrot and The-Cat!
「ふしぎな友だち」もきかずこ訳
神宮輝夫編『銀色の時　イギリスファンタジー童話傑作選』講談社文庫　一九八六

The Willows
「柳」宇野利泰訳
《宝石》一九五五年一一月号
早川書房編集部編『幻想と怪奇1　英米怪談集』ハヤカワ・ミステリ　一九五六

The Wood of the Dead
「死人の森」遠山直樹訳
『夜のささやき　闇のざわめき～英米古典怪奇談集～』BOOKS桜鈴堂　二〇一三　＊電子書籍

The Valley of the Beasts
「野獣の谷」小菅正夫訳
矢野浩三郎編『怪奇と幻想2　超自然と怪物』角川文庫　一九七五

Transition
「岸の彼方へ」紀田順一郎訳
風間賢二編『クリスマス・ファンタジー』ちくま文庫　一九九二

Two in One
「二人で一人」柴田元幸訳
マイケル・リチャードスン編『ダブル／ダブル』白水社　一九九〇　↓　白水uブックス　一九九四

Whispers
「囁く者」中野善夫訳
中野善夫・吉村満美子編『怪奇礼讃』創元推理文庫　二〇〇四

With Intent to Steal
「窃盗の意図をもって」南條竹則訳
南條竹則編訳『イギリス恐怖小説傑作選』ちくま文庫　二〇〇五

（二〇一八年七月現在。児童向け翻訳、同人誌、私家版と、戦前のものは略しました。）

アルジャーノン・ブラックウッド Algernon Blackwood
1869年、英国ケント州に生まれる。20歳からの10年間をカナダとアメリカで、牧場、金鉱山、新聞社などさまざまな職を経験したのち帰国。1906年に小説家としてデビューし、『ウェンディゴ』(アトリエサード)『心霊博士ジョン・サイレンスの事件簿』(東京創元社)『ケンタウルス』(月刊ペン社)『人間和声』(光文社)など数々のホラー、ファンタジーを発表。1951年歿。

夏来 健次(なつき けんじ)
1954年、新潟県に生まれる。英米文学翻訳家。怪奇幻想小説を中心に、ミステリ、SFも手がける。訳書にホジスン『幽霊海賊』、ブラックウッド『ウェンディゴ』(以上、アトリエサード)、スティーヴンスン『ジキル博士とハイド氏』、ラムレイ《タイタス・クロウ・サーガ》、ロジャーズ『赤い右手』(以上、東京創元社)、スレイド『髑髏島の惨劇』(文藝春秋)など多数。荒俣宏偏《怪奇文学大山脈》(東京創元社)の翻訳にも参加。

ナイトランド叢書 3-2

いにしえの魔術

著　者　アルジャーノン・ブラックウッド

訳　者　夏来健次

発行日　2018年8月15日

発行人　鈴木孝

発　行　有限会社アトリエサード
東京都新宿区高田馬場1-21-24-301 〒169-0075
TEL.03-5272-5037 FAX.03-5272-5038
http://www.a-third.com/ th@a-third.com
振替口座／00160-8-728019

発　売　株式会社書苑新社

印　刷　モリモト印刷株式会社

定　価　本体2400円＋税

ISBN978-4-88375-318-5 C0097 ¥2400E

Printed in JAPAN

www.a-third.com